LOVE GAME 3

EMMA CHASE

Titre de l'édition originale : *Tamed*

Pour la traduction française :
Photo de couverture : Ocean/Corbis
Graphisme : Raphaëlle Faguer

Ouvrage dirigé par Sophie Le Flour
Collection dirigée par Hugues de Saint Vincent

Département de Hugo et Cie
38, rue La Condamine, 75017 Paris
www.hugoetcie.fr

ISBN : 9782755617276
Dépôt légal : janvier 2015
Imprimé en France par Corlet

NEW ROMANCE

[Tamed]

LOVE GAME 3

EMMA CHASE

Roman

Traduit de l'anglais (États-Unis)
par Robyn Stella Bligh

Hugo Roman

**Ce livre est pour tous les mecs « biens »
et toutes les filles « folles » du monde.
Puissiez-vous vous trouver et profiter
ensemble du grand huit qu'est la vie.**

LOVE GAME 3

CHAPITRE 1

Ces dernières semaines, j'ai réalisé que, en vérité, parfois, les femmes aiment pleurer. Elles pleurent pour des livres, des émissions de télé, pour ces pubs horribles sur la maltraitance des animaux, et pour les films. Surtout pour les films. S'asseoir intentionnellement devant un film tout en sachant qu'il va vous faire pleurer ? C'est absurde.

Mais ça ne fait rien ; je vais juste ajouter ça à la liste des choses que je ne comprends pas au sujet de ma petite amie. Oui, j'ai bien dit petite amie. Dee Warren est officiellement ma petite amie.

Une dernière fois pour les gens assis au fond : petite amie, Delores, *la mienne*.

À le répéter ainsi, je vous fais peut-être penser à une adolescente pré-pubère obsédée par les One Direction, mais je m'en fiche. Parce que la victoire n'était pas facile. Si vous saviez ce que j'ai enduré pour l'obtenir, vous comprendriez.

Bref, où en étais-je ? Ah oui, les nanas aiment pleurer. Mais ce n'est pas ce genre d'histoire que je vais vous raconter. Il n'y a pas de meilleur ami agonisant, de passé torturé, de secret caché, de rupture étincelante à la *Twilight*, ni de rapports sexuels bizarres.

Enfin… si, d'accord. Il y a quelques rapports sexuels non conventionnels, mais pas le genre que vous imaginez.

Cette histoire est celle d'un don Juan qui rencontre une fille légèrement folle. Ils tombent amoureux et le don Juan change ses habitudes pour toujours. C'est une histoire que vous avez certainement entendue ailleurs, peut-être même de la bouche de mon pote, Drew Evans. Le truc, c'est que pendant que lui et Kate géraient tout leur bazar, il se passait une toute autre histoire entre Delores et moi dont vous n'aviez pas la moindre idée. Donc restez encore un peu, même si vous pensez déjà connaître la fin. Parce que la meilleure partie du voyage n'est pas d'arriver à destination. C'est tout ce qui se passe en cours de route.

Avant de commencer, voici quelle est la situation. Premièrement, Drew est un gars génial. Un véritable meilleur ami. Si on était membres du Rat Pack, il serait Frank Sinatra, et moi Dean Martin. Même si Drew et moi sommes super proches, on ne partage pas le même avis sur les femmes. À ce stade de l'histoire, il est persuadé qu'il restera célibataire toute sa vie. Il a tout un tas de règles concernant les filles, comme ne jamais les ramener chez lui, ne jamais sortir avec une collègue, et bien sûr la Règle Sacrée : ne jamais coucher deux fois avec la même femme.

Quant à moi, rien à voir. Je me fous de savoir où je baise : chez moi, chez elle ou depuis l'observatoire de l'Empire State Building.

Ça, d'ailleurs, c'était une soirée magique…

Je ne suis pas non plus opposé à l'idée de sortir avec quelqu'un du bureau. Cela dit, la plupart des filles de ma profession sont super stressées, fument clope sur clope, sont accro au café et sont tout simplement désagréables. Revoir la même femme plusieurs fois ne me pose aucun problème, du moment qu'on continue à s'éclater. Et, un jour, je m'imagine me poser : le mariage, les enfants et tout ce qui va avec.

Mais en attendant de trouver la femme idéale ? Je m'éclate avec toutes celles qui ne le sont pas.

Je suis un mec qui voit le verre à moitié plein. Rien ne m'abat. J'ai une vie géniale : un bon job qui me permet de m'offrir les plus beaux joujoux pour mec qui sont mis sur le marché, des amis géniaux, une famille un peu bizarre mais soudée. « Émo[1] » ne fait pas partie de mon vocabulaire, mais Yolo[2] aurait dû être mon deuxième prénom.

Et puis il y a Delores Warren, ou Dee, si vous voulez rester son ami. De nos jours, c'est un prénom peu répandu, mais ça lui va parfaitement. Elle est hors du commun, différente, de la meilleure façon qui soit. Elle est brutalement honnête, avec une emphase sur le « brutal ». Elle est forte et se moque complètement de ce que les gens pensent d'elle. Elle reste elle-même et ne s'excuse pas pour ce qu'elle veut ni qui elle est. Elle est sauvage et magnifique, comme un pur sang qui galope mieux quand il n'a pas de selle.

Et c'est là que j'ai failli commettre une erreur. J'ai voulu l'apprivoiser. J'en avais la patience, mais

1 Émotif.
2 You Only Live Once : On n'a qu'une vie.

j'ai trop insisté et j'ai trop tiré sur les rênes. Alors elle les a rompues.

Ça vous choque que je compare la femme que j'aime à un cheval ? Eh bien remettez-vous. C'est pas le genre histoire à raconter aux flics.

Mais je vais trop loin, pour l'instant retenez juste que Kate Brooks est notre collègue et la meilleure amie de Delores ; c'est la Thelma de Louise. Et depuis que je connais Drew, c'est-à-dire depuis qu'il est né, je ne l'ai jamais vu réagir face à une femme comme il a réagi avec Kate. Leur attraction, même si elle était presque hostile au début, était palpable. Même un aveugle aurait pu voir qu'ils étaient raides dingues l'un de l'autre.

Enfin… n'importe qui, sauf eux.

Kate, comme Delores, est une femme géniale. Le genre de femme qui, pour adopter l'expression intemporelle d'Eddie Murphy dans *Un prince à New York*, est capable d'exciter l'esprit d'un homme autant que ses reins.

Vous avez pigé tout ça ? Génial. Que la fête commence.

Ma vie a changé il y a environ quatre semaines. Par un jour tout à fait normal, lorsque j'ai rencontré une femme qui n'avait absolument rien de banal.

***

Quatre semaines plus tôt

– Matthew Fisher, Jack O'Shay, Drew Evans, je vous présente Dee-Dee Warren.

L'amour dès le premier regard n'existe pas. C'est tout simplement impossible. Je suis navré d'anéantir vos rêves, mais c'est comme ça. Vous pensez peut-être qu'il vaut mieux rester dans l'ignorance, mais une fois que vous avez enlevé le sentiment de bonheur, il ne vous reste que le manque d'information.

Pour réellement aimer une personne, vous devez vraiment la connaître : ses bizarreries, ses rêves, ce qui l'agace et ce qui la fait sourire, ses forces, ses faiblesses, ses défauts. Vous avez déjà entendu ce passage de la Bible, celui qu'on lit toujours aux mariages : « l'Amour est patient, l'Amour est bon… » ? J'ai ma propre version : l'Amour, c'est l'haleine de quelqu'un qui vous manque le matin. Penser que cette personne est belle même quand elle a le nez qui coule et les cheveux en pétard. L'amour ce n'est pas rester avec quelqu'un malgré ses défauts, mais l'adorer *pour* ses défauts.

En revanche, le désir dès le premier regard, ça, ça existe. Et ça arrive bien plus souvent. La plupart du temps, quand un mec rencontre une nana, il sait en l'espace de cinq minutes si elle est plutôt dans la catégorie « baise, tue, ou épouse ». Et pour la plupart des mecs, la catégorie « baise » a des exigences plutôt basses.

J'aimerais vraiment pouvoir vous dire que ce que j'ai remarqué en premier chez Delores était quelque chose de romantique, comme ses yeux, son sourire ou le son de sa voix. Mais ce serait faux. C'était ses seins. J'ai toujours été un mec à seins, et ceux de Dee étaient juste incroyables. Ils débordaient légèrement d'un débardeur rose fuchsia, pressés juste ce qu'il fallait pour former un décolleté séduisant, parfaitement mis en valeur par un pull de laine grise.

Avant même qu'elle ne m'ait adressé la parole, j'étais conquis par la poitrine de Delores Warren.

Après avoir plaisanté avec Drew quelques minutes, j'attire son attention vers moi.

– Alors, Dee-Dee… c'est le diminutif de quelque chose ? Donna, Deborah ?

Un regard ambré et chaleureux se dirige sur moi. Mais avant qu'elle ne puisse parler, Kate vend la mèche :

– Delores. C'est un prénom familial, celui de sa grand-mère. Elle le déteste.

Delores lance à Kate un regard noir mais amusé.

Pour faire bonne impression auprès d'une fille, l'humour est toujours une bonne carte à jouer. Ça lui montre que vous êtes intelligent, réactif et sûr de vous. Vous n'avez pas de couilles ? Faites semblant.

C'est pour ça que je dis à l'amie de Kate :

– Delores est un prénom magnifique, porté par une femme magnifique. Ça me fait un peu penser à « clitoris »… et je connais vraiment bien les clitos. Je suis un immense fan.

Comme prévu, la réaction est immédiate. Elle sourit timidement et passe un doigt sur sa lèvre inférieure, l'air enjoué. Lorsqu'une femme touche son corps en réponse à ce qu'un mec vient de dire ? C'est bon signe.

Puis, elle interrompt notre regard et nous dit :

– Bon. C'est pas tout, mais faut que je file au boulot. Ravie de vous avoir rencontrés les garçons.

Dee-Dee embrasse Kate et me fait un clin d'œil.

Ça aussi, c'est bon signe.

Je la regarde partir et je ne peux pas m'empêcher de remarquer que ses fesses sont presque aussi géniales que ses seins.

Drew demande à Kate : « Elle file au boulot ? Je croyais que les clubs de strip-tease n'ouvraient pas avant 16 heures. »

Sur ce point, je suis d'accord avec lui. Lorsque vous avez fréquenté autant de clubs de strip-tease que nous, vous commencez à repérer les signes. Vous voyez des ressemblances dans les habits des femmes, même quand il n'y a presque pas de tissu. Comme si elles faisaient leur shopping dans la même boutique. Et Dee adopte parfaitement le style de la maison.

Même si ça ne restera qu'à l'état d'espoir, ce serait génial que Dee soit strip-teaseuse. En plus d'être souples, elles savent faire la fête. Elles sont complètement désinhibées. Le fait qu'elles aient bien souvent une piètre opinion de la gent masculine est également un plus. Ça signifie que la moindre galanterie donne lieu à une immense gratitude. Et une strip-teaseuse qui veut vous remercier est une strip-teaseuse qui veut bien vous sucer.

Hélas, Kate met fin à mes fantasmes.

– Dee n'est pas strip-teaseuse. Elle s'habille comme ça pour déconcerter les gens qu'elle rencontre. Pour qu'ils soient surpris lorsqu'ils apprennent quel est son véritable métier.

– Et qu'est-ce qu'elle fait ?, je demande.

– Elle est ingénieur aérospatial.

Jack lit dans mes pensées.

– Tu te fous de notre gueule ?

– Eh non. Delores est chimiste. La NASA fait partie de ses clients. Son laboratoire travaille sur l'amélioration de l'efficacité énergétique du carburant qu'ils utilisent pour leurs navettes spatiales. Elle frissonne. « Dee-Dee Warren ayant accès à des substances hautement explosives… c'est une chose à laquelle j'essaie de ne pas trop penser. »

Et avec ça, ma curiosité est presque aussi grande que mon désir. J'ai toujours eu des goûts inhabituels, exotiques même, pour les femmes, la musique et les livres. Et à l'inverse de Drew, dont l'appartement est décoré de façon méticuleuse, j'ai tendance à être attiré par des objets qui ont une histoire à raconter. Même s'ils sont dépareillés, leur originalité les rend toujours intéressants.

– Brooks, il faut que tu me rencardes. Je suis un mec sympa. Laisse-moi inviter ta copine au resto, elle ne le regrettera pas.

Kate y réfléchit, puis elle dit :

– Ok. Ça marche. T'as l'air d'être son genre.

Elle me tend une carte de visite vert fluo.

– Mais il faut que je te prévienne. Elle est du genre « aime-les et laisse-les tomber avec des bleus ». Si tu cherches à passer du bon temps pour une nuit ou deux, appelle-la tout de suite. Mais si tu cherches quelque chose de plus sérieux, je ne m'en approcherais pas si j'étais toi.

Et à cet instant précis, je sais exactement ce qu'a ressenti Charlie lorsqu'on lui a tendu le ticket d'or pour la Chocolaterie.

Je me lève de table et embrasse Kate sur la joue. « Toi… t'es ma nouvelle meilleure amie. »

J'hésite à la serrer dans mes bras, juste pour emmerder mon pote qui tire déjà la gueule, mais je ne veux pas courir le risque de me prendre un coup de pied dans les couilles. J'ai tout un programme pour mes couilles. Et il faut qu'elles soient en pleine forme.

Kate dit à Drew d'arrêter de bouder, et il rétorque quelque chose sur ses seins ; mais je n'écoute qu'à moitié. Parce que je suis trop occupé à prévoir où je vais emmener Delores Warren pour boire un verre. Ou plusieurs verres. Et toutes les activités obscènes qui suivront à coup sûr.

***

C'est comme ça que tout a commencé. Ce n'était pas censé être compliqué. Pas de coup de foudre, pas de grandes démonstrations d'amour, pas de rancœur. Un bon coup garanti, un moment sympa, une nuit et la possibilité d'une deuxième. Kate m'avait dit que c'était ce que cherchait Dee, et c'était tout ce à quoi je m'attendais. Je ne pensais pas que ça irait plus loin.

Elvis Presley avait raison. Il n'y a que les imbéciles pour se lancer les yeux fermés. Et, au cas où vous ne l'auriez pas encore remarqué, je suis un sacré imbécile.

CHAPITRE 2

Nombreux sont ceux pour qui le travail, c'est la vie. Non pas pour des raisons financières, mais parce que leur métier définit qui ils sont. Leur profession leur donne confiance en eux, un but, peut-être même une montée d'adrénaline. Ce n'est pas toujours une mauvaise chose. Pour un businessman, son bureau est un terrain de jeux ; pour un avocat, le tribunal est une seconde maison. Et le jour où j'aurai besoin d'un chirurgien ? J'exigerai quelqu'un qui vit pour son métier.

Cela étant dit, je suis un banquier d'affaires pour l'un des cabinets les plus prestigieux et les plus respectés de New York. Je suis doué pour ce que je fais, j'ai un bon salaire, je chouchoute mes clients, et j'en recrute de nouveaux. Mais je ne dirais pas non plus que j'adore mon boulot. Ce n'est pas une passion. Lorsque mon heure viendra, je ne mourrai pas en regrettant de ne pas avoir passé plus de temps au bureau.

En ce point, je suis comme mon père. Malgré sa dévotion pour le cabinet que lui, John et George ont fondé, il ne laisse pas les affaires interférer avec sa partie de golf. C'est un père de famille traditionnel, comme il l'a toujours été. Lorsque j'étais petit, le dîner était servi à 18 heures précises. Tous les soirs. Si mes petites fesses n'étaient pas posées sur une chaise à l'heure, la seule excuse recevable était d'être allé aux urgences, sinon c'en était fini. À table, le principal sujet de conversation était « Qu'as-tu fait aujourd'hui ? », et la réponse « Rien » n'était pas convenable. Étant fils unique, il n'y avait personne pour empêcher mes parents de mener leur enquête. Mon vieux était conscient des dangers que pouvaient engendrer une enfance privilégiée à New York, et il s'assurait que j'évitais les ennuis, ce qui était le cas.

Enfin… presque.

Tous les enfants sont supposés avoir quelques ennuis. Ça les aide à être débrouillards, à réfléchir vite. Et si un ado n'a pas le droit de vivre un peu, il pétera un plomb quand il arrivera à la fac. Ce qui peut mal finir.

Les trois règles d'or de mon père étaient qu'il faut toujours avoir : des bonnes notes, un casier judiciaire vide, et la braguette remontée.

Deux sur trois, c'est pas mal, non ?

Mais, même si mon père connaît l'importance de la famille, et sait qu'il faut séparer le professionnel du personnel, je ne bénéficie pas de privilèges au bureau. Honnêtement, je crois qu'il est encore plus exigeant avec moi pour être sûr que personne ne le soupçonne de favoritisme. Il ne tolérerait jamais que des exceptions soient faites. Et il mettrait toute sa force à les combattre.

C'est d'ailleurs une autre des raisons qui ont permis à mon père et à ses associés de fonder une affaire aussi prospère : chacun apporte à l'édifice les talents qui lui sont propres. John Evans, le père de Drew et d'Alexandra, est comme Futé dans *L'Agence tous risques*. C'est lui qui charme et convainc les clients et s'assure qu'ils sont satisfaits. Quant aux salariés, il s'assure également qu'ils sont enthousiastes, et pas juste satisfaits. Ensuite il y a George Reinhart, le père de Steven. George, c'est le cerveau de l'opération. Mon père et John ne sont pas à plaindre, mais George est comme Stephen Hawking, sans la maladie[3]. C'est le seul banquier d'affaires que je connais qui aime réellement toute la partie technique et comptable du métier.

Et puis il y a mon père, Frank. Lui, c'est les muscles. Celui qui intimide. Il parle peu, ce qui signifie que, lorsqu'il parle, vous avez intérêt à écouter, parce que ce qu'il dit mérite d'être entendu. Et il n'a aucun scrupule à virer les gens. À côté de mon père, Donald Trump est une lopette. Peu importe que votre famille compte sur vous pour manger ou que vous soyez enceinte de huit mois, c'est juste pas de chance. Les larmes ne lui font rien, et il accorde rarement une deuxième chance. Depuis que je suis tout petit, il m'a toujours dit « Matthew, la famille c'est la famille, les amis sont les amis, et les affaires sont les affaires. Ne les confonds pas ».

Cependant, même si c'est un dur à cuire, il est toujours juste. Honnête. Soigne ton écriture, tire des traits bien droits et tu n'auras pas de problèmes. Eh bien je m'assure toujours que mon écriture soit lisible et je trace mes traits à la règle. Pas seulement

---

3 Stephen Hawking est un physicien théoricien de renommée, atteint de la maladie de Charcot.

parce que je souhaite garder mon boulot mais parce que… je ne veux jamais décevoir mon vieux. Malheureusement, ce genre d'attitude est plutôt rare de nos jours. Il y a tant de petits cons qui ne se soucient pas de rendre leurs parents fiers ; mais c'est ainsi que Drew, Alexandra, Steven et moi avons été élevés.

Bref, revenons à notre histoire.

Après avoir déjeuné avec les mecs, je retourne au bureau, où je passe l'après-midi à rédiger des contrats et à chouchouter des clients au téléphone. Vers 18 heures, je suis en train de ranger mes affaires quand Steven se pointe à ma porte.

– Devine qui a passé sa pause déj' entouré de geeks enragés à la recherche de leur nouvelle drogue ?

Je range un dossier dans mon attaché-case en prévision d'un moment de lecture peu agréable avant de me coucher. Pour ne pas vivre sa vie enchaîné à son bureau, il faut savoir gérer son temps.

– Ce serait pas toi, par hasard ?

Il sourit et hoche la tête.

– T'as tout compris mon frère. Et regarde un peu ce que j'ai déniché.

Il tient dans sa main un paquet carré enveloppé dans une pochette en plastique.

À l'époque de mon père, les mecs organisaient des week-ends pêche entre amis ou bien allaient boire des verres au bar du coin, histoire de décompresser après une grosse journée de travail. Mais ce que Steven tient entre ses mains est bien plus addictif que n'importe quel alcool, et bien plus amusant que d'enfiler des vers sur un hameçon.

C'est le dernier *Call of Duty*.

– Génial. Je le prends de ses mains et le retourne pour jeter un œil aux tout derniers graphismes en 3D.

– T'es partant pour une mission ce soir ? Vers 21 heures ?

Si vous ne le saviez pas déjà, Steven est marié. Mais il n'est pas juste *marié*. Il est marié à Alexandra-anciennement-Evans, également connue sous le nom de La Garce. Mais ce n'est pas moi qui vous l'ai dit.

Si une femme normale, c'est celle qui vous passe la corde au cou, Alexandra c'est plutôt la guillotine. La laisse de Steven est très courte : il n'a pas le droit de nous suivre dans les bars le samedi soir, et il n'a le droit de jouer au poker qu'une fois par mois. Bien que Steven ne soit pas du genre à tromper sa femme, Alexandra pense que nous, ses potes célibataires, finirions par avoir une mauvaise influence sur lui s'il traînait trop en notre compagnie. Et... elle n'a probablement pas tort.

Mais comme tout bon gardien de prison le sait, il y a des limites à ce dont une personne peut se passer. Vous pouvez enfermer des prisonniers dans une cage dix heures par jour, les priver de sortie, mais si vous essayez de leur enlever leurs cigarettes ? Il vous faudra affronter une mutinerie de taille.

La Xbox est le seul vice qui est permis à Steven. Du moment qu'il ne réveille pas leur fille, Mackenzie, une fois qu'elle est couchée. C'est arrivé une fois. Steven s'est un peu emporté pendant une embuscade et Mackenzie s'est réveillée. Il a été placé à isolement pendant huit jours. Et il a retenu la leçon.

– Ouais mec, compte sur moi.

Je lui rends le jeu et il me dit : « Cool. Rendez-vous à 21 heures », avant de quitter le bureau en faisant le salut militaire.

Je prends mon attaché-case et mon sac de sport et sors quelques minutes plus tard. Je fais un détour par le bureau de Drew en allant à l'ascenseur.

Il est penché sur son bureau jonché de feuilles et annote un document au stylo rouge.

– Salut.

Il lève la tête.

– Salut.

– Xbox ce soir, 21 heures. Steven vient de se procurer le nouveau *Call of Duty*.

Ayant redirigé son attention sur son document, il répond :

– Je peux pas. Je vais être coincé ici jusqu'à 22 heures au moins.

Vous vous souvenez de ces gens qui vivent pour leur travail ? Drew Evans en fait partie.

Mais lui, ça lui convient. C'est pas un mec stressé qui est anxieux de faire ses heures. C'est même plutôt l'inverse. Drew aime vraiment travailler ; la négociation d'un contrat l'excite, même si c'est une négociation difficile. Parce qu'il sait qu'il peut le faire, et qu'il est probablement le seul à pouvoir le faire.

Enfin… C'était le cas jusqu'à ce qu'une certaine brunette soit recrutée.

Je jette un œil vers le bureau de Kate, de l'autre côté du couloir. Elle est assise devant son ordinateur ; c'est le pendant de Drew, mais en bien plus canon.

Je m'appuie contre la chaise et demande : « Tu savais que Kate était sur le point de signer un accord avec Pharmatab ? »

Toujours sans relever la tête, Drew marmonne d'un ton agacé :

– Ouais, je savais.

Je ricane.

– Il va falloir mettre les bouchées doubles, mon pote. Si elle signe cet accord, ton vieux va être tellement content que ça ne m'étonnerait pas qu'il veuille l'adopter. Et l'inceste c'est illégal à New York, même entre frères et sœurs adoptés.

C'est ce que font les mecs entre eux, ils se taquinent. C'est l'équivalent de ces bises que se font les femmes, vous savez, lorsque leurs joues ne se touchent pas et qu'elles font « mouah - mouah ». C'est un signe d'affection.

– Mais finalement, l'inceste n'est même pas une option, vu les râteaux qu'elle te met tout le temps.

– Va te faire foutre, mec.

Je ris, « Pas ce soir chéri. J'ai la migraine. » Je me dirige vers la porte.

– Éclate-toi !

– À plus.

***

Je quitte le bureau et prends le métro pour aller à la salle de sport, comme tous les soirs après le boulot. Ma salle est à Brooklyn, et elle ne paye vraiment pas de mine. Certains diraient sûrement que c'est un trou à rats, mais pour moi c'est un diamant brut. Le sol est sale, des sacs de frappe rouges et usés sont alignés contre le mur du fond. Des haltères sont entassés devant un miroir fendu, un vieux tonneau de vin rempli de cordes à sauter jouxte un rameur solitaire. Ici, vous ne trouverez pas de femme au foyer morte d'ennui, comprimée dans une combi en Lycra, cherchant à draguer ou à exhiber sa dernière injection de Botox. Vous ne trouverez pas non plus de machine elliptique ou de tapis de course high-tech, comme ceux de la salle de sport de mon immeuble. Je viens ici pour suer et pousser mes muscles jusqu'à leur limite grâce à de la bonne vieille gymnastique. Mais par-dessus tout, je viens ici pour le ring qui est en plein centre de la salle.

J'avais douze ans la première fois que j'ai regardé *Rocky*. Bien que le film se déroule à Philadelphie, ça aurait pu être à New York. Et depuis, je suis un grand fan de boxe. Je n'irais pas jusqu'à démissionner afin de m'entraîner pour les jeux Olympiques, mais il n'y a pas de meilleur exercice qu'un bon petit combat contre un adversaire qui sait ce qu'il fait.

Ronny Butler, le quinquagénaire au double menton vêtu d'un sweat gris et qui porte une chaîne avec une croix en or, celui qui est dans le coin du ring et qui gueule des critiques aux deux adversaires qui se tournent autour, c'est le propriétaire. Ronny est loin d'être un ange, mais c'est un brave gars, et un super coach.

Au fil des années, j'ai mis bout à bout les quelques informations qu'il a laissées échapper quand j'étais seul avec lui à l'heure de la fermeture. Vers la fin des années 1980, Ronny était une star de Wall Street, sa vie était parfaite. Puis, un vendredi soir, lui et sa famille étaient en route pour les Hamptons pour le week-end. Il avait été retenu au bureau et ils étaient partis plus tard que prévu. Le conducteur d'un semi-remorque s'était endormi au volant, s'était retrouvé sur la voie opposée et avait foncé sur la BMW de Ronny. Lui s'en était sorti avec une commotion et de multiples fractures du fémur. Mais sa femme et sa fille ne s'en sont pas tirées.

Il a alors passé quelques années sans jamais être sobre, et puis quelques années à essayer de l'être. Il a finalement utilisé l'argent qu'il a gagné à l'issue du procès pour acheter cet endroit. Je ne dirais pas que Ronny dégage de la rancœur ou de la tristesse, mais je ne dirais pas non plus qu'il a l'air heureux. Je crois que la salle de sport l'aide à tenir, lui donne une raison de se lever le matin.

« Recule, Shawnasee ! », crie Ronny au boxeur qui a coincé son partenaire contre les cordes et le roue de coups dans les côtes. « On n'est pas à Las Vegas, putain de merde, laisse-le respirer bon sang ! »

Ce Shawnasee est un connard. Vous voyez, le genre jeune, toujours prêt pour une baston, le genre de mec qui serait prêt à sortir de sa voiture pour tabasser un type qui lui aurait coupé la priorité. C'est d'ailleurs l'une des raisons pour lesquelles j'aime la boxe : c'est l'occasion parfaite de remettre des petits cons à leur place sans être arrêté par les flics. Ça fait quelques mois que Shawnasee essaie de me convaincre de me battre contre lui, mais ça ne m'amuse pas de me battre contre des gars qui ne sont pas à la hauteur. La personne peut frapper aussi fort qu'elle veut, elle n'a aucune chance de gagner. Alors j'attends que Shawnasee s'améliore, et là, je lui casserai la gueule.

Je croise le regard de Ronny alors qu'il sépare les adversaires, et je lui fais bonjour de la tête. Puis je file au vestiaire pour me changer et je m'entraîne avec le sac de frappe pendant trente minutes. Ensuite, je m'attaque au rameur jusqu'à ce que mes biceps me supplient d'arrêter et que mes jambes ne me tiennent plus debout. Je termine ma session avec dix minutes de corde à sauter, ce qui vous paraît peut-être facile mais ne l'est pas du tout. Essayez de tenir ne serait-ce que cinq minutes et je parie que vous prierez qu'un arrêt cardiaque mette fin à votre calvaire.

Une fois que le ring est vide je grimpe dessus et fais trois rounds contre Joe Wilson, un avocat des quartiers moins friqués de la ville, contre qui je me suis déjà battu. Joe se bat bien, mais c'est moi qui prends le dessus. Quand le combat est terminé, on se serre la main et je retourne au vestiaire récupérer mes affaires. Je mets une tape amicale dans le dos de Ronny en sortant et cours jusqu'au métro pour rentrer chez moi.

***

Je n'ai pas honte d'avouer que ce sont mes parents qui m'ont acheté mon appartement quand j'ai terminé la fac. À cette époque, c'était légèrement au-dessus de mes moyens. L'emplacement est génial : je peux aller au boulot à pied et j'ai une vue imprenable sur Central Park. Comme je vis ici depuis l'université, il manque un peu de cette uniformité et de cette élégance auxquelles vous pourriez vous attendre lorsque vous vous rendez chez un homme d'affaires qui gagne bien sa vie. Regardez autour de vous.

Des canapés en cuir noir font face à une télé grand écran, à une sono haut de gamme et à une console de jeux dernier cri, le tout reposant sur des étagères en verre. La table basse est en verre également, mais les bords sont ébréchés après des années de contact avec les pieds des invités et les bouteilles en verre qui accompagnent habituellement leur venue.

Un tableau d'un peintre japonais connu représentant le sommet d'une montagne est accroché sur l'un des murs, et ma collection prisée de casquettes de baseball vintage est suspendue par des crochets sur le mur opposé. Une vitrine illuminée est fixée dans l'un des coins de la pièce, montrant aux visiteurs le prix que j'ai reçu l'an dernier, qui arbore l'inscription PRIX D'EXCELLENCE EN GESTION D'INVESTISSEMENTS gravée dans du cristal… et le casque authentique de Boba Fett qui fut porté lors du tournage de *Star Wars* : *L'Empire contre-attaque*. Une bibliothèque encastrée en bois sombre est parsemée de souvenirs, d'une douzaine de cadres dépareillés montrant des photos de ma famille et de mes amis qui datent des meilleurs moments de ma vie. Des photos que j'ai prises moi-même.

La photo est un de mes passe-temps, vous en entendrez parler plus tard.

Dans la salle à manger, au lieu de la table et des chaises bien trop formelles et complètement inutiles auxquelles on s'attend, il y a une table de billard et un *Space Invaders*, le jeu d'arcade. En revanche, ma cuisine est entièrement équipée : les surfaces sont en granit noir, le sol en marbre italien, l'électroménager en acier inoxydable, et les ustensiles sont dignes de la cuisine de Paul Bocuse. J'aime cuisiner, et je cuisine bien.

Pour séduire un homme, il faut satisfaire son estomac ; mais c'est aussi le moyen le plus sûr de déshabiller une femme. Pour les femmes, un homme qui sait ce qu'il fait dans la cuisine est un gros bonus. Dites-moi que je me trompe. Non ?

En tout cas, mon appartement déchire. Il est grand mais confortable, impressionnant sans être intimidant. Après un passage sous le triple jet de ma cabine de douche en verre, j'attrape une serviette et je me regarde de la tête aux pieds dans le miroir. Mes cheveux habituellement châtain clair sont assombris par l'eau et sont dressés sur ma tête de façon étrange après avoir été frottés avec la serviette. Il faudrait que j'aille les faire couper ; lorsqu'ils sont trop longs ils ont tendance à boucler et j'ai vite l'air d'un enfant. Je frotte ma barbe de trois jours, mais j'ai la flemme de me raser. Je me tourne de profil et contracte mon biceps, plutôt fier de mon muscle saillant. Je ne suis pas baraqué comme ces mecs qui font de la gonflette ; je suis plutôt sec, mince, et puissant. Pas un millimètre de graisse ne dépasse de mes tablettes.

Ça vous paraît peut-être crétin de se regarder comme ça dans le miroir, mais croyez-moi, tous les mecs le font. C'est juste qu'on n'aime pas être surpris en train de le faire. Quand vous passez autant de temps à entretenir votre corps que moi, le résultat en vaut la peine.

J'enfile un boxer en soie et réchauffe le reste des pâtes au poulet d'hier. Je ne suis pas Italien, mais j'en mangerais tous les jours de la semaine si je le pouvais. Il est environ 20 h 30 lorsque j'ai fini de faire la vaisselle. Oui, je suis un homme qui fait la vaisselle, à la main.

Vous pouvez être jalouses, mesdames, je suis une espèce rare.

Je m'étends ensuite confortablement sur mon lit king-size *trop cool* et attrape le ticket d'or laissé dans la poche de mon pantalon.

Mon doigt retrace l'inscription sur la carte vert fluo.

DEE WARREN
CHIMISTE
LINTRUM COMBUSTIBLES

Et je me souviens de la chair douce et lisse qui débordait de son haut rose moulant. Ma bite se contracte ; apparemment elle s'en souvient aussi.

Normalement, j'attendrais un jour ou deux avant d'appeler une fille comme Delores. Tout est une question de timing. L'erreur typique du débutant est de paraître trop empressé. Les femmes préfèrent que ce soit un chiot qui leur bave dessus, pas un chien.

Mais on est déjà mercredi, et j'espère voir Dee vendredi soir. Le vingt et unième siècle est l'ère de *Ce que pensent les hommes* et de *L'Amour pour les nuls* ou du *Guide du rencard pour les filles*, ce qui veut dire qu'appeler une fille pour un plan cul est devenu plus complexe. Il y a désormais tout un tas de *règles*. J'ai appris ça à mes dépens.

Par exemple, si un mec veut vous voir le soir même, vous êtes censées dire « non », parce que cela signifie qu'il ne vous respecte pas. Ou bien, s'il vous invite à dîner un mardi soir, ça veut dire qu'il a d'autres plans pour sa soirée du samedi.

Rester au fait de ces règles qui changent en permanence est encore plus dur que de suivre le putain de débat parlementaire sur la sécurité sociale. C'est un champ de mines ; faites un pas de travers et votre bite n'aura aucun divertissement pendant un bon bout de temps. Mais bon, s'il était facile de baiser, tout le monde le ferait. D'ailleurs le monde entier ferait ça… et rien d'autre.

Au demeurant, je sais que les féministes se plaignent du fait que les hommes détiennent tout le pouvoir. Mais pour ce qui est des rencards, du moins aux États-Unis, c'est pas vraiment le cas. Dans les bars, le week-end, ce sont les femmes qui choisissent : du vendredi 18 heures au dimanche 22 heures. Et elles ont l'embarras du choix, car les mecs ne mettront jamais un râteau à une meuf qui les drague.

Visualisez la situation : la musique forte, les corps qui s'effleurent… Et une femme qui n'est pas laide s'approche d'un mec accoudé au bar. Elle lui dit « Je veux que tu me baises jusqu'à l'aube ». Il répond : « Mouais, non, j'ai pas trop la tête à ça ce soir. » JAMAIS *AUCUN* HOMME NE RÉPONDRA ÇA.

Les nanas n'ont jamais à envisager d'être rejetées, du moment qu'elles ne visent pas trop au-dessus de leurs moyens. Elles n'ont jamais le stress de savoir quand elles vont tirer leur coup. Pour les femmes, le sexe est un buffet à volonté, elles n'ont qu'à choisir leur plat. Dieu a créé l'homme avec un fort désir de sexe pour assurer la survie de l'espèce. Soyez féconds et multipliez-vous *et cetera*. Pour les mecs comme moi, qui savent ce qu'ils font, je ne peux pas dire que ce soit difficile. Mais pour mes frères moins talentueux, tirer son coup peut paraître mission impossible.

Une légère montée d'adrénaline m'envahit lorsque je saisis mon téléphone pour composer le numéro inscrit sur la carte de visite. Ce n'est pas que je me sente nerveux… Appelons cela une impatience prudente. Ma main tape le rythme de *Enter Sandman* de Metallica sur ma jambe, et mon estomac se resserre en entendant la sonnerie.

J'imagine qu'elle se rappellera de moi, je me suis quand même assuré d'être inoubliable, et je pense qu'elle sera d'accord, ou peut-être même pressée, qu'on se voie. Par contre, ce à quoi je ne m'attendais pas, c'est qu'une voix m'éclate le tympan, criant « Non, abruti, je ne veux pas entendre ta chanson encore une fois ! Putain mais appelle Kate si t'as besoin d'un public ! »

J'éloigne un peu le téléphone de mon oreille. Et je vérifie le numéro pour être sûr d'avoir fait le bon. C'est le cas.

Puis je dis : « Euh… Allo ? Dee ? »

Il y a une pause quand elle se rend compte que je ne suis pas L'Abruti.

Puis elle répond :

– Oui, c'est bien Dee. Qui est-ce ?

– Salut, c'est Matthew Fisher. Je travaille avec Kate, on s'est rencontrés cet après-midi.

Il y a une autre courte pause, puis sa voix se détend :

– Ah oui. Clito-boy, c'est ça ?

Je ris, sans être sûr d'aimer ce surnom, mais au moins elle se souvient de moi. Note à moi-même : me souvenir de cette accroche.

– Lui-même.

– Désolée d'avoir crié. Mon cousin m'a cassé les couilles toute la journée.

Ma bite s'éveille en entendant parler de couilles, et je dois m'empêcher de lui demander si elle voudrait voir les miennes.

– Que puis-je faire pour toi Matthew Fisher ?

J'ai immédiatement des images plein la tête. Des images détaillées. *Oh, toutes les choses qu'elle pourrait faire…*

Pendant un instant, je me demande si elle fait exprès de parler comme ça ou si je suis juste surexcité.

Je reste sage.

– Je me demandais si t'aimerais qu'on se voie un de ces quatre, pour boire un verre ?

Arrêtons-nous un instant. Car même si je me suis plaint tout à l'heure au sujet des complications modernes auxquelles sont confrontés les hommes lorsqu'ils essaient de décrocher un rencard, il est de mon devoir d'éduquer les autres, de donner les clés qui permettent de décoder le langage masculin. Voyez-moi plutôt comme une version beau gosse d'Edward Snowden ou de Julian Assange. Peut-être devrais-je créer mon propre site Internet ; je l'appellerais BitiLeaks. Non, en fait c'est un nom pourri. On dirait le nom d'une MST.

Vous vous souvenez du jeu « baise, tue, épouse » dont j'ai parlé tout à l'heure ? Si un mec vous propose de boire un verre ou de traîner, vous êtes en plein dans la catégorie « baise ». Non, pas la peine de négocier, c'est la vérité. S'il vous propose un rencard ou un dîner, ou bien encore un film, vous êtes probablement encore dans la catégorie « baise », mais la porte de la catégorie « épouse » n'est pas fermée pour autant.

Vous n'êtes pas obligées de répondre à la proposition d'un mec en fonction de ce que je vous dis, mais j'ai pensé que ça pouvait vous intéresser.

Bref, revenons à notre conversation téléphonique.

Je devine son sourire dans sa voix lorsqu'elle accepte mon invitation. « Je suis toujours chaude pour boire un verre. »

Chaude. Encore un sous-entendu. Ce n'est pas dans ma tête. C'est dans la poche.

– Cool. T'es libre vendredi soir ?

Il y a d'abord un silence, puis elle propose :

– Et pourquoi pas ce soir ?

Wow. Apparemment Delores Warren a sauté le chapitre expliquant qu'il faut exiger deux jours de préavis pour toute proposition de plan cul.

C'est qui le petit veinard ?

Et elle poursuit.

– Tu sais, il pourrait y avoir un ouragan, une vague de sécheresse, des extra-terrestres pourraient enfin décider d'envahir la Terre pour dominer la race humaine…

Tiens, on me l'avait jamais faite, celle-là.

– On raterait notre chance. Pourquoi attendre vendredi ?

J'aime sa façon de penser. Vous savez ce qu'on dit, « Pourquoi remettre à demain quelqu'un que vous pourriez vous faire ce soir ». Ou… quelque chose comme ça.

– Ce soir c'est parfait. Quelle heure ?

Certaines femmes mettent des heures à se préparer. C'est tellement chiant. Mesdames, vous ne devriez pas avoir besoin de quatre heures pour vous préparer à aller à la salle de sport ou à la plage.

– Dans une heure, ça te va ?

Elle marque des points : des seins incroyables *et* elle requiert peu d'entretien. Je crois que je suis amoureux.

– Ça me va. C'est quoi ton adresse ? Je passe te prendre.

Mon immeuble dispose d'un parking privé réservé aux résidents. Des centaines de New-Yorkais dépensent des centaines de dollars par mois pour leur place de parking. Tout ça pour *ne pas* conduire leur voiture à cause des embouteillages. Moi, les bouchons ne me gênent pas, je me laisse toujours assez de temps. Comme je l'ai déjà dit, tout est une question de timing.

Mais il y a autre chose : je n'ai pas de voiture. Je conduis une Ducati Monster 1100 S fabriquée sur mesure. J'ai pas l'intention de rejoindre la mafia ou un truc du genre, mais la moto est un autre de mes passe-temps. Il n'y a rien de plus agréable que de rouler sur une autoroute déserte, sous un ciel bleu azur, par une journée d'automne, lorsque les feuilles commencent tout juste à roussir. Pour un homme, c'est ce qui se rapproche le plus de la sensation de voler.

Je sors ma moto dès que j'en ai l'occasion. Parfois les filles se plaignent d'avoir froid ou s'inquiètent pour leur coiffure. Mais en vérité, les nanas adorent la moto.

Delores répond : « Euh… et si je te retrouvais au bar, directement ? »

C'est un bon réflexe pour une femme. De la même façon que vous n'afficheriez pas vos coordonnées bancaires sur n'importe quel site Web, ne donnez pas votre adresse à un mec que vous connaissez à peine. Le monde est pourri, et les femmes en particulier doivent faire tout ce qu'elles peuvent pour s'assurer que la pourriture ne se retrouve pas sur leur paillasson.

Hélas, ça veut aussi dire que la bête ne sortira pas ce soir. Ça me rend un peu triste.

– Oui, bien sûr, retrouvons-nous là-bas.

Avant que j'aie le temps de proposer un bar, Dee prend les choses en main.

– Tu connais Chez Stitch, sur la trente-septième avenue ?

Je le connais oui. C'est un bar relax avec des bons cocktails, de la musique live, et un lounge confortable. Comme on est mercredi soir, il n'y aura pas trop de monde, mais aucun bar de New York n'est jamais vide.

– Oui j'y suis déjà allé.

– Super. Alors on s'y retrouve dans environ une heure, ça te va ?

– Super.

Je ne m'habille pas immédiatement après avoir raccroché. Je ne suis pas difficile pour le choix de mes vêtements, comme de nombreux jeunes travailleurs à moitié asexués. Mais je ne m'habille pas n'importe comment pour autant. Je peux être prêt à partir en sept minutes. Je sors donc le dossier de mon attaché-case et je finis la lecture que je m'étais réservée pour plus tard. Car quelque chose me dit que je ne suis pas prêt de me coucher, et que quand je me glisserai sous les draps, je ne serai pas seul non plus.

CHAPITRE 3

J'arrive chez Stitch en avance. Je bois une bière au bar, puis je sors fumer une cigarette. Oui, je fume, et alors ? Lâchez les chiens si ça vous amuse.

J'ai conscience que c'est mauvais pour la santé. Je n'ai pas besoin de voir des photos d'organes de fumeurs sur ces pubs pourries pour comprendre que c'est une mauvaise habitude : *Merci Monsieur le Maire*. M'obliger à sortir fumer ne m'empêche pas d'allumer ma clope, mais ça m'emmerde. C'est un inconvénient, pas un frein.

Cela dit, je suis bienveillant. Je ne jette pas mes mégots dans la rue, je ne crache pas ma fumée sur les vieux ou sur les enfants. Alexandra me tuerait si je m'amusais à allumer une clope près de Mackenzie. Vraiment.

J'ai l'intention d'arrêter… un jour.

Mais pour l'instant, les dégâts que je cause à mes poumons à long terme ne suffisent pas à changer le fait que j'aime fumer. C'est bon. C'est vraiment aussi simple que ça. Et vous pouvez garder vos cacahuètes, car il n'y a rien de meilleur pour accompagner une bière bien fraîche qu'une cigarette. C'est aussi bon qu'une tartine à la confiture maison de grand-mère.

J'écrase ma cigarette sur le mur de l'immeuble et jette le mégot à la poubelle à côté de la porte. Puis je prends un chewing-gum. Car comme je vous l'ai dit, je suis bienveillant. Je ne sais pas si Dee fume, mais personne n'a envie de glisser sa langue dans la bouche de quelqu'un et d'y trouver un cendrier. Et d'avoir la langue de Dee dans ma bouche… parmi d'autres endroits… c'est assurément au programme de la soirée.

Je retourne au bar et commande une deuxième bière. Je bois une gorgée et vois la porte d'entrée s'ouvrir. Je la regarde entrer.

Est-ce que j'ai pensé que Dee était une bombe quand je l'ai rencontrée cet après-midi ? Faut que je prenne rendez-vous chez l'ophtalmo. Car elle est bien plus que ça.

Ses cheveux blond vénitien sont lâchés, bouclés aux pointes, et tirés en arrière par un épais bandeau noir. Elle porte un bustier blanc très décolleté, recouvert d'une veste de tailleur noire. Un short très court dépasse à peine de la veste, révélant de longues jambes fermes et hâlées. Des escarpins blancs aux talons incroyablement hauts finissent de compléter la tenue. Un rouge à lèvres rouge sublime sa bouche.

Elle est magnifique. À couper le souffle. Mettez-la dans une photo en noir et blanc et elle pourrait facilement être l'égérie de Calvin Klein. Sa carte de visite n'est pas juste le ticket d'or de Charlie, c'est un ticket de loterie. Et je viens de gagner le jackpot.

Son regard balaye la pièce et elle m'aperçoit depuis l'entrée. Je lui fais signe de la main. Elle me répond par un sourire, révélant des dents blanches et droites.

– Salut, dit-elle en s'approchant.

– Bonsoir, cette veste te va à ravir.

Vous ne pouvez pas vous tromper en faisant un compliment. Les femmes les adorent.

Son sourire devient dubitatif.

– Laisse-moi deviner : mais je serais encore mieux sans la veste ?

Je ris.

– C'est pas ce que j'allais dire. Je ne pourrais jamais dire quelque chose d'aussi ringard.

Je hausse les épaules.

– Ce que j'allais dire, c'est que ta veste irait encore mieux sur le sol de ma chambre.

Elle rit d'un rire éclatant et fort.

– Ouais, parce que ça, c'est pas ringard DU TOUT.

Je rapproche un tabouret de bar et elle s'assoit.

– Qu'est-ce que tu bois ?

Elle répond sans hésiter : « Un martini. »

– Un Dirty Martini ?

– J'aime que les martinis soient comme le sexe.

Elle me fait un clin d'œil séducteur.

– Sale, c'est toujours meilleur.

Ça, je suis amoureux, c'est sûr.

Le barman vient vers nous, mais avant que je puisse commander pour elle, Dee lui balance des instructions très précises sur la façon dont elle veut que son verre soit préparé.

– 4 cl de gin, une bonne dose de vermouth, une goutte de jus d'olive…

Le barman a l'air à peine majeur dans sa chemise à carreaux et avec son visage de poupon. Et il a surtout l'air complètement perdu. Dee le remarque et se lève. « Tu sais quoi, je vais te montrer, ce sera plus simple. » Elle se tourne, se hisse en arrière sur le bar et lance ses jambes de l'autre côté *pendant que j'essaie de voir ce qu'il y a sous son short.* Si elle a mis des sous-vêtements, ça ne peut être qu'un string Implicite, avec juste ce qu'il faut de dentelle.

Ma bite prend note de cette information et se presse contre mon jean, essayant de voir sous le short de Dee elle aussi.

Dee se redresse derrière le bar et prépare rapidement son cocktail, expliquant chacun de ses gestes au barman. Elle jette une olive en l'air et l'attrape d'un mouvement expert dans sa bouche, avant de placer deux olives sur une pique et de mettre le tout dans son cocktail limpide.

Elle le place sur le bar et fait un geste de présentation avec sa main.

– Et voilà. Le Dirty Martini parfait.

J'ai toujours pensé que ce que boit une personne peut vous en dire beaucoup à son sujet. La bière signifie que la personne est cool et détendue, ou beauf, selon la marque de la bière. Les buveurs de cocktails à base de vin sont souvent immatures ou nostalgiques. Quelqu'un qui commande une coupe de Dom Pérignon est m'as-tu-vu et veut trop vous impressionner : de nombreux champagnes sont aussi chers et tout aussi exquis, mais moins connus.

Que me dit la boisson de Dee à son sujet ? Elle est compliquée, avec des goûts très précis et raffinés. Et elle est spontanée et franche, sans être impolie. Le genre de fille qui peut renvoyer son steak en cuisine s'il n'est pas cuit comme il faut, mais qui le fera sans donner envie au serveur de cracher sur sa nourriture.

Le barman m'adresse un regard amical et hausse les sourcils.

– Dites donc, vous en avez trouvé une qui sait vraiment ce qu'elle veut.

Dee repasse de l'autre côté du bar et je réponds :

– Il semblerait, oui.

Lorsque Delores s'est rassise sur le tabouret, je commente :

– C'était impressionnant. Alors pour toi le moindre détail compte ?

Elle sirote son cocktail.

– J'étais barmaid pendant toutes mes années de fac. Du coup, je suis exigeante au sujet de la préparation de mes cocktails.

Je bois une gorgée de ma bière et entame la partie bavardage de la soirée.

– Kate m'a dit que t'étais chimiste. Ça te plaît ?

Elle hoche la tête.

– C'est comme si j'étais payée pour m'amuser toute la journée. J'adore analyser les choses, les décomposer jusqu'à leurs plus petits éléments, avant de tout chambouler. Je regarde avec quelles substances les composants réagissent bien… ou mal. Quand ça réagit mal c'est plutôt excitant. J'ai un peu l'impression d'être membre d'une équipe de déminage.

Elle touille ses olives dans le verre.

– Et toi t'es banquier ?

J'acquiesce.

– Plus ou moins.

– Ça n'a pas l'air très passionnant.

Je montre mon hésitation.

– Cela dépend de ton point de vue. Parfois les enjeux sont énormes. Et gagner de l'argent n'est jamais ennuyeux.

Dee se tourne pour me faire face.

Le langage corporel est important. Les mouvements d'une personne sont inconscients, mais apprendre à détecter les sentiments qu'ils trahissent peut vous mener à la Terre promise ou bien vous laisser sur le pas de la porte du Paradis. Si une fille croise les bras ou recule légèrement, ça veut dire que vous y allez un peu fort ou bien que votre histoire ne l'intéresse pas. En revanche, si elle vous regarde dans les yeux, si ses bras sont décroisés et qu'elle vous fait face, ça signifie généralement que ce que vous dites lui plaît, et qu'elle veut en savoir davantage.

Ses yeux me balayent rapidement de la tête aux pieds. « Tu ne ressembles pas à un banquier. »

Elle inspecte rapidement les autres clients au bar et dans le lounge. Son regard se fixe sur un quadragénaire à la calvitie naissante, portant un costume bon marché, penché au-dessus d'un double scotch, et dont l'expression semble révéler qu'il a perdu toute son épargne dans un krach boursier.

Dee pointe un doigt à l'ongle rouge vif vers lui. « Lui. »

– On dirait un croque-mort. Ou un pédophile.

Elle rigole et finit son martini cul sec.

Je me penche vers elle pour me rapprocher, et je lui demande :

– Si je ne ressemble pas à un banquier, je ressemble à quoi ?

Elle sourit lentement et enlève les olives de la pique avec ses dents.

– À un Chippendale.

La réponse parfaite. Je n'ai pas besoin de vous expliquer pourquoi, si ?

D'une voix basse et séduisante, je lui réponds :

– C'est vrai que j'ai des chorégraphies géniales. Si jamais banquier ça ne marche pas, Chippendale c'est mon plan B.

Je fais signe au barman qu'on reprendra la même chose. Delores regarde chacun de ses gestes, et a priori il ne réussit pas trop mal car elle sourit lorsqu'il lui tend le verre.

Puis elle me dit :

– Donc… ton pote, Drew. Ça fait un moment qu'il emmerde mon amie. C'est pas très malin de sa part.

– Drew réagit bizarrement à la compétition. Il vit pour ça, et en même temps ça l'emmerde. Mais on ne peut pas dire que Kate lui ait rendu la vie facile non plus. Elle vient au bureau armée de ses meilleurs atouts, je pense qu'elle peut s'en sortir toute seule.

– Eh bien n'hésite pas à lui dire de faire attention à ce qu'il fait. Je suis très protectrice. Les filles d'Ohio se serrent les coudes.

– Mais tu vis à New York, maintenant. Et ici, c'est chacun pour soi. C'est même la seconde devise de la ville, juste après *La ville qui ne dort jamais*.

Ses yeux pétillent lorsqu'elle rit. J'ai l'impression que le premier verre l'attaque un peu.

– T'es mignon, me dit-elle.

Je penche la tête en arrière en signe d'exaspération.

– Génial. *Mignon*. C'est vraiment l'adjectif que tous les hommes rêvent d'entendre.

Elle rit de nouveau, et je suis surpris de m'amuser autant. Dee Warren est une fille cool : ouverte, vive d'esprit, drôle. Même si je n'arrivais pas à la serrer ce soir, la nuit n'aura pas été un échec total.

Cela ne signifie pas que je ne meurs pas d'envie de sortir d'ici pour découvrir ce qui est, ou de préférence ce qui n'est pas, sous son mini-short. Mais ce serait la cerise sur un gâteau qui est déjà succulent.

Je reprends notre bavardage.

– Donc tu viens de l'Ohio ?

– Ouais, du fin fond des États-Unis.

– Hmm, t'as pas trop d'amour pour la ville où t'as grandi ?

– Non. Greenville est une ville super quand on est jeune, mais c'est un peu comme l'Hôtel California. Les gens viennent, mais ne repartent jamais. Si ta seule ambition est de te marier et d'avoir des enfants, t'es au bon endroit. Mais… ce n'est pas ce que je voulais.

– Et qu'est-ce que tu veux, Dee ?

Elle réfléchit un moment et répond :

– Je veux… simplement vivre. Des nouveautés. Des découvertes. Du changement. C'est pour ça que j'aime autant cette ville. Elle est vivante, elle ne stagne jamais. Tu peux te balader dans un quartier un jour et y retourner une semaine plus tard et ce sera complètement différent. Des nouvelles personnes, des nouvelles choses à voir, des nouvelles odeurs. Les odeurs ne sont pas toujours géniales, mais c'est le prix à payer pour avoir tout le reste.

Je rigole et elle poursuit.

– Ma mère disait toujours que je lui rappelais un chien en laisse à qui on n'avait jamais appris à rester « au pied ». Qui tire toujours sur la corde, impatient de partir. Il y a une chanson country dont j'aime bien les paroles : « Je ne veux pas la simplicité, je veux la folie ».

Elle hausse les épaules, timidement. « Ça, c'est moi. »

Tout ce qu'elle a dit sur New York, ce sont les raisons pour lesquelles moi aussi j'aime tant cette ville où j'ai grandi. La vie est trop courte pour toujours être prudent, pour ne jamais changer.

Mon portable vibre, mais je l'ignore. Regarder son téléphone en plein milieu d'une conversation, même s'il ne s'agit que d'un plan cul, c'est juste impoli. Ça manque de classe.

Dee me demande quel est mon signe astrologique, mais je lui fais dire le sien d'abord. Certaines personnes croient vraiment à ces trucs. J'ai été largué plus d'une fois par une femme Lion ou Verseau horrifiée de découvrir que j'étais Capricorne. Depuis, je n'ai pas de scrupules à modifier légèrement ma date de naissance si besoin.

Ce coup-ci, je n'ai pas besoin de le faire. Dee est Scorpion, ce qui est censé donner lieu à des parties de jambes en l'air incroyables avec les Capricornes. Perso, je pense que tout ça c'est une belle escroquerie. Mais, si vous voulez jouer, il faut connaître les règles du jeu. Y compris l'ensemble des coups bas possibles.

Dee sirote lentement son deuxième verre et la conversation passe à la famille et aux amis. Sans trop entrer dans les détails, elle me parle de Billy, qui est plus comme un frère qu'un cousin, et de sa mère célibataire qui les a élevés tous les deux. Elle parle un peu de son amitié de toujours avec Kate et mentionne quelques-unes des folies de leur adolescence ; des histoires qui sont tout simplement trop gênantes pour *ne pas* être mentionnées à Kate au bureau demain matin.

Je lui raconte comment le fait d'avoir grandi avec Drew, Steven et Alexandra a fait que je ne me suis jamais senti comme un fils unique. Je lui parle de la fillette de quatre ans la plus cool au monde, Mackenzie, et lui explique que je serais ravi de traîner avec elle tous les jours de la semaine si je le pouvais.

Au moment où je termine ma quatrième bière, deux heures et demie se sont écoulées sans que je m'en rende compte. Lorsque Dee va aux toilettes, je sors mon téléphone.

J'ai six messages, tous de Steven.

Merde. *Call of Duty.* J'ai zappé.

Le degré de panique varie d'un message à l'autre. Vous voulez voir ?

Mec, t'es en retard. J'commence sans toi.

**

Allez mec, j'suis ds la merde et ils st + nombreux. T'es où putain ?

**

Putain il est où mon renfort ? Mes hommes meurent ici !

**

Je partirai pas comme ça ! J'en défonce autant que je peux ds ma chute.

Ahhhhhhhh!

****

Merci beaucoup, enfoiré. J'suis mort. Si tu dragues ma veuve je te hante.

Enfin, le dernier dit simplement :

Enculé.

J'éclate de rire et lui envoie un message d'excuses en lui disant que j'ai eu un truc de dernière minute. Steven est très doué pour lire entre les lignes :

> *Tu veux dire que ta bite a eu un truc de dernière minute. Je croyais qu'on ne faisait jamais passer les gonzesses avant les potes ? Tu me revaudras ça. J'accepterai des paiements sous forme d'heures de baby-sitting pour que je puisse sortir avec ma femme… ou juste rester au lit ;)*

Personnellement, je trouve que Steven passe déjà trop de temps avec sa femme, le clin d'œil dans son message le prouve, d'ailleurs.

Dee revient des toilettes et se tient debout près de ma chaise.

– Tu veux qu'on bouge d'ici ?

Oh oui s'il-te-plaît.

Je lui lance un sourire charmeur et réponds :

– Absolument. Tu veux qu'on aille chez moi ? J'adorerais te montrer la vue.

Elle jette un œil à mon entrejambe.

– Ah oui ? Et ce serait la vue sur quoi ?

– Le genre de vue dont tu ne te lasseras jamais, chérie.

Elle rigole.

– Je pensais plutôt qu'on pouvait aller danser quelque part.

– Alors on est sur la même longueur d'onde. La danse horizontale est ma danse préférée.

Ses doigts caressent de bas en haut la manche de ma chemise noire.

– Mais la danse verticale est un bon prélude ; ça me met d'humeur. Il y a un club juste en bas de chez moi. Leur DJ du mercredi est génial. Tu veux venir avec moi, Clito-boy ?

Je pose ma main sur la sienne et passe lentement mon pouce dessus.

– Je crois que je n'aime pas beaucoup ce surnom.

Elle sourit, l'air pas désolée du tout quand elle dit :

– Dommage pour toi. On n'a jamais une deuxième occasion de laisser une première impression. Tu seras Clito-boy jusqu'à ce que tu me fasses penser à toi autrement.

Je me rapproche d'elle. Un frisson parcourt son corps, et mon souffle sur son oreille lui donne la chair de poule.

– D'ici à la fin de la nuit, tu m'appelleras « Dieu ».

Sa respiration s'accélère légèrement et je vois son pouls battre plus vite sous la peau de son cou. J'ai envie de mettre ma bouche dessus, de sucer sa peau et d'en découvrir le goût.

Mais je n'en ai pas l'occasion.

Delores recule d'un pas, ses yeux ambrés trahissant son envie. Puis elle ordonne :

– Tu paies la note, et je nous trouve un taxi.

Une femme indépendante c'est sacrément sexy. Il n'y a que les losers qui n'ont pas confiance en eux qui sont excités par une nana qui s'accroche à eux comme à un masque à oxygène dont elles ont besoin pour survivre. Mais, même s'il est évident que Delores est une grande fille qui sait prendre soin d'elle-même, j'aime qu'elle me laisse payer la note. Dans tous les cas, j'aurais insisté. Ouvrir une porte, payer la note : ça ne dénigre pas les capacités d'une femme. Parfois un mec a simplement envie d'être un peu vieux jeu.

Alors laissez-nous l'être.

Voyez ça comme une caution que l'on paie pour toutes les fois où on va merder dans les années à venir, car ça arrivera.

Je règle donc la note et rejoins Dee devant le bar, où elle m'attend à côté d'un taxi. Il y a une étincelle enjouée dans son regard qui me fait penser qu'elle lit dans mes pensées. Je souris, lui dis merci et monte dans le taxi.

***

Le club dans lequel m'emmène Delores s'appelle Greenhouse, à SoHo. J'en ai déjà entendu parler mais c'est la première fois que j'y mets les pieds. C'est fou le monde qu'il y a. Les murs et le plafond près du bar sont recouverts de mousse verte et sont éclairés par des spots bleus, rouges et verts. La piste de danse est décorée comme une cave, avec des cristaux suspendus au plafond dans des tons bleus, violets et roses. Il y a peu de lumière, beaucoup d'ombre. C'est parfait pour choper quelqu'un contre un mur. Ce sera utile pour plus tard.

La musique est forte, trop pour pouvoir se parler, et ça me va parfaitement. Parler c'est bien, agir c'est mieux. Dee boit une gorgée, repose son verre sur la table, me lance un regard sexy et un sourire qui sous-entend « regarde ça », avant de se diriger vers la piste de danse.

Je m'assois en m'installant confortablement au fond du fauteuil, les jambes écartées, heureux de ne la caresser que du regard pour l'instant. Elle ferme les yeux et balance sa tête en rythme avec la musique. Elle se déhanche lentement, lève ses bras au-dessus de sa tête. Les lumières bleues et roses dansent sur ses cheveux, l'éclairant, lui donnant un air magique. La musique accélère et devient plus forte, et Dee la suit toujours. Elle secoue ses épaules et ses fesses, plie ses jambes pour descendre vers le sol, avant de se relever, les fesses en premier.

Ce qui est certain c'est qu'elle sait danser, et j'ai encore plus envie d'elle. Je regarde autour de moi et me rends compte que Delores a attiré l'attention de plusieurs mecs, voire de tous les mecs du club. Ils la regardent danser avec des sourires satisfaits et pervers, et avec des regards dans lesquels on peut lire leur envie de se taper Delores.

D'habitude je ne suis pas quelqu'un de possessif. Il m'est déjà arrivé d'aller en boîte avec des filles et la soirée s'est terminée avec elles et moi passant la nuit avec des personnes différentes. Ça fait partie des risques.

Mais à cet instant précis, j'ai les poings fermés, et je suis prêt à cogner et à foutre dehors le premier connard qui tente d'approcher Delores. Le simple fait qu'ils la regardent m'agace. Je hais le fait qu'elle soit la source de leurs espoirs et de leurs désirs pervers.

Peut-être que je suis jaloux parce que je n'ai pas encore couché avec elle. Peut-être que je ne veux pas partager un dessert auquel je n'ai pas encore goûté.

Ou peut-être parce que Delores Warren est tout simplement… différente, d'une façon que je n'arrive pas à expliquer. Le peu que je sais d'elle, j'aime. Beaucoup. Et une partie de moi-même à laquelle je n'ai pas encore donné la parole a désespérément envie d'en savoir plus.

La musique change au moment où je me lève. « Wake Me Up » d'Avicii envahit la pièce, et la foule chante en signe d'approbation. Je vais sur la piste de danse et me dirige vers Delores.

Le début de la chanson est lent, pesant, avec de la guitare acoustique. Le corps de Dee se balance d'un côté à l'autre en rythme avec la musique, ses longs cheveux suivant le mouvement de ses hanches, cachant son cou. J'arrive derrière elle et passe un bras autour de sa taille, la paume de ma main sur son ventre, par-dessus sa veste, et la tire vers moi.

Elle se tend l'espace d'une seconde, ouvre les yeux et tourne la tête vers moi. Puis elle me voit, et elle sourit.

Elle se détend et s'appuie contre moi, son dos contre mon torse, et je me penche sur elle, nous pressant l'un contre l'autre. Ses fesses se blottissent parfaitement contre ma bite, qui est devenue dure dès son premier pas de danse.

Je pense qu'elle la sent, c'est obligé.

Elle se penche en avant, se pliant légèrement au niveau du bassin, et dessine de petits cercles avec ses hanches, se frottant exactement là où mon corps a désespérément besoin de contact.

Putain, la sensation est juste in-croy-able.

Je plie mes genoux et danse en rythme, même si toute mon attention est concentrée sur Dee.

Sans vouloir me vanter… Enfin, si, ok, je vais me vanter. Je suis un bon danseur. Il y a de nombreux points communs entre le sexe et la danse. Il faut trouver le bon rythme, être attentif aux mouvements de l'autre, et répondre en conséquence.

Je tuerais la personne qui s'amuserait à le répéter, mais quand j'étais petit, ma mère m'avait fait prendre des leçons de danse. On y est tous passés : Drew, Steven et moi. Pas le genre de danse où il faut porter un costume à paillettes, *Dieu merci*. Des cours de danse de salon. C'était un an avant le bal des débutantes d'Alexandra. Oui, dans notre milieu, les filles ont leur bal des débutantes, et les garçons doivent absolument savoir danser comme des gentlemen. On détestait tous ça. Drew et moi avions mis au point un plan détaillé pour nous enfuir et vivre dans le musée d'Histoire naturelle jusqu'à ce que l'on soit hors de danger, mais notre plan avait échoué.

Cela dit, aussi malheureux que cela a pu me rendre à l'époque, je suis désormais reconnaissant d'avoir appris. Car si un gamin qui sait danser est une lopette, un homme qui sait danser a tout simplement la classe. Il est sophistiqué.

Pour le genre un peu hip-hop que l'on danse en boîte, il faut avoir le sens du rythme, ce que ce pauvre

Steven n'a absolument pas. Mais pour moi qui ai des capacités innées *et* de l'entraînement, je suis un véritable maître sur la piste de danse.

La partie électronique de la chanson arrive : plus rapide, plus primitive, avec de la bonne basse. Dee se redresse et passe ses bras autour de mon cou, derrière elle. J'ai une main sur sa hanche, je me maintiens contre elle sans cesser de me frotter. Mon autre main passe doucement sous sa veste pour s'arrêter sur la peau chaude de son ventre ferme.

Je sens les vibrations de son gémissement, et les caresses de ma main remontent lentement.

Lorsque la musique ralentit de nouveau, Dee se tourne dans mes bras pour me faire face. Avec ses talons, nous sommes presque nez à nez. Je suis pris dans le regard sombre de ses yeux ; le chanteur raconte des histoires de voyage autour du monde, parle de rester jeune et de conquérir la personne qu'il aime.

Le rythme reprend, mais nos yeux ne se quittent pas. Nos corps bougent l'un contre l'autre. Bouillonnants, mendiants. Mes doigts agrippent les fesses de Dee, la serrant contre moi avec force.

Sur les paroles d'un homme qui ne savait pas à quel point il était perdu avant d'avoir trouvé ce qu'il lui manquait, la main de Dee se pose sur ma joue. C'est tendre et intime.

Quelque chose de fort et de sérieux.

Je baisse la tête, et mes lèvres rencontrent les siennes. Et elle est tout de suite là avec moi. Sa bouche s'ouvre pour moi, chaude et humide, accueillant tout ce que je lui donne et me le rendant avec autant d'ardeur.

J'enveloppe mes deux bras autour d'elle, oubliant complètement la danse. Une de mes mains reste sur ses reins, l'autre plonge dans ses cheveux soyeux, et nos bouches ne s'arrêtent pas. Ses mains attrapent mes épaules, pétrissent mes muscles, m'attirent vers elle.

Avez-vous déjà eu un de ces moments où vous vous dites, cela va changer ma vie à jamais ? Où vous savez que, à partir de ce moment, il y aura un avant et un après ?

La plupart des gens ne le ressentent pas. Ils sont trop pris dans ce qui leur arrive pour se rendre compte de l'importance de ce qui se passe.

Je faisais partie de ces gens.

Mais aujourd'hui, en regardant en arrière, cette danse était l'un de ces moments-là. Ce premier baiser était ardent et parfait. C'est ce moment qui allait déterminer le reste de ma vie. Et tout ce qui arriverait par la suite serait différent, à jamais.

CHAPITRE 4

On rentre chez Dee à pied. Enfin, on trébuche serait le terme plus exact.

On se frotte frénétiquement l'un contre l'autre tout en essayant de marcher.

J'ai une envie incontrôlable de l'embrasser toutes les quinze secondes, de l'attirer contre moi, ou de la plaquer contre le mur d'un immeuble pour mieux la tripoter. Et le moins qu'on puisse dire, c'est que Dee n'est pas passive. Elle griffe mes abdos, plonge sa main dans mon jean pour empoigner mes fesses. On ressemble à deux ados à la merci de leurs hormones, qui se pelotent dans les couloirs du collège et qui n'en ont strictement rien à foutre de se faire choper par le CPE.

On arrive enfin devant la porte de son appartement. Je me tiens derrière elle pendant qu'elle atteint à tâtons le double verrou, faisant des mouvements de bassin contre ses fesses, un sein dans chaque main, massant et titillant ses attributs magnifiques. Dès qu'on a franchi la porte, Dee se jette sur moi et, debout sur la pointe des pieds, m'offre un baiser intense, mouillé, et langoureux. Ses mains sont partout dans mes cheveux, mettant sur pause leur expédition le temps que je lui arrache sa veste. Il me faut à peine deux secondes et deux mouvements experts pour lui enlever son short minuscule, lui laissant seulement son bustier et son string Implicite qui n'est guère plus qu'un petit triangle de dentelle.

Si je trouvais Delores magnifique habillée, nue, elle est à couper le souffle. Elle a des jambes longues et fines, des hanches étroites et un ventre plat dont la peau est douce comme une caresse. Elle n'est pas trop sculptée, elle a le corps mince de quelqu'un qui fait du yoga, dont on devine les muscles fermes juste sous la peau. Sur mes genoux, je déboutonne ma chemise. Dee se penche pour me l'enlever, ses mains griffant mon dos, semblant en apprécier les muscles.

– Incroyable, t'es gaulé comme un *dieu* grec, soupire-t-elle.

Elle a déjà adopté mon surnom alors que je ne l'ai pas encore fait jouir. *Je suis doué.*

Sans m'arrêter, j'écarte suffisamment ses jambes pour pouvoir m'y insérer. Elle appuie sa poitrine contre le mur pour se stabiliser. Et, par-dessus son string, j'embrasse sa chatte. Delores lève sa tête vers le plafond d'un geste incontrôlable et elle en demande encore. Son parfum est sucré, fruité avec un arrière-goût épicé ; comme une pomme bien mûre et une pincée de cannelle. J'ai un désir insatiable d'être pleinement en contact avec sa peau et je lui arrache son string. Ma langue chaude et mouillée trace les contours de sa toison blonde et soignée, puis elle descend pour lécher ses lèvres. Mais fini les échauffements, je plonge ma langue en elle, lapant et suçant tandis qu'elle gémit et se cambre.

Je ne déconnais pas quand je disais que je m'y connaissais en clitos. La plupart des mecs pensent qu'il suffit de filer tout droit dessus, mais ils se trompent. Trop de pression, exercée trop vite, ce n'est pas agréable, ça peut même être déplaisant pour une femme. Il faut le titiller, le stimuler peu à peu, jusqu'à ce qu'il soit dur et dressé et qu'il supplie d'être caressé. Lorsque Dee en est là, j'ouvre ses lèvres avec mes doigts et titille son clito avec ma langue.

Elle pousse un cri de libération et de plaisir intense. Je la lèche plus fort, de haut en bas et de bas en haut, sans jamais rompre le contact, puis je glisse deux doigts dans sa chatte mouillée et contractée. Ses hanches se plaquent contre mon visage et ses mains me tiennent en place tandis qu'elle jouit, gémissant la bouche ouverte.

Alors que la respiration haletante de Dee raisonne encore dans mes oreilles, je me relève et passe un bras autour de sa taille. Elle s'affaisse sur moi, encore tremblante de plaisir. Je décolle ses pieds du sol, mais elle ne semble pas avoir la force d'envelopper ses jambes autour de ma taille. Ses lèvres cherchent les miennes et ses bras agrippent mes épaules.

– La chambre ? je demande entre deux baisers.

– Dernière porte à gauche.

Mes jambes épuisées nous amènent à la chambre. Je ne remarque ni le style, ni la déco de ce qui nous entoure : tous mes sens sont en accord avec ceux de Dee et avec mon propre désir intense. Légèrement remise de son coma post-orgasme, Delores s'assoit sur le bord du lit et son regard langoureux m'ordonne d'avancer. Sans lâcher mon regard, elle défait mon pantalon : seules ma braguette qu'elle défait et nos respirations essoufflées se font entendre. Elle finit de me déshabiller et je n'ai qu'à faire un pas pour être enfin nu. Son regard est impatient, comme celui d'un aventurier à la recherche d'un trésor prisé.

Ma queue est en pleine forme. Longue, épaisse, douloureusement enthousiaste. Delores lèche la paume de sa main.

Et c'est la chose la plus sexy que j'aie vue de toute ma putain de vie. Audacieuse et effrontée.

Puis elle referme sa main lubrifiée et chaude sur ma bite, la tenant fermement, branlant tendrement. Je m'approche d'elle sans vraiment réfléchir, et Dee interprète ça comme un signe que je veux qu'elle me prenne dans sa bouche. Je la regarde me lécher de la base au gland, sa langue tournant autour du prépuce, puis elle me prend dans sa bouche, tellement profond que je sens le fond de sa gorge.

Instantanément, mes yeux se ferment. Je grogne et je jure et l'implore de continuer. Dee ne me déçoit pas, me plongeant et me sortant de sa bouche paradisiaque une fois après l'autre sans s'arrêter. Mais lorsqu'elle prend mes boules dans sa main, qu'elle les frotte, les pétrit et tire de la meilleure façon qu'il soit, là je dois calmer le jeu. Sinon j'ai peur de jouir tout de suite, et j'ai bien trop d'idées en tête pour que ça arrive maintenant.

J'empoigne les cheveux de Dee et la fait doucement arrêter. Puis je me penche sur elle et l'embrasse, mon sang bourdonnant dans mes tympans. Elle s'allonge sur le dos, m'emmenant avec elle jusqu'à ce que l'on soit ventre contre ventre, cuisse contre cuisse. J'arrache ce qu'il reste de son bustier pour révéler deux gros seins, magnifiquement rebondis.

Et sur un des tétons : un piercing en diamant.

Putain de merde.

Ma bite durcit et m'implore d'agir. Je m'attaque à ses seins comme un animal vorace, suçant et mordillant, empoignant et tirant avec mes mains. Ma bouche couvre son téton percé, et je goûte à la fois le métal froid et la chair chaude. Je tire dessus avec mes dents et le titille avec ma langue. Dee se tord et gémit sous moi, griffant mon dos, enfonçant ses ongles, laissant des marques brûlantes et sensuelles sur leur passage.

– Baise-moi Matthew, implore-t-elle. Il faut que tu me baises, tout de suite.

Il me faut trois secondes pour attraper un préservatif et l'enfiler. La tenant par les chevilles, je la tire vers moi, pour que ses fesses soient au bord du lit. Je passe mon gland sur sa chatte implorante, en titillant l'ouverture.

Puis je la regarde dans les yeux et lui demande :

– Tu… tu veux ça comment ?

– Dur, gémit-elle. Dur, et profond. Je veux que chaque putain de centimètre de toi soit en moi.

J'entre en elle avec force, aussi profond que je peux. Dee se cabre et crie :

– Oh oui ! S'il-te-plaît… oui ! »

Je me retire lentement, jusqu'à ce que seul mon gland soit en elle, puis je la pénètre à nouveau, mes hanches dessinent des cercles, je me frotte contre son clito quand je suis en elle jusqu'aux couilles.

Ça, c'est le désir sous sa plus belle forme : primitif, passionné, viscéral, affamé.

Je garde le rythme dont Dee a tant envie, lui coupant le souffle chaque fois que je rentre en elle. Jusqu'à ce qu'elle attrape mon bassin et me supplie d'aller *plus vite.* Je m'allonge sur elle et ses bras entourent mon cou, elle m'embrasse à pleine bouche et je la baise furieusement.

Sa joue est pressée contre la mienne quand elle vient : les yeux fermés, elle crie mon nom une dizaine de fois, un son incroyable que je n'oublierai jamais. Et quand elle jouit, quand sa chatte se resserre autour ma queue, je viens aussi. C'est délicieusement long et puissant ; je me demande même si je n'ai pas perdu connaissance.

C'est hallucinant. Du jamais vu. De loin le meilleur coup de toute ma vie. Et, alors que je suis encore en elle, avant que les battements de mon corps aient pu ralentir, je sais que Dee Warren n'est comme aucune autre femme que j'ai connue auparavant.

***

Lorsqu'on a repris nos souffles, Delores se lève et disparaît dans la salle de bains, dont elle ressort quelques minutes plus tard, vêtue d'un peignoir multicolore à motifs cachemire. J'attrape mon jean qui est par terre, en tire mon paquet de cigarettes, et lui demande :

– Ça te gêne ?

Elle ouvre une fenêtre, puis sort un joint déjà entamé d'une boîte à bijoux en bois sur sa commode.

Elle le lève en l'air.

– Si t'en as, te gêne pas.

Allongé sur le lit, je repose ma tête sur mon bras replié et allume ma clope. Dee se glisse dans le lit à côté de moi et pose un cendrier sur mon torse, allumant son joint. Sa robe s'ouvre, laissant apercevoir son téton percé. Je recrache ma fumée et passe mon doigt autour de l'anneau.

– Alors, c'est quoi son histoire ?

Elle inhale en profondeur et de la fumée s'échappe de sa bouche lorsqu'elle me raconte :

– Tu te souviens que Billy, Kate et moi avons grandi ensemble ?

J'acquiesce.

– Billy est le plus jeune, seulement de quelques mois. Quand il a eu vingt ans, on s'est tous soûlés pour fêter ça. Kate et Billy se sont fait tatouer, et moi je me suis fait percer.

Je tire doucement sur l'anneau, le touchant et le testant comme un enfant avec le nouveau jouet qu'il a eu à Noël.

– C'est incroyablement sexy. Mais je suis curieux, pourquoi tu n'as pas opté pour un tatouage ?

Elle écrase son joint dans le cendrier.

– Les tatouages sont trop engageants. Je n'aime pas avoir quelque chose de permanent sur, ou dans, mon corps dont je ne puisse pas me débarrasser.

J'écrase ma clope et pose le cendrier sur la table de nuit. Puis je me tourne pour faire face à Dee.

Sa main se balade sur mon ventre et descend pour entourer ma bite, son pouce sur mon prépuce.

– Et l'histoire derrière ça, c'est quoi ? Je pensais que les catholiques devaient être circoncis ?

– Je crois que tu penses au judaïsme. Mais moi c'est parce que j'étais assez malade quand je suis né. Rien de grave, mais suffisamment pour que ma mère s'inquiète du moindre truc qui puisse entraîner des complications inutiles.

Pour une raison que j'ignore, mes parents pensaient que je me ferais circoncire quand je serais un adulte bien fort et en bonne santé. Comme s'il me viendrait *jamais* à l'idée d'approcher ma bite d'un scalpel si ma vie n'en dépendait pas.

Et encore.

Oui, pour répondre à vos questions, il y a eu quelques filles au lycée qui étaient un peu... mal à l'aise quant à la manière de procéder avec une bite 100 % naturelle. Mais une fois qu'elles l'avaient testée et qu'elles s'étaient rendu compte qu'elle fonctionnait comme tous les autres modèles, la demande a fortement augmenté.

Elle continue à me caresser jusqu'à ce que ma bite soit dure et chaude dans sa main. Puis elle la regarde et me dit :

– J'aime bien. Elle est jolie.

Je prends Delores par les hanches, roule de façon à être sur le dos et la soulève pour qu'elle soit à cheval sur ma taille.

– Ok, tes adjectifs sont officiellement déclarés pourris. Les chattes sont jolies, pas les bites.

Sa robe s'ouvre entièrement. Je lèche mon pouce et le met sur son clito, juste pour lui montrer que je le trouve joli. *Magnifique, putain.*

Le rire de Dee se termine par un gémissement.

– Instruis-moi. Quel adjectif trouves-tu suffisamment viril pour une bite ?

Ses hanches imitent le mouvement de mon pouce, dessinant des petits cercles.

– Majestueux, c'est un bon début. Effrayant marche aussi. Puissant ou impressionnant sont toujours bons à prendre.

Je frotte son clitoris avec davantage de pression. Ses hanches bougent plus vite et les cercles qu'elles dessinent se font plus grands. Sa respiration est haletante.

– J'y penserai pour la prochaine fois.

– J'adore baiser quand je suis défoncée.

Elle se soulève sur ses genoux de façon qu'on soit alignés.

– J'ai comme l'impression que je vais adorer, moi aussi.

***

– Putain, c'était dingue, s'exclame-t-elle, la tête dans le coussin, là où je viens de planter son visage.

Sur les genoux, derrière elle, je retire la capote numéro deux avec un mouchoir et m'écroule à côté d'elle.

– Entièrement d'accord avec toi.

La levrette, c'est jamais décevant.

Elle relève la tête et regarde le réveil à côté du lit.

– Merde, je dois me lever dans quatre heures.

Qu'on soit clairs : ça c'est le moment où je pars. C'est une façon sympa de dire, *Merci pour la baise. Salut !* Je dors rarement avec mes coups d'un soir. À moins d'être complètement raide, je préfère dormir chez moi.

Je me lève et commence à m'habiller. J'ai remis mon jean mais je suis encore torse nu lorsque je dis à Dee : « J'ai passé une super soirée. »

Elle roule sur son dos, sans essayer de couvrir la magnificence de son corps nu. « Moi aussi. »

Mes yeux balayent son corps et l'éclat post-coït de sa peau, et mon regard s'arrête sur son téton percé qui demande clairement qu'on s'occupe à nouveau de lui.

– Je veux te revoir.

Dee sourit, dubitativement.

– Tu veux dire que tu veux me revoir pour baiser.

J'enfile ma chemise avant d'avouer :

– Chérie, ça me paraît évident.

Je ramasse mon paquet de clopes resté par terre et le remets dans ma poche.

– Je t'appelle.

Elle répond avec un rire sec et roule des yeux. Elle attrape son peignoir en soie et se tient debout devant moi.

– Quoi ? je lui demande, légèrement déconcerté.

Elle secoue la tête d'un air condescendant.

– T'es pas obligé. Je suis pas le genre de femme à qui t'es obligé de faire des promesses que tu n'as aucune intention de tenir. C'était sympa, restons-en là. Si je n'ai plus jamais de nouvelles de toi, ça me va aussi.

Ce n'est pas du tout la réaction à laquelle je m'attends venant d'une meuf à qui j'ai donné de multiples orgasmes pendant les deux dernières heures. La plupart du temps, c'est elles qui demandent à vérifier que leur numéro est bien dans mes contacts. Elles demandent des détails quant à la date et l'heure à laquelle leur téléphone va sonner.

L'attitude de Dee est une bouffée d'air frais. Et c'est intriguant. Voire même provocateur.

Lorsqu'on se dirige vers la porte, j'insiste :

– C'est cool et… tu *vas* avoir de mes nouvelles.

Elle me tapote l'épaule.

– Bien sûr, mais, si ça ne te gêne pas, je ne vais pas cesser de vivre en attendant que tu m'appelles.

J'enlève sa main de mon épaule et pose un baiser sur ses doigts. Son sourire dubitatif disparaît et est remplacé par… de la surprise. De l'espoir, même.

– Ne cesse pas de vivre mais… assure-toi d'être près du téléphone lorsqu'il sonnera, lui dis-je en lui faisant un clin d'œil.

Puis elle sourit de nouveau. Elle m'ouvre la porte, mais avant de sortir, je m'approche d'elle et l'embrasse sur la joue.

– Bonne nuit, Dee.

Sa main touche l'endroit que mes lèvres viennent de quitter. Et ses yeux couleur miel rencontrent les miens. Avec une légère trace de tristesse dans la voix, elle me dit :

– Au revoir, Matthew.

Lorsqu'elle referme la porte derrière moi, j'attends quelques instants pour m'assurer qu'elle referme bien tous les verrous. Puis je file chez moi, où un repos bien mérité m'attend.

CHAPITRE 5

Le jeudi soir, nous allons à un dîner de bienfaisance organisé par la Columbia University, à l'hôtel Waldolf Astoria. D'habitude j'envoie juste un chèque et j'évite le dîner. Mais il s'avère qu'Alexandra est membre du comité d'organisation, donc ma présence est obligatoire. Bien que s'occuper de Mackenzie soit un boulot à plein temps, Alexandra est une perfectionniste qui aime jongler avec plusieurs choses à la fois. Comme de nombreuses femmes dans sa situation, c'est-à-dire une mère au foyer de Manhattan avec pas mal d'argent entre les mains, elle veut rendre quelque chose à la communauté. Je pense que les activités philanthropiques lui permettent aussi de se sentir connectée au monde extérieur, alors que sa vie quotidienne est envahie par *Oui-Oui*, les colliers de nouilles, et les après-midi à l'aire de jeux qui menacent de réduire son cerveau à néant. Steven dit qu'elle est beaucoup plus agréable quand elle a un événement à organiser. En revanche, lorsque le jour J arrive vraiment, elle a tendance à être un peu stressée. Un peu… chiante, si vous le permettez.

Vous avez été prévenus.

Je suis debout avec Drew et Alex, face à une salle élégamment décorée, remplie d'anciens élèves de Columbia en smokings et robes de soirée. L'événement me semble être un succès ; des serveurs passent avec des plats de hors-d'œuvre, les verres sont pleins, tout n'est que bavardages et éclats de rire. Le visage d'Alexandra a beau être calme, ses yeux scannent la salle avec la précision d'un sniper à la recherche de cibles potentielles.

– Est-ce que je vais bientôt pouvoir partir ? demande Drew à sa sœur.

– Non, répond Alexandra d'un ton si sec que j'ai l'impression que ce n'est pas la première fois qu'il pose cette question. « C'est une fête : mange, bois, mêle-toi à la foule. »

Drew lui jette un mauvais regard.

– Visiblement ça fait longtemps que t'as pas été à une fête. Cette soirée n'est pas une fête. Cette soirée est une simple excuse pour que des bonnes femmes sortent leurs robes à paillettes du fond du placard et pour qu'elles comparent les carats de leurs bagues de diamants, dit-il en buvant une gorgée de vin. Cela dit, le vin est excellent, très bon choix.

Alex boit aussi une gorgée.

– Le vin délie les langues… et ouvre les portefeuilles.

– Et la tequila fait s'évaporer les habits, dis-je en remuant mes sourcils.

C'est à ce moment-là qu'une femme XXL, avec une coiffure d'un mètre de haut, beaucoup trop de maquillage et une robe vert gazon, s'approche de nous.

– Espérons que la tequila est fermée à double tour ce soir, dit Drew dans un murmure à peine audible.

– Ma chère Alexandra, glousse-t-elle. Tu t'es surpassée dis donc ! Les gens parleront de cette soirée pendant des semaines !

Alex pose sa main sur sa poitrine en signe d'humilité.

– Vous être trop aimable, Madame Sinclair.

Sinclair. Je connais ce nom. Elle vient d'une vieille famille. Son grand-père a gagné une fortune dans l'acier lors du boom industriel du début du siècle. Et son neveu, l'héritier de la fortune, est l'un des pires PDG qui soit, avec une addiction à la coke connue de tous. Tenez, une petite leçon, c'est gratuit : l'argent ne peut pas obtenir l'élégance, mais il *peut* vous acheter une montagne de disgrâce.

Alexandra attire l'attention de Mme Sinclair sur moi.

– Vous connaissez notre cher ami Matthew Fisher ?

La bourgeoisie new-yorkaise est un peu comme la mafia : si vous n'êtes pas *notre* ami ou si vous ne faites pas partie de *notre* truc, les gens ne veulent rien savoir de vous.

– Ah, oui, dit-elle. Vous êtes le fils d'Estelle.

Je hoche la tête, respectueusement.

– C'est un plaisir de vous revoir, Mme Sinclair.

Alexandra poursuit :

– Et avez-vous rencontré mon frère, Andrew ?

– Enchanté, dit Drew en lui offrant son plus beau sourire, gentleman, comme toujours.

Les yeux de Mme Sinclair sont pleins d'étoiles lorsqu'elle le regarde, s'éventant avec sa main potelée.

– Non, nous ne nous sommes jamais rencontrés… Mais j'ai entendu beaucoup d'histoires à votre sujet.

– Des rumeurs scandaleuses, lui répond-il en lui faisant un clin d'œil. Qui se révèlent être vraies.

Vu la respiration haletante de Mme Sinclair et la façon dont elle rougit, je dirais qu'il y a de fortes chances qu'elle s'évanouisse. En tout cas, ça rendrait la soirée plus intéressante. Hélas, ça n'arrive pas. Une vieille amie qui n'a pas vu Mme Sinclair depuis des années passe devant nous en clopinant et l'emporte avec elle.

Alors que nous sommes de nouveau seuls, Drew essaie encore une fois :

– Et *maintenant*, je peux partir ?

– Arrête de me poser cette question. On n'a même pas encore dîné, siffle-t-elle.

Drew ne râle pas mais… il n'en est pas loin. Et il parle pour nous deux lorsqu'il lui dit :

– Mais je n'ai pas *envie* d'être ici. Je suis venu, j'ai souri et je t'ai fait un chèque. Contrairement à d'autres, j'ai autre chose à faire de mon temps.

Mais avant que la chamaillerie ne prenne trop d'ampleur, quelqu'un de l'autre côté de la salle attire l'attention d'Alexandra. Ses yeux s'écarquillent, mais son visage se crispe… Elle ignore les jérémiades de son frère. Drew et moi suivons son regard.

Et c'est à ce moment-là que je la vois.

Presque chaque homme a une femme comme elle dans son passé. Pour certains pauvres bougres, ils en ont plusieurs. La meuf qui la lui a faite à l'envers, qui lui a brisé le cœur, qui a anéanti sa confiance en lui. On dit que la première rupture est la plus dure. Elle m'a brisé en mille morceaux.

Shakespeare a écrit, « Ô cœur reptile caché sous la beauté en fleur… » Et si j'étais ignorant, je jurerais qu'il a écrit cette phrase pour parler de Rosaline Nicolette du Bois Carrington.

On s'est rencontrés au cours de notre deuxième année à Columbia, et on est sortis ensemble pendant deux ans. Rosaline est intelligente, charmante, et une cavalière superbe. Les soirées dans les fraternités ou dans les bars ne l'intéressaient pas, elle préférait les discussions sérieuses sur l'art et les voyages. Je la trouvais parfaite : c'était la femme que j'épouserais, avec qui j'aurais des enfants. La femme que j'aimerais avec des rides et les cheveux gris, et qui m'aimerait en retour.

Sally Jensen est peut-être la première personne que j'ai aimée, mais Rosaline… est la dernière.

Je ne l'ai pas vue depuis la remise des diplômes. Ça fait six ans. Mais elle n'a pas changé : son visage en forme de cœur, ses pommettes saillantes qui lui donnent un air sophistiqué et innocent, ses yeux d'un bleu cristal, légèrement bridés, ses lèvres pulpeuses et souriantes, ses longs cheveux bouclés, et son corps mince qui mettrait n'importe quel homme à genoux. Je la regarde déambuler de l'autre côté de la salle de bal, sa robe rose bonbon flottant à chacun de ses pas.

– Putain, mais pourquoi tu l'as invitée ? demande Drew.

– Je ne l'ai pas invitée. Julian fait partie du comité. Je ne pensais pas qu'elle viendrait.

Julian est le mari de Rosaline. Il a dix ans de plus qu'elle et il est à peu près dix fois plus riche que n'importe lequel d'entre nous.

–Je pensais qu'ils étaient en Europe.

–Ils sont revenus à New York la semaine dernière.

Quand Rosaline atteint notre trio, Drew et Alexandra se placent devant moi, comme des gardes du corps. Rosaline offre son plus beau sourire, celui que je connaissais si bien.

–Alexandra, Drew, ça fait tellement plaisir de vous revoir. C'était quand la dernière fois ?

–Je ne sais pas mais tu ne nous as pas manqué, lance Alexandra, d'un sourire hypocrite.

Ce que vous voyez, c'est La Garce en pleine action. Aux yeux du monde extérieur, Alexandra est une femme raffinée. Mais sous la surface, prête à jaillir, se trouve une femme féroce et protectrice, prête à s'attacher les cheveux, à enlever ses bijoux et à bondir sur n'importe qui lui paraissant représenter une menace pour quelqu'un qu'elle aime. Et elle déteste tout particulièrement mes ex.

Je n'ai appris que Rosaline me trompait qu'après qu'elle m'ait largué. Se faire jeter n'était déjà pas facile, mais alors apprendre qu'elle baisait quelqu'un d'autre depuis le début… ça m'a anéanti. Drew est celui qui m'a fait sortir, m'a fait boire, qui s'est assuré que je tirais mon coup. Mais Alexandra… c'est dans ses bras que j'ai pleuré. Avouer que j'ai pleuré ne fait pas de moi une lopette ; verser quelques larmes est parfaitement acceptable quand on vous arrache le cœur et qu'on l'épluche comme une patate.

Suivant le même chemin que sa sœur, Drew réplique :

–J'ai entendu qu'il y avait une épidémie de listériose en Europe. Tu sembles y avoir échappé, c'est dommage.

Le sourire de Rosaline ne s'efface pas et elle ignore ces agressions à peine dissimulées.

– Oui, nous avons beaucoup apprécié notre voyage en Europe : la culture, l'histoire. Mais New York manquait à Julian. Nous allons rester ici jusqu'au printemps.

Individuellement, les Evans sont capables d'envoyer des insultes aussi tranchantes que des sabres ; vous en avez été témoins. Mais ensemble ? Ils forment un duo capable de faire pleurer une équipe de catcheurs.

La voix d'Alexandra devient un murmure lorsqu'elle dit :

– Je déteste être celle qui t'apprend ça Rosaline, mais… enfin, en vérité… je ne déteste pas du tout, au contraire. J'ai entendu dire que Julian entretient une liaison torride avec sa secrétaire. Elle se touche la lèvre, pensive. « Ou peut-être était-ce la nounou ? »

Drew poursuit :

– Moi j'ai entendu dire qu'il se tapait les deux.

Encore une fois, Rosaline ne laisse rien transparaître. À l'époque, je pensais que son calme était un atout : un signe d'élégance et de maturité. Mais à la regarder maintenant, elle me paraît simplement… insensible. Distante. Passive, et c'est exaspérant.

Elle soupire gentiment :

– Les hommes aiment tellement la diversité.

– Je n'en savais rien, rétorque Alexandra.

– Moi si, admet Drew. Cela dit, je n'ai pas fait le serment de n'aimer qu'une seule femme.

Elle croise les bras, l'air clément :

– Je me suis résignée aux vagabondages de Julian.

Du moment que je suis celle chez qui il rentre, ce n'est pas un problème.

Cette impossibilité à déclencher une réaction chez Rosaline, même lorsque le sujet est salace, a toujours agacé Drew. Il tire un malin plaisir à pousser les gens à bout. C'est pour cette raison qu'il creuse encore et qu'il dit :

– Jusqu'au jour où il verra que le glaçon qui te sert de vagin ne vaut simplement pas ce qu'il lui coûte. *Là*, il y aura un problème.

Rosaline glousse doucement.

– Tu as toujours eu une façon très amusante de tourner les choses, Drew.

Et la Desperate Housewife marque encore des points.

– C'était chouette de vous revoir. Si vous voulez bien m'excuser.

Et en quelques secondes, elle les a congédiés. Rosaline contourne Alexandra et Drew et s'approche de moi par-derrière.

Je passe ma main dans mes cheveux et me tourne pour lui faire face. Elle me regarde gentiment, avec sympathie. De la même façon qu'une infirmière regarderait un patient qui se remet d'une maladie mortelle.

– Bonsoir, Matthew.

Je suis déterminé à lui montrer que je suis complètement remis de notre rupture.

– Bonsoir Rosaline.

– T'as l'air en pleine forme.

– Merci, réponds-je froidement. Et toi… tu n'as absolument pas changé.

C'est étrange de lui parler, même après toutes ces années. Surtout après toutes ces années. Il n'y a aucune attirance, aucune haine, pas la moindre émotion forte. Il y a un peu de regret : une part de moi-même voudrait faire machine arrière et casser la gueule à mon *moi* plus jeune pour avoir été aussi con. Et aveugle. Mais ça, ça a plus à voir avec moi qu'avec elle. Pour ce qui est de Rosaline ? C'est juste une personne que j'ai connue… sans jamais l'avoir vraiment connue, finalement. J'ai beau connaître par cœur la moindre courbe ou le moindre creux de son corps, elle reste une étrangère.

Je me racle la gorge.

– Alors… tu as un fils ?

Ah oui, j'ai oublié de vous le dire… Ouais, Rosaline ne m'a pas juste trompé, elle s'est aussi retrouvée en cloque. Je suis presque certain que c'était son plan depuis le début. Comme avec la famille royale, l'héritier et le remplaçant. Moi, j'étais le remplaçant, au cas où les choses finiraient mal avec Julian. Heureusement pour moi, c'est sa flèche qui a atteint la cible en premier.

Elle sourit.

– Oui, Conrad. *Pauvre gosse.* Il est en pension en Suisse.

Je fais le calcul dans ma tête.

– En pension ? Mais il n'a pas six ans ?

– Il aura six ans le mois prochain.

Je dois avoir l'air stupéfait, car elle ajoute :

– C'est essentiel d'avoir un bon départ dans la vie. Son école lui apportera ça.

J'acquiesce. Je ne veux pas perdre davantage de temps à pointer du doigt les absurdités de la situation.

– Bien sûr, c'est évident.

Et je suis sur le point de m'extirper de la conversation lorsque je vois Julian Wolfe s'approcher de nous à grands pas. Il n'est pas trop moche pour un mec, grand et mince, des cheveux blond platine et la peau pâle. Il me fait un peu penser à un officier nazi de haut rang.

– Rosaline, il y a des gens importants à qui je veux te présenter, dit-il avant de me remarquer. « Bonsoir Fisher. » Il ne tend pas la main, et je n'offre pas la mienne. Je hoche juste la tête.

– Julian.

Rosaline et Julian illustrent parfaitement la raison pour laquelle les gens ont besoin d'un passe-temps. Si l'argent est votre seule passion, vous serez misérable. Et avec le temps, répandre cette misère et incarner le parfait connard deviendra votre passe-temps favori.

– Navré de te l'arracher Fischer. Encore une fois.

Il rit, car c'est l'idée qu'il se fait d'une blague.

Mais, même si c'est plutôt le genre de chose que font les femmes, s'il veut jouer avec les mots, je veux bien relever le défi.

– Je t'en prie, si tu peux m'en débarrasser à nouveau, tu me rendras un énorme service.

Julian se calme. Et Rosaline pose sa main sur mon bras.

– Ça m'a fait plaisir de te revoir, Matthew.

– Portez-vous bien.

Une fois qu'ils sont partis, Drew vient me voir.

– Je parie que t'es soulagé d'avoir échappé à ça.

– T'as pas idée à quel point.

Il me met un petit coup de coude : « Ça va ? »

Regardez ça de près : vous ne verrez jamais un moment plus « intime » entre deux mecs comme Drew et moi. On pourrait traîner ensemble toute la journée sans prononcer le moindre mot au sujet des choses importantes qui se passent dans nos vies. Les mots ne servent à rien : car quand le moment viendra, on sera là l'un pour l'autre.

Je le rassure.

– Ouais, mec, ça va super. Comme tu l'as dit, je suis content d'y avoir échappé.

On revient aux côtés d'Alexandra, et je devine en le regardant que Drew va lui redemander la permission de partir. Mais Drew décide d'opter pour une stratégie différente. Un sourire fourbe prend vie sur son visage.

– Oh regarde, voilà Squeaky.

– Qui ? demande Alexandra.

Drew lève son verre dans la direction d'une femme.

– La brune aux cheveux bouclés, qui porte une robe bleue, près du bar.

Alex tend le cou jusqu'à ce qu'elle repère la femme en question.

– Elle ? C'est Alyson Bradford.

Drew hoche les épaules.

– Pour moi, elle sera toujours *Squeaky*.

– Pourquoi tu l'appelles *Squeaky* ?

Je me moque d'Alexandra dans ma tête, car elle aurait dû savoir que c'était une question à ne pas poser.

– Elle couine quand elle jouit.

– Pardon ?!

D'un ton détendu, Drew répond : « Comme le jouet d'un chien. » Il lève sa main, l'ouvrant et la fermant.

– *Squeak, squeak, squeak, squeeeeeak.* En tout cas c'est comme ça qu'elle jouissait quand elle avait dix-sept ans, mais je ne pense pas que c'est le genre de chose qui change quand on grandit.

– Comment tu sais ça ? demande Alexandra, raisonnablement dégoûtée. Quand est-ce que t'as couché avec Alyson Bradford ?

Drew lève les yeux au plafond, se remémorant les événements.

– Euh... en terminale. C'était durant les jours sombres qui ont suivi notre défaite contre St. Barthélémy lors des éliminatoires. Je n'irais pas jusqu'à dire qu'elle est arrivée quand j'ai touché le fond, mais presque.

Alex tourne la tête, répugnée.

– Beurk... ça va, oublie. Je ne veux pas le savoir.

S'il y a une chose que La Garce ne supporte pas, c'est d'entendre des histoires détaillées de la vie sexuelle de son frère.

Et c'est précisément pour cette raison que Drew dit :

– Elle fait aussi un truc salace avec sa langue...

Alexandra ferme fort les yeux.

– D'accord ça va ! Tu sais quoi ? T'as gagné. Si t'as tant envie de partir, tu peux partir. Si tu veux m'abandonner quand j'ai besoin de toi...

Elle n'aurait jamais dû lui entrouvrir la porte.

Drew affiche un grand sourire, pose son verre sur le plateau d'un serveur qui passe par là, et l'embrasse sur la joue.

– T'es la meilleure sœur au monde. Ciao. Puis il me regarde. Tu viens ou quoi ?

Je ne suis pas du genre à cracher sur un cadeau que l'on m'offre, ni dans ce cas sur une issue de secours.

– La fête est géniale, Alex. À plus !

Et je suis Drew vers la sortie. Et si vous jetez un coup d'œil de l'autre côté de la salle de bal, vous verrez Rosaline… qui me suit du regard.

CHAPITRE 6

Après avoir quitté le Waldorf Astoria, Drew et moi allons dans un bar. Il finit la soirée avec une avocate aux longues jambes et aux cheveux noirs qui cherche un peu de réconfort sexuel afin de soulager sa défaite au tribunal. Moi je bois une bière et repère une ou deux cibles potentielles, mais aucune ne me motive suffisamment pour que je me lance. Sur le chemin du retour, je suis tenté d'enfreindre la Règle des Trois Jours et d'appeler Delores.

Quoi ? Vous ne connaissez pas la Règle des Trois Jours ? Écoutez bien, je vous explique. Trois jours, c'est le nombre parfait de jours qu'il faut attendre avant d'appeler une femme après un premier rencard. Quelle que soit la catégorie dans laquelle elle se situe. Que vous l'ayez baisée ou non, vous ne composez pas son numéro avant le troisième jour. Ce n'est pas de la manipulation pour avoir le dessus ou quoi que ce soit : c'est juste pour s'assurer qu'elle reste intéressée. Pour qu'elle pense à vous. Le premier jour, elle pense à la dernière fois qu'elle vous a vu. Le deuxième jour, elle espère que vous allez l'appeler et elle se demande si vous vous êtes autant éclaté qu'elle. Le troisième jour, le jour magique, elle a presque abandonnée l'espoir d'entendre son téléphone sonner. Elle se demande ce qui s'est passé, si elle a mal interprété les signaux que vous lui envoyiez. Et puis, *bam*, votre appel retentit et illumine sa journée.

J'ai pensé à Dee de temps en temps aujourd'hui ; toujours avec le sourire. Son humour direct et insolent, sa façon de danser… son piercing au téton. Mais mon téléphone reste à l'abri dans ma poche, parce qu'il ne faut jamais enfreindre la Règle des Trois Jours.

***

Le samedi soir arrive vite et les choses suivent leur cours normal. Je retrouve Jack et Drew pour l'ouverture du nouvel endroit le plus branché de la ville. C'est un grand club, un entrepôt rénové en plein cœur du Meatpacking District[4]. L'endroit est bondé : des gens d'un mur à l'autre, presque corps à corps, et une queue qui fait le tour du pâté de maisons. On est assis à une table avec cinq Néerlandaises ravissantes qui font une escale à New York pour rythmer leur croisière. Amsterdam est une ville sauvage : c'est le Sodome et Gomorrhe des temps modernes. Des habitantes d'Amsterdam qui ont passé les trois dernières semaines sur un bateau, ça peut être dur à suivre… même pour nous.

Je me faufile à travers la foule pour atteindre le bar. Je me penche en avant et j'essaie d'attirer l'attention du barman. Une minute plus tard, quelqu'un derrière moi me pousse violemment en avant. Je me retourne

---

4 L'ancien quartier des abattoirs à Manhattan.

et vois une toute petite femme, rousse avec les paupières pesantes de quelqu'un qui a trop bu, qui oscille du haut de ses bottes marron à talons. Elle me pointe du doigt et dit d'une voix traînante.

–Je te connais, toi. T'es le mec avec qui j'ai couché il y a deux semaines, celui avec une moto.

Il me semblait bien que je l'avais déjà vue quelque part. Et elle a un prénom à la mode, androgyne, comme Ricky ou Rémy…

Son amie, tout aussi petite mais beaucoup plus sobre, passe son bras autour d'elle :

– Viens Riley, oublie-le.

Riley. *J'y étais presque.*

Riley fait la gueule.

– T'as jamais appelé, connard.

Je vous dis ça comme ça : je suis pour la parité pour ce qui est des coups d'un soir. On ne devrait pas penser moins d'une femme parce qu'elle a envie de baiser aussi souvent qu'un mec. Inutile de l'injurier ou de la traiter comme une pute. En revanche, il faut que les filles arrêtent de jouer les victimes. Si je vous ai dit que je n'étais intéressé que par un truc d'un soir, pourquoi est-ce que *moi* je suis soudainement traité comme un connard quand il s'avère que ce n'est effectivement qu'un truc d'un soir ? Écoutez ce que le mec dit. Ne supposez pas qu'il y a un sens caché derrière ses actions. La vraie vie n'est pas un roman à l'eau de rose ni une comédie romantique : ne vous attendez pas qu'elle le soit.

Toujours est-il que, lorsqu'une fille se sent utilisée, ça laisse avec un goût amer dans la bouche.

– Ne dis pas ça chérie. On a passé un bon moment : ni l'un ni l'autre ne voulait plus. J'ai jamais dit que j'allais t'appeler.

Mais elle n'entend pas ce que je lui dis. Les yeux de Riley se fixent sur quelque chose à ma droite et elle prévient :

– Fais gaffe à celui-là ma belle, c'est un don Juan.

– Merci de m'avoir prévenue.

Et même avec la musique électro à plein volume, je reconnais sa voix. Je ferme les yeux, tourne la tête, et lorsque je les ouvre, Delores Warren est debout devant moi.

Ça vous étonne ?

Riley disparaît de mon champ de vision et de mes pensées, et je matte la tenue « clubing » de Dee. Des mèches violettes et bleues sont parsemées dans ses cheveux blond vénitien, un bustier bleu électrique très court parvient à peine à couvrir ses seins, sa jupe n'est rien d'autre que des bouts de tissu bleu et violet, et elle porte des bottes qui lui arrivent à mi-mollet. Et chaque centimètre de sa peau fabuleusement exposée est recouvert de paillettes qui brillent comme mille diamants.

Elle sourit d'un air enjoué.

– Bonjour *Dieu*, c'est moi, Dee.

Je n'essaie pas de cacher que je suis heureux de la voir.

– Salut, quoi de neuf ? Je t'ai laissé un message cet après-midi.

Aujourd'hui était le troisième jour. Mais Dee semble être une de ces rares femmes qui est immunisée contre la Règle. Elle se tourne face au bar mais répond assez fort pour que je l'entende : « Je sais. »

– Pourquoi tu ne m'as pas rappelé ?

Elle hoche la tête en rythme avec la musique et hausse les épaules.

– J'ai supposé que c'était juste pour être sympa.

– Je ne fais rien *juste* pour être sympa, dis-je en pointant mon pouce en arrière, dans la direction de Riley. Comme tu peux le constater.

Je ne suis pas un lèche-cul, sauf quand on me le demande, et je ne raconte jamais de bobards.

À quelques mètres de nous se tient un mec à la peau mate et aux cheveux plaqués en arrière, qui porte un tee-shirt blanc et un jean slim. Il gueule en direction de Delores.

– Yo, Dee ! Dépêche-toi de rapporter les verres !

Il y a deux types d'habitants à Brooklyn : les riches libéraux qui veulent s'implanter dans un milieu urbain afin de restaurer les briques brunes pour leur redonner leur éclat d'origine ; et ceux qui ont grandi là, qui ont un accent à couper au couteau, qui prétendent tout savoir et qui ont regardé *Les Affranchis* une fois de trop. L'abruti qui me fait face fait assurément partie de la seconde catégorie. Je relève mon menton dans sa direction.

– C'est qui, lui ?

– Ça, c'est Mickey.

– T'es venue avec lui ce soir ?

– Non. Je suis venue avec des amies du boulot. Elles sont… quelque part par là.

Puis je pose la question cruciale.

– Tu vas rentrer avec lui ?

– Probablement.

Ce seul mot me heurte comme un coup de poing en pleine figure.

Dee se penche sur le bar pour passer sa commande. Lorsqu'elle s'est redressée à nouveau, je m'approche d'elle, pour ne pas avoir à crier.

– Tu peux faire mieux.

Elle plonge son regard dans le mien. Son visage a la même expression que lorsque j'ai quitté son appartement mercredi soir : de l'espoir mêlé à de la tristesse. Un air de résignation.

– Peut-être que je ne veux pas mieux.

– Tu devrais. Vise la Lune et tu finiras quand même dans les étoiles.

C'est ce que ma mère avait l'habitude de dire.

Dee hausse une épaule.

– L'espace ne convient pas à tout le monde. Moi j'ai plutôt les pieds sur Terre.

La façon dont se perçoit une femme fait souvent l'effet du reflet des miroirs que l'on trouve dans les palais des glaces : déformé, parfois tordu. La façon dont les autres la perçoivent est souvent plus exacte.

– T'as tellement tort.

– Mickey est sans histoires. Facile.

– Si tu cherches un mec facile, je suis ton homme. Il n'y a pas plus facile que moi, dis-je en souriant.

Elle rit. Et je fais un pas vers elle pour bloquer la vue de l'autre spécimen sans valeur. Loin des yeux, loin du cœur, c'est bien ça ? Détendu, je lui demande :

– Quand est-ce que je peux te revoir ?

Dee affiche un léger sourire en coin.

– Tu me vois, là.

–Je veux te voir dans un lieu prédéterminé… avec moins d'habits, de préférence.

Dee baisse les yeux pour regarder sa tenue.

–Moins de vêtements que ça ? Ce serait carrément de l'exhibitionnisme.

–Ça augure toujours de bons moments, dis-je en souriant.

Le barman lui apporte ses verres. Elle prend le plateau et me dit :

–Je crois que ce serait une mauvaise idée de te revoir. Pour toi comme pour moi.

–Encore une fois, tu te trompes.

–Salut Matthew, dit-elle en souriant, et elle commence à partir.

Je l'appelle. « Eh, Dee. » Elle se retourne.

–La prochaine fois, dis-lui d'aller chercher ses putains de verres lui-même, ok ?

Elle me fixe du regard un instant, puis elle acquiesce et disparaît dans la foule.

***

Un peu plus tard, Drew me dit que lui et Jack vont à une fête avec les globe-trotteuses néerlandaises.

–Tu viens avec nous ?, me demande-t-il. On jette notre ancre, on fait un peu de plongée en chatte inconnue ?

Je scanne la piste de danse, espérant apercevoir un éclat de bleu électrique.

–Non, je suis sur un plan, là.

J'observe Jack près de la porte, amusant les cinq filles, et je demande à Drew :

Tu vises laquelle ?

– Celle du milieu a l'air assez chaude, dit-il, l'air ravi.

– Je l'aurais parié, dis-je, pour le chambrer, et Drew demande pourquoi.

– Tu trouves pas ça étrange que, sur cinq filles scandinaves, t'aies choisi la seule brune du groupe ?

Drew sait exactement ce que je veux dire, mais il ne me prend pas au sérieux.

– Merci, Sigmund. Si jamais je cherche à faire une psychanalyse, je jetterai mon argent par la fenêtre pour aller voir un vrai psy.

– Si tu le dis, mec, et je lui mets une tape dans le dos.

***

Quand Drew et Jack sont partis, je fais un tour de la boîte. J'aperçois Dee sur la piste de danse avec Tony Soprano Junior, et ça me retourne le bide. Ses pas de danse saccadés détonnent vraiment contre les mouvements de Dee qui sont souples et naturels, et je me demande encore une fois ce qu'elle fout avec lui.

Je trouve une table libre mais je me fais emmerder par une blonde qui porte un pull à manches courtes en cachemire et une jupe en cuir et qui n'arrête *jamais* de parler. Elle s'assoit à côté de moi et ne semble pas remarquer que je n'écoute absolument rien de ce qu'elle dit.

– … et moi j'étais là ; vraiment papa ? Quoi, comment je suis censée me concentrer sur la prépa avec la misérable pension que tu me donnes…

Et elle continue à jacasser comme ça sans s'arrêter jusqu'à ce qu'une fille brune apparaisse près de la table. La blonde lui attrape la main.

– Oh mon Dieu, Tracy ! Ça doit faire des années ! Viens on prend une photo !

Elle colle sa tête à celle de Tracy et prend une photo avec son iPhone. « Ça part direct sur Instagram ! »

Mais, dès que Tracy est assez loin pour ne pas entendre, la blonde me regarde et dit : « Je la déteste, cette connasse. »

Vous savez ce que je déteste, moi ? L'hypocrisie. La fausse affection. C'est débile, et c'est une perte de temps. Les seules hypocrisies que j'apprécie se trouvent sur une paire de faux seins.

Je supporte cette nana aussi longtemps que je le peux lorsque j'aperçois Delores qui s'en va, derrière le loser rital. Déterminé à ne pas finir la soirée seul, je demande à la blonde : « Tu veux sortir d'ici ? »

Elle affiche un sourire béat.

– J'ai cru que tu n'oserais jamais demander !

CHAPITRE 7

La blonde ne veut pas rentrer chez elle en moto, donc elle me donne son adresse, je la mets dans un taxi et je la retrouve là-bas. Je suis étonnamment indifférent à l'idée d'aller tremper ma bite. La blonde est comme la salade qui est servie avec votre repas ; vous en mangez un peu, mais seulement parce qu'elle est là devant vous. Mes pensées ne font que virer sur Dee, sortant du club avec ce crétin sans intérêt.

Je me souviens de sa façon de danser mercredi soir et des bruits excitants que j'obtenais d'elle à chaque fois que je la pénétrais, lentement et profondément. Je me demande s'il est en train d'entendre ces mêmes sons en ce moment même ; et putain qu'est-ce que ça me fait chier ! Pas parce que Dee baise un autre mec, mais parce que ce mec est un putain de loser !

Du moins, c'est la raison que je donne à mon énervement.

Je mets de côté ma contrariété et je trouve une place pour me garer au coin de la rue de l'appartement de la blonde, à qui je donne le surnom de « Salade-Girl ». Elle m'attend dans le hall de son immeuble et nous mène jusqu'à son appartement au premier étage.

– Wow, il fait super froid, dit-elle d'une voix aiguë et presque pleurnicharde. Je n'en reviens pas de la vitesse à laquelle la température a chuté. Je me demande s'il va neiger tôt cette année. Je déteste la neige. Même à Noël, je préférerais largement une plage ensoleillée…

Je l'embrasse ardemment juste pour qu'elle se taise.

Elle couine dans ma bouche avant de se remettre de mon geste et de tout donner pour me rendre mon baiser. Sa langue lape la mienne rapidement : trop vite même. Il n'y a ni rythme ni délicatesse. On dirait une abeille sans dard enfermée dans ma bouche, et ses ailes sont en train de défoncer ma langue. Elle me pousse sur le canapé et enlève son pull violemment, révélant un soutien-gorge beige en dentelle qui porte des seins de la taille d'une pastèque.

Comme je l'ai déjà dit, j'adore les seins, alors j'essaie de concentrer toute mon attention sur cet atout, mais l'idée qu'elle se fait d'un dialogue coquin fout tout en l'air.

– Oh oui, gémit-elle en pressant ses seins l'un contre l'autre. Je suis une vilaine fille ? Tu veux être mon papa ? Papa va punir sa vilaine petite pute ?

Il y a tellement de choses qui ne vont pas avec ce qu'elle a dit, je ne sais même pas par où commencer.

Tout d'abord, le *papa* n'aide pas à me faire bander. C'est aussi efficace que d'être plongé dans un bain d'eau glacée. Ça me fait penser à mon père et à des enfants et à des milliers d'autres choses auxquelles je ne veux *pas* penser pendant des préliminaires. *Vilaine petite pute* c'était un bel effort. Il est clair que j'aime les insultes, les fessées, et le rôle dominant que les femmes semblent tant aimer ces jours-ci. Mais sa voix de bébé essoufflé fout tout en l'air.

La voix de Delores est grave, sensuelle, clairement celle d'une femme. Lorsqu'elle m'a supplié de la baiser, ou qu'elle a dit *comment* elle voulait que je la baise, ce n'était ni forcé ni simulé. C'était spontané et vrai, parce qu'elle était tellement excitée, tellement en extase, qu'il lui était impossible de rester silencieuse.

J'émets un grognement lorsque Salade-Girl saute sur moi. Elle empoigne ma chemise mais la seule chose qu'elle parvient à faire c'est me brûler la peau avec le col. Une brûlure de chemise. Puis, avec une force étonnante, elle plaque ma tête entre ses seins, tellement fort que je n'arrive plus à respirer. D'après la croyance viking, mourir en guerre est une « bonne mort », et normalement je penserais la même chose d'une mort par suffocation entre deux seins… mais ceux-ci ne sont pas les seins entre lesquels je veux mourir. Je lutte pour tourner ma tête, n'y arrivant qu'en lui tenant les biceps et en la poussant en arrière. Je penche ma tête en arrière et prends une énorme inspiration.

Et puis, toujours en lui tenant les bras, je regarde le visage de Salade-Girl. Un joli nez, des lèvres roses et mouillées, et des yeux ronds et bleus qui me regardent aussi. Elle est bonne. Un joli 8/10. Peut-être qu'un autre soir je serais ravi d'être là, mais ce soir… non.

Parce que les yeux que je veux voir sont noisette, avec des éclats dorés. Les lèvres que je veux mordiller sont rouges et pleines et prononcent des paroles franches et inattendues. Je suis plus excité du souvenir de ma nuit avec Dee que je ne le suis depuis cinq minutes avec cette roue de secours en soutif qui chevauche brutalement mes cuisses.

–Attends… attends deux secondes. Ça ne marche pas pour moi, lui dis-je.

–Qu'est-ce que tu veux dire ?

Les femmes disent toujours que tout ce qu'elles veulent c'est que les hommes soient honnêtes avec elles. Voyons voir comment ça va finir.

–T'es jolie, et t'as l'air d'être une nana très fun… mais je viens de me rendre compte que… je suis à fond sur quelqu'un d'autre en ce moment.

Sa tête a un brusque mouvement de recul lorsqu'elle me dit :

–Je te demande pardon ?

–Ne le prends pas mal.

Elle couvre son immense poitrine avec ses mains. Et maintenant son regard est furieux.

–Si ça peut te rassurer, si je ne l'avais pas rencontrée avant, je serais clairement en train de te faire l'amour là tout de suite.

Elle s'enlève d'un bond.

–Mais t'es un vrai connard !

Je n'ai aucun mal à voir pourquoi elle pense ça de moi.

–Dégage de chez moi, enculé ! Elle ramasse un dessous de verre de la table ; un dessous de verre en céramique, bien lourd, et vise mon visage. Le premier me rate. Mais le second atterrit sur mon épaule au moment où je passe la porte.

–Aïe, putain ! Je me casse !

–Enfoiré !

Et cela en est donc la preuve : quiconque a dit que l'honnêteté était la meilleure politique était un putain de menteur.

***

Je gare ma moto sur le trottoir et fonce vers l'entrée de l'immeuble de Dee. J'appuie sur la sonnette une fois, deux fois, trois fois, au cas où elle n'aurait pas entendu les deux premières. J'attends cinq secondes mais il n'y a pas de réponse.

Puis je fais ce que n'importe quel humain normal aurait fait.

J'appuie sur le bouton sans le lâcher jusqu'à ce que mon putain de doigt devienne blanc.

Driiiiiiiiiiiiiiiiiiiiiiiiiiiiiiiiiiiiiiiiiiiiiiiiiiiiiiiiiiiiiiiiiiiiiiiiiii iiiiiiiiiiiiiiiiiiiiiiiiiiiiiiiiiiiiiiiiiiiiiiiiiiiiiiiiiiiiiiiiiiiiiiiiiiiiiiiiiii iiiiiiiiiiiiiiiiiiiiiiiiiiiiiiiiiiiiiiiiiiiiiiiiiiiiiiiiiiiiiiiiiiiiiiiiiiiiiiiiiiii iiiiiiiiiiiiiiiiiiiiiiiiiiiiiiiiiiiiiiiing…

Lorsque ça, ça ne marche pas non plus, je l'avoue, je commence à paniquer. Je retourne sur le trottoir, sous la fenêtre de Delores, et, en me servant de mes mains comme d'un mégaphone :

– Delores ! Eh Dee, t'es réveillée ?

Comme on est à New York, un voisin répond immédiatement :

– On est tous réveillés maintenant, connard !

Il y a quelques « ta gueule » provenant de directions variées et je crois qu'une femme m'a jeté un pot de fleurs.

Mais j'aime penser qu'il s'agit d'un accident.

Sans autre recours, je penche ma tête en arrière et dégaine ma meilleure imitation de Marlon Brando :

– Stella !!! Steeeellllaaaa !!![5]

La fenêtre de Delores finit par s'ouvrir. Putain, enfin.

– Matthew ?, appelle-t-elle, surprise.

Mes doigts crochètent les passants de ma ceinture, visant une impression de nonchalance.

– Salut, quoi de neuf ?

– Putain, mais qu'est-ce que tu fous ?

Et c'est à ce moment-là que je me rends compte que mon plan machiavélique pour les empêcher elle et Tony de forniquer… s'arrête là. *Merde.* Dorénavant, c'est de l'impro.

– Je voulais… Tu peux descendre s'il te plaît ?

Qu'elle ne me dise pas d'aller me faire foutre relève du miracle.

Et, deux minutes plus tard, elle sort de l'immeuble, avec Soprano Junior derrière elle. Dieu merci, elle porte encore sa tenue « clubing ». Je sais que ça ne veut pas dire grand-chose ; surtout parce que sa tenue ne couvre guère plus que ce que couvriraient ses sous-vêtements, mais, à ce stade, je prends ce que je peux.

Le petit prétentieux passe devant Dee et me pousse en arrière.

– C'est quoi ton putain de problème ? T'es un psychopathe ou quoi ?

Instinctivement, mes poings se mettent en position défensive.

– Je suis pas venu te casser la gueule, mais si t'en as envie, c'est avec plaisir, lui dis-je.

Puis je remarque un tatouage sur le bas de son biceps, un tatouage de la Vierge Marie avec *AVE*

5 Dans *Un tramway nommé désir.*

MARIA écrit en dessous. Et je choisis un chemin différent.

– J'essaie juste de sauver mon mariage.

Je sais, c'est un coup bas, mais je suis désespéré.

Il interroge Dee, sèchement :

– T'es mariée ?

Elle est tétanisée.

– Non, je ne suis pas mariée. Il est complètement taré !

J'ouvre mon portefeuille et lui montre la photo de Mackenzie, me forçant à prendre une expression sincère :

– Ma famille est tout pour moi. Je sais que tu ne me connais pas, mais tu pourrais me rendre service et… nous laisser ?

Dee est désormais furieuse. Elle me frappe l'épaule et regarde l'autre déchet :

– Mickey, c'est pas ma fille, et ce mec n'est pas mon mari !

– Je m'appelle pas Mickey.

Ça me soulage de voir que je ne suis pas le seul en galère ce soir.

Exaspérée, Dee lui demande :

– Est-ce que c'est vraiment important ?

Pour la plupart des mecs, c'est pas important. On se fout que vous criiez le nom du pape pendant qu'on vous baise. Mais apparemment, « Mickey » n'est pas la plupart des mecs. Parce qu'il lève les mains en l'air en signe de capitulation.

– Wow, c'est trop compliqué pour moi. Je me tire d'ici.

Puis il fait demi-tour et s'en va. Je le regarde battre en retraite, ravi. Puis je regarde Dee et pointe mon pouce par-dessus mon épaule en direction de « Mickey ».

– Y a vraiment des gens qui gobent tout.

Et c'est là qu'elle me décroche un coup de poing. En plein sur la mâchoire.

Je titube en arrière et j'ai un goût de sang dans la bouche. Delores a beau être petite, elle a un putain de crochet. Elle pointe son doigt sur moi et crie :

– Je sais pas à quoi tu joues mais c'est *vraiment* pas drôle !

J'enlève ma main de ma bouche en sang et elle retombe le long de mon corps. Et mon esprit est vide : je n'ai pas la moindre réplique. Donc la seule chose que je puisse faire c'est lui demander :

– Pourquoi tu ne m'aimes pas ?

– Quoi ?

– On a passé un super moment, le sexe était génial, on s'est marrés, mais maintenant tu ne veux plus rien savoir de moi.

– Et c'est du jamais vu pour toi ?

J'émets un rire nasillard.

– Mais bien sûr que c'est du jamais vu ! Tout le monde m'aime. Je suis un mec génial.

Dee se masse le front du bout des doigts comme ma mère le faisait lorsqu'un mal de tête s'annonçait. Puis elle soupire et elle admet :

– Ok… le truc c'est que… c'est pas toi, c'est moi. C'est moi le problème.

Mon front se plisse, dégoûté.

– Non mais t'es sérieuse, là ? Je suis pratiquement en train de déballer mon cœur, et tu prends même pas la peine d'inventer un mensonge correct ?

Dee lève les bras, exaspérée.

– Je te dis la vérité. Je t'aime bien. T'es très mignon, t'es très drôle, et t'es un super coup. Mais moi… je suis plus heureuse quand je ne suis pas dans une relation. Quand je suis dans une relation sérieuse… je deviens un peu folle.

– Mais qui a parlé d'une relation sérieuse ? Continuons juste à… passer de bons moments. On verra ce qui se passe. C'est pas comme si on allait partir se marier à Las Vegas.

Ce serait tout simplement ridicule.

Dee secoue la tête.

– Tu ne comprends pas. Ça finit toujours mal. Et ce sera pareil pour nous deux, Matthew. Avant, je pensais que c'était parce que je ne choisissais pas les bons mecs. Mais j'ai fini par accepter que le problème venait de moi. Avec moi, les mecs gentils deviennent méchants. Avec moi ils deviennent de vrais connards. C'est *moi* la fille contre qui ta mère t'a mis en garde.

– Non, tu ne lui ressembles pas, dis-je, sans parvenir à me retenir de rire en voyant son expression si sérieuse.

– Tu ne me connais pas.

– Le peu que je sais me paraît assez génial.

Elle commence à contredire ce que je viens de dire, mais je continue :

– T'analyses trop la situation. On peut être des *sex friends* si ça te rassure. De nouveaux amis avec des avantages fabuleux. Je serai là quand tu veux de moi, tu n'auras qu'à m'appeler, à 2 heures du matin. Seulement… ne baise pas d'autres mecs : t'en auras pas besoin.

Elle commence à secouer la tête. Puis je lui rappelle :

– Et le monde pourrait toucher à sa fin demain, tu te souviens ? Les extra-terrestres pourraient débarquer… le réchauffement climatique… on doit vivre maintenant, parce qu'on ne sait pas quand tout ça disparaîtra.

Je tends ma main vers Dee.

– Tente ta chance, Dee. Je te décevrai pas.

Ses grands yeux couleur miel regardent ma main, nostalgiques.

– Putain, t'es doué.

– C'est ce qu'elles disent toutes, dis-je en souriant, sans avoir le temps de me retenir.

Et Dee éclate de rire.

Puis elle prend ma main dans la sienne. Elles s'emboîtent parfaitement.

Comme deux collégiens qui sont amoureux pour la première fois, on reste debout comme ça pendant un moment, sans cesser de se sourire. Sans se dire un mot, on se dirige vers chez elle.

Et, avec bien trop de sérieux, Dee demande :

– Eh Matthew ?

Je lève mes sourcils.

– Quand tu te seras lassé ? Souviens-toi que j'aurai essayé de te prévenir, ok ?

Je ne sais pas quel type de connard Dee a l'habitude de se taper, mais sa phrase m'en donne une petite idée. Je suis déterminé à lui prouver qu'elle a tort et à détendre un peu l'ambiance. Alors je me penche vers elle et lui murmure à l'oreille :

– T'es bien trop magnifique pour que je puisse jamais me lasser de toi.

Delores lève les yeux au ciel. Et j'ai vraiment l'impression qu'elle pense que je la baratine. Eh bien, je suppose que je vais devoir lui répéter qu'elle est magnifique jusqu'à ce qu'elle finisse par me croire.

CHAPITRE 8

C'est toujours un peu perturbant de se réveiller ailleurs que dans son lit. Lorsque j'ouvre les yeux, je suis accueilli par des rayons de soleil filtrés par les rideaux pourpres, et par la vue de vêtements disséminés un peu partout dans la chambre. La nuit dernière, Dee et moi avons parlé pendant un long moment. Il s'avère qu'elle n'a pas couché avec l'autre minet. Elle m'a dit qu'il avait passé la plupart du temps au téléphone avec un ami. *Le boulet.* Elle m'a demandé si ça m'aurait gêné s'il s'était passé quelque chose ; j'ai répondu que oui. Mais… que je m'en serais remis.

J'enfile mon boxer, puis je suis l'odeur de bacon et la musique jusqu'à la cuisine. Dee est debout devant la gazinière, dos à moi, et elle chante les paroles de « Beneath Your Beautiful[6] » que diffuse la chaîne hi-fi placée en dessous des placards.

Elle chante adorablement faux, sa voix est grinçante, comme deux chats qui copulent. Ses cheveux blond-roux sont attachés en arrière par des baguettes chinoises ; toujours parsemés de mèches bleues et violettes.

6 Chanson du groupe britannique Labrinth.

Et la seule chose qu'elle porte est ma chemise bleue. J'applaudis lorsque la chanson se termine.

Elle fait un tour sur elle-même, spatule en main.

– Bonjour !

– Jolie chemise.

Elle hausse les épaules.

– Vu que je préparais le petit déjeuner, je me suis dit que j'allais pousser le cliché jusqu'au bout et enfiler ta chemise.

Je m'approche d'elle et lui colle un baiser tendre sur les lèvres. Elle sourit, timidement.

– T'as faim ?

– Je suis affamé.

Dee me tend deux verres de jus d'orange et attrape l'assiette de bacon et d'œufs brouillés. On s'assoit à sa petite table, qui n'a que deux chaises, et on attaque.

– C'est super bon, dis-je.

– C'est du bacon de dinde bio. C'est comme la coke, tu deviens vite accro. Une fois que tu auras goûté, tu ne mangeras plus jamais de porc de ta vie.

Je profite du fait que l'on mange pour inspecter son appartement. Jusqu'à maintenant, j'avais été beaucoup trop occupé à la faire gémir. C'est plus rangé que ce à quoi je m'attendais, et c'est éclectique. Un fauteuil inclinable rouge qui a vu des jours meilleurs est positionné à côté d'une table ronde dont la surface est couverte de mosaïques, elle-même placée à côté d'un canapé beige qui semble super confortable, et dont le dossier est recouvert d'une couverture marron clair. Des coussins à l'imprimé floral de toutes les formes sont parsemés un peu partout, et une grande lampe avec un abat-jour en perles se trouve dans un coin de la pièce. Il n'y a que quelques photos sur les murs : l'une montre Delores, debout à côté d'une femme dont les cheveux ont la même couleur que les siens, que je suppose être sa mère. Sur une autre photo je reconnais Dee, à environ treize ans, entourant d'un bras une Kate Brooks au sourire orné d'un appareil dentaire, et de l'autre un garçon châtain qui doit être son cousin. Les trois sont en rollers.

J'avale une bouchée d'œufs brouillés tellement bons que j'en salive, et je lui demande :

– Tu fais quoi aujourd'hui ?

– Je dois aller au marché bio à Brooklyn… mais… sinon, rien.

– Tu veux qu'on passe la journée ensemble ?

– Ok.

– Alors on passe chez moi pour que je me douche, et il faudra que je fasse un saut quelque part, mais après ça, j'ai pensé qu'on pouvait aller à Central Park, ça te branche ?

L'avantage de vivre dans une grande ville, c'est qu'il y a toujours quelque chose à faire. Même si ton cul est posé sur un banc et que tu donnes à manger aux pigeons, t'as l'impression de faire quelque chose.

– Ça me va. Je vais m'habiller.

***

Trente minutes plus tard, Dee est fraîchement douchée et sort de son immeuble les cheveux attachés en chignon, elle porte un haut sans bretelles, un pantalon en cuir noir, et des bottes à talons à imprimé tigré. Heureusement, ma moto, que j'avais garée à l'arrache, est toujours là et n'a même pas de PV. Dee la regarde d'un air admiratif. Elle caresse le siège et ça me rappelle la façon dont elle a caressé mon ventre, sa main allant de plus en plus bas. Je prends sa main et la lui embrasse.

– Ne la cajole pas à moins d'être sérieuse.

Elle se met sur la pointe des pieds et me murmure à l'oreille :

– Je suis toujours sérieuse.

Je sors un casque du top-case de la moto et le mets sur la tête de Dee, l'attachant sous le menton. Elle est à la fois parfaitement sensuelle et adorable, sexy et mimi : je pourrais la manger toute crue, là dans la rue.

Elle monte sur la moto et me fait un clin d'œil.

– Emmène-moi faire un tour, Matthew.

Je fais rugir le moteur.

– Accroche-toi.

***

Toutes les filles ne sont pas faites pour la moto. J'en ai connu une ou deux qui m'ont agrippé si fort qu'elles ont laissé des traces d'ongles sur ma peau et ont bloqué toute la circulation dans mes membres inférieurs. Une autre fois, une nana ne s'est pas suffisamment tenue : elle était trop occupée à crier des « woohoo » et à balancer ses bras en l'air… Et elle a failli me filer un arrêt cardiaque quand elle a fait un vol plané en arrière. Heureusement, elle n'a rien eu. Dee me tient juste ce qu'il faut : un bras autour de ma taille, son autre main sur ma cuisse, la sensation fabuleuse de ses seins contre mon dos et son menton posé sur mon épaule.

Je serais prêt à la prendre n'importe quand. Sur ma moto ou ailleurs.

Lorsqu'on arrive à mon immeuble, on se gare dans le parking privé et on passe par le hall. Delores admire l'architecture impressionnante pendant que je prends mon courrier. Lorsqu'on entre chez moi, je dis à Dee de faire comme chez elle et je file me doucher. Une fois séché, j'enfile un jean et une chemise en lin. Je ne boutonne pas la chemise pour l'instant et je retourne dans le salon à la recherche de Delores. Elle regarde par la baie vitrée.

– Je crois que je vais t'appeler « Upper West Side[7] » dorénavant, dit-elle en souriant.

– Mais « Dieu » c'est tellement plus réaliste.

Elle va vers la bibliothèque. « Ce sont de super photos. » Elle regarde celle que j'ai prise de Mackenzie l'an dernier, dans laquelle elle souffle un baiser en direction de l'appareil. La lumière faisait ressortir l'éclat de ses yeux bleus.

– Elle, c'est Mackenzie, la nièce dont je t'ai parlé mercredi soir… et qui n'est techniquement pas ma nièce.

Je montre une autre photo juste à côté de celle-là. « Et eux ce sont mes parents. » C'est une photo en noir et blanc, ma mère a l'air merveilleusement dans les nuages et mon père semble insouciant et grincheux : leurs expressions de tous les jours.

---

7 Quartier chic de l'ouest de Manhattan situé entre Central Park et la rivière Hudson.

Je sors mon appareil de sa sacoche, vérifie que j'ai assez de pellicule et que l'objectif n'est pas abîmé.

– Est-ce que t'as une chambre noire ?

– Eh bien oui, en fait.

Une expression apparaît sur son visage, un regard que je commence à connaître : elle est excitée.

– Tu me montres ?

Je pose mon appareil et dirige mon bras dans la direction de la chambre noire : « Par ici. »

Officiellement, il s'agit d'un dressing, mais sans fenêtre, et assez large pour une étagère de produits chimiques et une table sur laquelle repose une rangée de bacs de développement. La lumière est très basse, bien sûr, et elle a un effet un peu sépia. Je ferme la porte derrière nous, et Delores regarde tout autour d'elle. Et je me revois jouer à un jeu de cache-cache amélioré quand j'avais treize ans, enfermé dans un placard avec une fille. Mais les deux situations ne sont pas vraiment comparables.

Les yeux de Dee me balayent de la tête aux pieds.

– Est-ce que tu sais à quel point c'est sexy, Matthew ?

– Un petit peu, dis-je timidement.

Elle se presse contre moi et me plaque contre la porte. Dee embrasse mon menton, puis elle le mordille.

– Tu me prendras en photo, un jour ?

Elle plie les jambes et glisse le long de mon torse, ses mains laissant une traînée de chaleur sur ma poitrine et mon ventre.

J'ai du mal à déglutir.

– Bien sûr que je te prendrai en photo.

Elle couvre mon ventre de doux baisers.

– On sera comme Jack et Rose dans un *Titanic* moderne.

Ma respiration est désormais très forte quand je dis :

– Jack était une tarlouze. Si j'avais été lui, j'aurais attaché Rose, je lui aurais collé un chiffon dans la bouche, et je l'aurais balancée dans un canot de sauvetage. Et je m'y serais jeté après elle.

J'aimerais profiter de cet instant pour dire que si Rose avait juste fait ce que Jack lui disait de faire, les *deux* auraient survécu.

Dee passe sa langue sur ses lèvres et baisse mon jean, libérant ma bite qui crève déjà d'envie de sortir. Sa petite main la prend par la base, exerçant une légère pression.

– D'ici à ce que t'aies pris ces photos de moi et que tu les développes, je veux que tu penses à ça à chaque fois que t'es dans cette pièce.

Sans arrêter de caresser la base, elle couvre le bout de ma queue avec sa bouche, suçant doucement et faisant de petits mouvements de langue. Je m'appuie davantage contre la porte, mes genoux se faisant faibles. Elle bouge sa bouche, tend la peau du prépuce et me prend complètement dans sa bouche.

Et je ne peux pas m'empêcher de gémir intensément : « Putaaaaain… »

Sa bouche est tellement chaude, mouillée, et serrée, de petites taches lumineuses apparaissent derrière mes paupières fermées. Lentement, elle suce plus fort et accélère le mouvement de sa main, la mienne plonge dans ses cheveux et les empoigne.

Dee gémit autour de ma queue, et je la supplie, «Plus vite...» Elle exauce mon souhait et sa tête bouge plus vite, me rapprochant de l'orgasme avec chaque mouvement de sa bouche. J'halète «Dee... oui... j'vais venir...» Elle me suce encore plus, et puis je jouis, poussant des grognements épuisés, tenant ses cheveux fermement dans mon poing fermé, essayant juste de ne pas tirer. Dès qu'elle me relâche, je m'effondre au sol, respirant comme si je venais de finir le marathon de New York.

Je saisis Delores et la ramène contre mon torse. J'embrasse son nez, ses joues, et enfin sa bouche, minutieusement.

–Je me souviendrai de ça pendant longtemps.

–Mission accomplie.

***

–Tu déconnes là, c'est ça?

J'enlève mon casque et le cadenasse à ma moto.

–Non, je suis sérieux.

Dee n'est pas descendue de la moto.

–Je t'attends ici, si cela ne t'embête pas.

–Viens, ça ne prendra qu'une seconde, faut juste que je dépose mon enveloppe.

–T'as jamais entendu l'expression: «Aussi nerveuse qu'une pute à la messe»?

–Arrête avec ton autodérision. Si c'étaient les conditions requises, je serais en stress tous les dimanches. Allez on y va.

–Est-ce que je dois boire du sang?

Seulement si t'es baptisée.

Au cas où vous ne l'auriez pas encore compris, nous sommes à l'église Sainte-Marie. On est dimanche, et le dimanche, je vais à la messe. Même si ce n'est que pour les dix dernières minutes. J'ai le sentiment ancré profondément en moi que, si je n'y vais pas, quelque chose de terrible va se passer.

C'est le résultat de douze années passées à l'école catholique.

Je traîne Dee dans le vestibule. Elle marche sur la pointe des pieds, comme si elle entrait dans une maison hantée.

Un vieil homme grisonnant en robe passe la double porte, tenant à la main le panier de quête. *Le timing parfait.* Je glisse mon enveloppe dedans et baisse ma tête au moment où l'on entend la voix du prêtre dans les haut-parleurs, approchant de la fin du sermon. Dee observe à mes côtés, imitant ma posture. Avant que le prêtre n'ait fini, un bruit de pas montant les escaliers attire mon attention. Par la porte latérale, sœur Béatrice Dugan entre dans l'antichambre, à la tête d'une douzaine d'enfants en rang d'oignons sortant du catéchisme.

Sœur B. fut ma première expérience sexuelle. Enfin… ma première expérience sexuelle avec moi-même. Elle fut notre première fois à tous. Drew et moi n'avons jamais été aussi près d'un plan à trois qu'à cette époque.

Attendez, oubliez ce que je viens de dire, c'est dégueulasse.

Bref, la puberté est un moment perturbant pour un garçon. Et avoir une prof super bonne qui s'avère être une nonne n'aide pas à clarifier les choses.

Je me suis un peu emporté quand j'ai découvert les joies de la masturbation. Malheureusement, je n'ai pas juste caressé popol… je l'ai carrément étouffé le pauvre. Et c'est comme ça que, à treize ans, j'ai contracté un SPI : syndrome du pénis irrité. Inutile de s'étendre, si ?

Ma mère a peut-être cru le médecin quand il lui a dit que mon SPI était dû au fait que je portais mon maillot de bain mouillé trop longtemps, mais mon père n'en a pas gobé un mot. Lors d'une de nos conversations plus intimes, il m'a dit qu'il ne fallait pas que j'aie honte de me caresser, que c'était comme l'électricité : Dieu ne nous l'aurait pas donné s'il ne voulait pas que l'on s'en serve. Mais, comme toutes les choses, il faut savoir faire preuve de modération. Cette discussion m'a calmé et j'ai pu me faire plaisir régulièrement, sans me faire mal.

Un seul regard de sœur B. suffit à calmer les enfants. Puis, avec l'accent irlandais que le temps n'a pas effacé, elle dit :

– Matthew, comment vas-tu mon garçon ?

– Je me porte comme un charme, sœur B.

– Comme un charme, mais toujours en retard à la messe ? Tss-tss-tss.

– Mieux vaut tard que jamais, dis-je en haussant les épaules.

Elle sourit.

– Je suppose que tu as raison, même si tu ferais bien de prononcer quelques Notre Père en priant pour un peu de ponctualité. J'ai vu tes parents à la première messe ce matin ; ils ont l'air d'aller bien, comme toujours.

J'acquiesce. Puis je me tourne vers Dee :

– Delores, je te présente sœur Béatrice, mon institutrice à l'école primaire. Sœur B., je vous présente Delores Warren.

– Enchantée, dit sœur B.

– Bonjour, dit Dee en faisant un geste de la main.

Sœur Béatrice fronce les sourcils :

– Vous avez l'air mal à l'aise mon petit, pour quelle raison ?

Dee gigote.

– Je... c'est que je ne suis pas catholique. Même pas un petit peu.

Sœur B. pose sa main sur son épaule et lui dit d'une voix basse :

– Ce n'est pas bien grave. Jésus ne l'était pas non plus.

***

Lorsqu'on arrive à Central Park, je sors mon appareil photo et prends de superbes clichés de Dee près de la fontaine. J'en prends quelques unes des feuilles tombant des arbres. Puis Delores et moi nous allongeons côte à côte dans l'herbe sur une couverture, réchauffés par le soleil d'automne. Et nous nous posons des questions, des questions sur tout, inappropriées, le genre qui sont toujours amusantes et qui sont un super moyen d'apprendre à connaître quelqu'un.

– T'as déjà été arrêté ? me demande-t-elle en jouant avec les boutons de ma chemise en lin.

– Pas encore, et toi ?

– Arrêtée mais jamais inculpée, dit-elle en souriant.

Puis elle me raconte la fois où elle, son cousin et Kate ont été arrêtés alors qu'ils rentraient par effraction dans la salle de la piste de patins à roulettes après la fermeture, et où le shérif les a ramenés chez eux. Sa mère n'était pas ravie.

– Est-ce que t'as déjà fait l'amour dans un lieu public ?, je demande, partiellement parce que je suis curieux, partiellement pour référence future.

– Mmm… un lieu public oui, mais je crois que personne ne nous a vus.

Je passe mes doigts dans ses cheveux, dont le soleil accentue les mèches rousses, les rendant plus flamboyants que dorés.

– Est-ce que t'as déjà fait l'amour sur ta moto ?, demande-t-elle.

Et j'espère que ça aussi c'est pour référence future.

– Oui. Et c'est pas aussi simple que ça en a l'air. Mais c'est quelque chose que tout le monde devrait essayer une fois dans sa vie. Puis je demande : « Quelle est ta couleur préférée, et comment aimes-tu ton café ? »

– Je n'ai pas de couleur préférée, ça change, selon mon humeur. Et je ne bois pas de café. J'essaie de ne pas toucher à la caféine, c'est mauvais pour la peau.

Dee soigne ce qu'elle mange. Elle a mentionné vouloir aller au marché bio à Brooklyn plus tard, pour acheter du fenouil et de la citronnelle et d'autres trucs dont je n'ai entendu parler que dans des restaurants gastronomiques où la présentation est plus importante que le goût. Ce n'est pas l'idée que je me fais d'un bon repas. Mais elle jure que son muesli maison n'a absolument pas le goût de granules pour lapins.

– Dis-moi, est-ce que tout le monde dans ta famille est catholique ?

Je rigole.

–Dire qu'on est pieux serait exagéré, mais on va tous à l'église.

Puis je réfléchis un peu plus.

–En fait, tout le monde sauf Drew. À l'exception des mariages et des baptêmes, il s'est efforcé de ne pas remettre les pieds dans une église depuis notre enfance.

Elle roule sur son ventre et appuie son menton sur mon torse.

–Qu'est-ce qui a fait de lui le vilain petit canard ? Il a trouvé le nombre 666 tatoué sur son crâne ou quoi ?

Je souris, parce que je suis certain que nombre de nos instituteurs catholiques ont pensé la même chose.

–Non, Drew et Dieu se sont disputés quand on avait environ dix ans. C'est l'année où on a diagnostiqué un cancer du sein à la mère de Steven, Janey. Les parents nous ont tous réunis, nous ont dit qu'elle était malade, que les médecins allaient la soigner, et qu'il fallait qu'on prie très fort pour que le traitement la guérisse.

Drew n'a pas très bien pris la nouvelle. Il ne comprenait pas comment, de tous les abrutis du monde entier, Dieu pouvait infliger une maladie mortelle à quelqu'un d'aussi gentil que Janey. Enfin. Janey a suivi une chimio et elle est entrée en rémission. Mais quand on était au lycée, le cancer est revenu et elle est décédée après quelques mois. C'était la première personne de mon entourage à mourir. Mes grands-parents étaient déjà morts à ma naissance. Mes tantes et mes oncles étaient là, mais Janey est morte à trente-neuf ans, ce qui, même en étant petit, me paraissait super jeune.

Delores me regarde avec sympathie.

– Mais le coup fatal est arrivé aux funérailles. Le père de Steven, George, était tout simplement dévasté. Et, malheureusement, incapable de faire quoi que ce soit. Donc, Steven a dû être fort. Il a pris toutes les décisions importantes, il a accueilli les invités lors de la veillée de trois jours. Il avait seize ans ; Alexandra et lui avaient commencé à sortir ensemble quelques mois avant que Janey ne nous quitte.

Je regarde trois moineaux voler en parfaite harmonie et je continue à me remémorer les événements.

– Le jour de l'enterrement, la famille proche est autorisée à voir le défunt avant les autres. Steven voulait être là en premier, pour être seul avec sa mère. Drew et moi y avons été pour le soutenir. À cette époque, le prêtre de Sainte-Marie s'appelait père Gérald ; il était vraiment tradi, arrogant et méchant, tu vois le genre ? Il entre là où on est assis tous les trois et dit à Steven que sa mère est morte parce qu'elle n'était pas pure. Que si elle avait été plus pieuse, Dieu l'aurait sauvée. Puis il nous dit que sa mort est aussi un signe de notre manque de foi. Que si on avait eu plus la foi, Dieu aurait entendu nos prières.

Dee n'en revient pas, sa bouche reste grande ouverte.

– Mais c'est horrible ! Il a dit quoi, Steven ?

– Rien. Il était trop choqué, il souffrait trop pour dire quoi que ce soit. Drew, en revanche, a toujours su répliquer rapidement. Alors il se lève, colle son visage à dix centimètres de la sale gueule du prêtre, et il lui dit :

– Allez vous faire enculer, mon père. Vous n'avez pas un enfant de chœur à soûler au vin de messe pour que vous puissiez tirer votre coup ?

La bouche de Dee commence à esquisser un sourire.

– Plus j'entends parler de Drew, plus je commence à l'apprécier.

J'acquiesce.

Père Gérald se tourne, son visage est rouge vif, et il est sur le point de coller une baffe à Drew lorsque John, Anne, George et mes parents entrent. Donc Gérald se retient, mais tente dès le lendemain de faire exclure définitivement Drew du lycée. Il disait que si Drew ne s'excusait pas, il le ferait virer. Même si John n'a pas aimé ce que le prêtre a dit, il a poussé Drew à s'excuser pour lui avoir manqué de respect. Mais Drew refusait de s'excuser auprès d'une « pourriture aussi diabolique ».

Et puis, Anne s'est mise à pleurer. Elle a dit que si Drew se faisait virer, sa vie serait foutue, elle demandait ce qu'elle avait bien pu faire de mal. Et c'est là que Drew a craqué : parce qu'il ne supportait pas de faire pleurer sa mère.

Il a écrit une lettre d'excuses au père Gérald et s'est tapé toutes les punitions que lui infligeait ce connard. C'est pour ça que Drew peut citer la Bible mot pour mot ; parce que Gérald lui a fait copier tous les soirs après les cours, à la virgule près. Bref, une fois que la punition a été levée, Drew était convaincu que le catholicisme était un tas de mensonges et que Dieu n'en avait rien à secouer de nous.

Dee penche la tête sur le côté et me regarde, pensive. Puis elle me demande :

– Mais toi, tu ne crois pas ça ?

– Non, je ne le crois pas. J'ai demandé à sœur Béatrice si ce que père Gérald avait dit était vrai. Que si on avait eu plus la foi, Dieu aurait entendu nos prières.

– Et qu'est-ce qu'elle a dit ?

Je prends mon meilleur accent irlandais et lui réponds :

– Elle a dit, « Matthew, mon p'tit, le Seigneur tout-puissant entend toutes nos prières… mais parfois, sa réponse est non. »

Dee y réfléchit un moment, puis elle dit :

– Eh ben, ça craint un peu.

– C'est ce que j'ai dit moi aussi, lui dis-je en souriant.

Puis je réfléchis à voix haute :

– Et toi, t'as eu une éducation religieuse ?

– Ouais, on peut dire ça. Ma mère a toujours été dans une sorte de buffet à volonté spirituel. Une bouchée avec les mormons, une pincée chez les protestants, mais elle ne s'est jamais fixée. Elle était adepte du Centre de Kabbale[8] bien avant que Madonna ne le rende à la mode. Ces jours-ci elle est plutôt bouddhiste ; ça a plutôt bien marché pour Tina Turner.

***

L'après-midi touche à sa fin lorsque nous retournons à ma moto. Je mets la couverture pliée et l'appareil photo dans le top-case. L'odeur de hot-dogs au piment provenant du stand de la rue atteint mes narines et fait gargouiller mon estomac. Je sors mon portefeuille et demande à Dee, « T'en veux un ? »

Elle inspecte le hot-dog comme si c'était un fusil armé.

– Ah… non. Je préfère ne pas mourir à cinquante ans, merci.

Je commande le mien avec un supplément de piment, puis je réponds :

---

8 Mouvement spirituel New Age né à New York, vers 1960.

– Le hot-dog de rue c'est un des symboles de New York. On pourrait dire la même chose de la pizza.

– Le hot-dog de rue est un arrêt cardiaque entre deux tranches de pain. Tu sais combien il y a de nitrates là-dedans ?

– Mais c'est ça qui lui donne son goût. Tu sais, pour quelqu'un qui se dit « carpe diem », je te trouve un peu parano.

Elle cède.

– Ok, ça marche… J'en prends un, dit-elle au vendeur.

– Tu veux des piments ? je lui demande.

– Allez, pourquoi faire les choses à moitié, n'est-ce pas ?

– J'aime ta façon de penser, lui dis-je en souriant.

On mange nos hot-dogs debout à côté de ma moto. Lorsque Dee a fini le sien, il lui reste un peu de sauce sur le menton. Au lieu de lui dire, j'en prends soin avec ma bouche.

– Mmm… C'est encore meilleur sur toi, dis-je en me léchant les lèvres.

Elle rit, et c'est un son magique.

***

Nous faisons un dernier arrêt au marché bio de Brooklyn. Dee est limitée dans ce qu'elle peut rentrer dans le top-case de la moto, mais elle me dit que le fait que je sois là compense le fait de devoir y retourner dans la semaine. Je l'aide à porter ses courses jusqu'à chez elle, et je suis sur le point de l'inviter à dîner lorsqu'elle passe ses bras autour de mon cou et m'embrasse langoureusement.

Le dîner peut attendre.

Je lâche les sacs au sol et attrape ses fesses. Je les masse et les pelote. Son pantalon noir a beau être fin, c'est une barrière quand même. Ses mains plongent dans mes cheveux alors que je la soulève et entoure ses jambes autour de ma taille, donnant à ma queue bandante le contact qu'elle désire tant. Je suce sa lèvre inférieure alors que ses mains massent mes épaules, la chaleur de ses doigts se répandant dans mes muscles. Maintenant je mords sa lèvre et je nous tourne pour appuyer le dos de Dee sur le frigo. Elle gémit et nos hanches se collent et se frottent.

On est tous les deux haletants et je lui mordille le cou. Puis elle gémit de nouveau :

– Matthew… Matthew, il faut que…

Mes lèvres se déplacent sur sa peau chaude.

– Putain, moi aussi…

– Je…

Et deux secondes plus tard, Dee se dégage de mon étreinte, me pousse et sprinte dans le couloir. Je reste allongé par terre, respirant lourdement, essayant de comprendre ce qui vient de se passer. Et puis, le bruit caractéristique de quelqu'un qui vomit parvient jusqu'à moi.

Vous ne vous attendiez pas à ça, hein ? Eh bien on est deux.

J'ai l'estomac retourné en m'approchant de Dee, le bruit de son vomissement me rend malade. Je reste dans l'embrasure de la porte de la salle de bains.

– Ça va ?

Elle est assise devant les toilettes, un mouchoir sur la bouche, les yeux fermés.

– Est-ce que ça a l'air d'aller, à ton avis ?

– Non.

Elle gémit, mais pas de façon cool.

– Toi et tes putains de hot-dogs à la con. Je crois qu'ils étaient périmés.

Me sentant accusé, je passe en mode défensif.

– Ils étaient pas périmés, s'ils l'étaient, je serais…

Et je ne finis pas ma phrase. Car une bouffée de chaleur m'envahit, mon estomac se contracte, et je plonge vers la poubelle, la tête la première.

Ce qui fait vomir Dee davantage.

Ça me fait penser à *La Cité de la peur* et à Simon Jérémi qui vomit quand il est content. Et je rirais probablement de cette situation, si je ne me sentais pas si mal.

On finit par se traîner jusqu'au lit et on s'allonge côte à côte, moi en étoile de mer, Dee en position du fœtus.

– Tout ça c'est de ta faute, rouspète Dee.

– T'as raison. T'as tellement raison.

– Je te déteste. Enfin, non, je t'aime beaucoup. Je crois que je vais mourir, Matthew.

– Non, toi tu mourras pas. Mais moi oui, je suis heureux de t'avoir connue, Dee.

Même si on est naturellement plus forts que les femmes, tout le monde sait que les hommes sont dix fois plus sensibles à la maladie. Vous n'avez qu'à demander à votre mari ou à votre petit ami.

Dee ouvre le tiroir de sa table de nuit, faisant bouger le lit, et en sort quelque chose.

– Tu fais quoi, dis-je en râlant. Arrête de bouger.

C'est la première fois de ma vie que je dis ça à une fille.

–J'écris un mot à Katie pour qu'elle te fasse arrêter pour meurtre si je décède… Et qu'elle fasse arrêter le vendeur de hot-dogs pour complicité de meurtre.

–T'es une femme sans cœur, Delores.

–Mieux vaut que tu l'apprennes dès maintenant, dit-elle en se rapprochant de moi.

Je dessine de petits cercles de la main sur son dos jusqu'à ce qu'elle se tourne et prenne ma main dans la sienne. Nous restons dans cette position jusqu'à ce que l'on s'endorme.

CHAPITRE 9

La sensation de proximité avec une personne avec qui vous avez enduré la torture d'une intoxication alimentaire pendant vingt-quatre heures est assez incroyable. Ce genre d'intimité peut prendre des mois, des années même, à se forger. Je connais désormais l'expression de Dee lorsqu'elle jouit, mais aussi lorsqu'elle vomit.

Nous posons tous deux un arrêt maladie le lundi matin puisque nous sommes lessivés. On prend notre douche séparément, et elle me prête un jogging de son cousin. Dans d'autres circonstances, ça me gênerait de porter le pantalon d'un autre mec alors que je ne porte pas de sous-vêtements, mais il était lavé et plié au fond du placard de Dee, donc le laps de temps qui s'est écoulé depuis que Warren l'a porté aide à faire passer la pilule. De plus, l'idée de remettre mes habits d'hier soir n'est vraiment pas réjouissante.

Delores est assise à côté de moi sur le canapé, ses pieds au chaud dans des chaussettes en laine à l'effigie de Bugs Bunny reposent sur la table basse, et elle est emmitouflée dans un peignoir violet et moutonneux qui serait à des années-lumière d'être sexy sur une autre femme que Dee. Mais comme je sais qu'il n'y a rien en dessous excepté sa peau douce et nue, c'est super sexy.

J'allume la télé et on tente de se mettre d'accord sur un film à regarder. Le problème, c'est que Delores a un vagin, ce qui signifie que ses goûts cinématographiques sont soit horribles, soit inexistants.

Ne me regardez pas comme ça : je ne fais que dire ce que tous les hommes du monde savent déjà. La raison pour laquelle des films pourris comme *Le Patient anglais* ou *Le Discours d'un roi* gagnent des Oscars est que les nanas mouillent devant Ralph Fiennes et Colin Firth. Oui, bien sûr, *Braveheart* a gagné un tas de prix bien mérités, mais ce n'est pas seulement parce que c'est le meilleur film de tous les temps. Mel Gibson, ça vous dit quelque chose ? Je n'en dis pas plus.

Dee tente de me convaincre de regarder un film de nana épouvantable.

–J'aime les films qui parlent de meilleures amies : ils sont très puissants. *Thelma et Louise, Au fil de la vie, Potins de femmes* ; le dernier c'est mon préféré. J'imagine toujours que Kate et moi serons comme Ouiser et Claire quand on sera vieilles.

–Sérieusement ? *Potins de femmes* ? Mais plus important encore, comment tu peux appeler un personnage *Ouiser* ?

Son expression est à la fois surprise et désespérée.

–T'as jamais vu *Potins de femmes* ? Mais tu vis sur quelle planète ? C'était un des premiers films de Julia Roberts.

Je lève une main, la paume dirigée vers elle.

– Non. Non, il est hors de question que je regarde un film avec Julia Roberts. Drew a enduré toute la phase Julia Roberts de sa sœur et il ne s'en est toujours pas remis. Aujourd'hui encore, des citations de *Pretty Woman* sortent de sa bouche sans qu'il puisse les contrôler. Même pas en rêve.

– Alors qu'est-ce qu'on regarde ?

Je fais défiler la liste de films en VOD jusqu'à ce que je trouve mon bonheur.

– *Conan le Barbare*, la plus belle histoire d'amour jamais racontée.

Son nez se plisse.

– Normalement je serais ravie de me rincer l'œil devant Schwarzenegger, mais je ne suis pas d'humeur. Regardons plutôt *Potins de femmes*.

Je secoue la tête.

– Non. Je vais perdre deux heures de ma vie que je ne pourrai jamais récupérer.

Delores replie ses jambes et monte sur ses genoux. Un sourire mesquin et persuasif apparaît sur son visage. Je reconnais cette expression comme le signe qu'elle est prête à passer aux choses sérieuses. Elle se penche sur moi, et je penche ma tête en arrière pour continuer à la regarder droit dans les yeux.

– Est-ce que tu te sens mieux, Matthew ? Parce que moi je me sens beaucoup, beaucoup mieux.

Je passe rapidement en revue toutes mes sensations.

– Oui, je me sens incroyablement bien.

Son sourire s'étend, plus excitant encore.

– Alors faisons un pari. Celui qui parvient à faire jouir l'autre en premier gagne le droit de choisir le film. T'en penses quoi ?

Je comprends désormais pourquoi Delores est chimiste. Elle a un esprit incroyablement novateur.

Je mordille ma lèvre inférieure en signe de réflexion.

–Je pense que c'est un pari que je vais adorer remporter.

Elle se penche en arrière et ouvre sa robe.

–Pas autant que le plaisir que je vais prendre à te faire perdre.

***

C'était serré. Aux J.O., le résultat aurait été déterminé par photo ; à quelques secondes d'écart. Mais… Dee a gagné. C'est elle qui choisit le film. Cela dit, je n'ai pas regretté ma défaite. Et ça ne fait que renforcer mon opinion au sujet des femmes et du cinéma, parce qu'il ne se passe rien dans ce putain de film. Il commence sur une scène de mariage et maintenant on dirait que Julia Roberts va mourir. À part ça ? C'est juste une bande de filles qui parlent pendant qu'elles se font coiffer. Après ça ? Elles parlent *encore plus*.

Dee est à côté de moi, captivée, pendant que la femme de *Cours après moi shérif*, qui joue la mère de Julia Roberts, commence une conversation avec ses amies alors qu'elles sont au cimetière. Le nez de Dee est déjà tout rouge et ses yeux sont brillants. Je me reconcentre sur le film et j'écoute cette femme qui commence à crier et à pleurer et à demander comment son petit-fils va bien pouvoir savoir à quel point sa mère l'aimait.

Et, ça sort de nulle part, je commence à penser à Mackenzie et à ce qu'elle ressentirait si, je touche du bois, il arrivait quelque chose à Alexandra. À me demander qui le lui dirait, à tout ce qu'elle manquerait.

Steven est un mec génial, mais une mère, surtout une mère aussi féroce qu'Alexandra, ce genre d'amour, c'est différent. C'est plus fort.

Irremplaçable.

Et, bien que l'appartement de Dee ne me semble pas poussiéreux, des particules ont dû entrer dans mes yeux. Je les frotte pour arrêter l'irritation.

Et je renifle. *Putains d'allergies.*

– Tu pleures ? me demande Dee, et j'entends sa surprise et son rire dans sa voix.

Je me reconcentre sur l'écran de télé. Dans lequel la pauvre mère de Julia Roberts, désemparée, crie qu'elle va bien, alors qu'il est évident que ce n'est pas le cas. Elle crie au sujet de toutes les choses qu'elle est capable de faire, contrairement à son enfant, qui n'a jamais pu.

Doux Jésus, ce film est déprimant.

– Mais c'est tellement triste, putain !, dis-je en gesticulant vers la télé. Comment t'arrives à regarder ça sans avoir envie de te tirer une balle dans la tête ?

Dee se couvre la bouche avec ses mains pour rire.

– Le fait que ça puisse te faire pleurer est l'une des raisons pour lesquelles j'aime tant ce film.

Ok, c'est n'importe quoi. C'est comme dire que j'aime la table dans le hall d'entrée de mes parents parce que je me cogne l'orteil dessus à chaque fois que je passe devant pieds nus.

– Pourquoi ?

Elle hausse les épaules.

– Parce que parfois j'ai besoin de pleurer un bon coup. C'est cathartique. T'as jamais pleuré en regardant un film ?

Je suis vexé qu'elle soit obligée de me poser cette question.

Je fais non de la tête, et puis je me souviens.

– *Rocky 3*. J'ai pleuré en regardant *Rocky 3*, mais ça ne compte pas. Quelqu'un qui ne pleure pas quand Mickey meurt n'a pas d'âme.

– Je ne l'ai jamais vu, dit-elle.

– Tu ne sais pas ce que tu rates. Est-ce que t'as vu *Predator* ?

Elle secoue la tête.

– Et le premier *New York 1997* ? *Les Guerriers de la nuit* ?

Elle répond non aux deux. Et une pensée me traverse l'esprit.

– Attends, mais t'as grandi avec ton cousin et ta mère, non ?

– Depuis l'âge de six ans, oui.

– Alors t'avais un garçon chez toi ; comment se fait-il que tu n'aies jamais vu ces classiques ?

Mais je pense déjà connaître la réponse.

Dee hausse les épaules.

– Billy était content de regarder ce que moi j'avais envie de regarder.

Bien sûr qu'il l'était. Et c'est à ce moment-là que je décide de prendre le pauvre garçon sous mon aile, pour pallier son manque d'éducation masculine.

***

Quand lundi soir arrive, je vais suffisamment mieux pour rentrer chez moi. Après presque deux jours sans l'avoir vu, mon appartement pourrait me manquer, je pourrais être heureux de rentrer chez moi. Mais en fait c'est… calme. Ennuyeux même.

Je développe les photos que j'ai prises de Dee au parc. Et pendant que j'attends dans la chambre noire, je pense à la dernière fois où j'étais ici. Avec elle. Sa bouche humide, la douce caresse de sa langue, la façon dont ses joues se sont creusées quand elle me suçait.

Et alors que ma mémoire me joue des tours, je peine à contrôler mon cerveau soumis qui a envie d'appeler Delores et de la supplier de venir. J'y parviens, mais seulement parce qu'on a déjà prévu de se revoir mercredi soir.

Mais les heures qui me séparent de mercredi soir me paraissent une éternité.

***

Mercredi midi, je rejoins Alexandra pour déjeuner dans le sud de la ville.

Comme le temps le permet, on s'installe en terrasse. Je mords dans mon burger pendant qu'Alexandra mastique une salade aux crevettes grillées. Et là, je lui dis :

– Et sinon… j'ai rencontré quelqu'un.

En grandissant avec Drew, j'ai toujours considérée Alex comme ma grande sœur. Mais le fait qu'on ne partage pas le même ADN et qu'on ne vive pas ensemble a rendu notre relation bien moins conflictuelle que celle qu'elle avait avec son frère. Elle s'inquiète pour moi, mais sans me materner comme elle le fait avec Drew. Elle s'énerve quand je fais des conneries, mais elle ne se sent pas responsable. Pour moi, il n'y a que des avantages : tous les atouts d'une grande sœur, sans les inconvénients.

– D'après ce que je sais, toi et mon frère *rencontrez* beaucoup de *quelqu'un.*

Je souris.

– Quelqu'un qui me plaît, je veux dire.

Elle acquiesce.

– Encore une fois, beaucoup de pauvres femmes insouciantes vous *plaisent*, à Drew et toi. Pourquoi celle-ci vaut-elle la peine d'être mentionnée ?

– Quand je dis qu'elle me plaît ; elle me plaît, vraiment, beaucoup.

– Wow. À ce point. Ça doit être sérieux ? Raconte, dit-elle en écarquillant les yeux.

Je baisse timidement mon regard vers mon burger.

– Elle s'appelle Delores.

– C'est pas commun.

– Elle est… différente.

Alex essaie d'obtenir plus de détails.

– Mais différente comment ? Elle a trois seins ?

Je ris.

– Non. Mais, si c'était le cas, ça ne jouerait pas nécessairement en sa défaveur. Elle est… cool. J'adore lui parler, tu sais ? Elle dit qu'elle ne cherche pas une relation sérieuse, mais j'espère lui faire changer d'avis. Je n'ai pas ressenti ça depuis…

Alexandra lève la main en signe de protestation.

– Non. Ne prononce même pas son prénom. J'essaie de manger.

– Bref, je sais pas où ça mène, mais je…

Et je n'ai pas l'occasion de finir ma phrase. Parce qu'une vague de liquide rouge glacé atterrit sur mon visage. Ça a le goût de cerise.

– T'es qu'un putain de menteur !

Je m'essuie le visage, enlevant le liquide de mes cils. Quand je recouvre la vue, je vois Delores debout sur le trottoir, tenant un gobelet de granita désormais vide dans la main.

Gobelet qu'elle me jette en pleine tronche.

– Tu m'as fait tout un discours sur le fait de ne pas voir d'autres gens ! Des *sex friends* exclusifs, tu m'as dit ! Tu m'aurais plu si t'avais été franc avec moi ! Je le *savais* ; je savais que t'étais juste un autre menteur qui n'aime pas partager ses jouets mais à qui ça ne pose aucun problème d'aller s'en chercher un autre !

À ce stade, Alexandra et moi sommes debout. Et nous n'avons pas la moindre idée de ce qui nous arrive.

Je tente une explication : « Delores… »

Mais elle me coupe la parole.

– Quatre jours ! Il y a quatre jours tu me disais que t'avais envie de coucher avec personne d'autre, et là je te trouve avec… avec…

Alex lui tend la main.

– Alexandra Reinhart.

Le regard incendiaire de Dee se fixe sur Alex. Mais sa tirade s'arrête là, et je la vois réfléchir : *Reinhart. Où est-ce que j'ai entendu ce nom ?*

Elle me laisse répondre. Enfin.

– La mère de Mackenzie.

Si vous regardez de près, vous pouvez presque voir Delores se repasser notre conversation dans sa tête.

– Mackenzie… ta pseudo nièce ? Ça veut dire que c'est…

– La fille avec qui j'ai grandi, oui. La sœur de Drew.

Alexandra prend le relai.

– La sœur de Drew, la femme de Steven, la fille de John et Anne. J'ai beaucoup d'étiquettes. Il y en a une autre qui est sur le point de servir, d'ailleurs.

C'est dans ces moments que je soupçonne Alexandra de savoir qu'on la surnomme La Garce… Et ça m'effraie.

Énormément.

Les yeux d'Alexandra restent fixés sur Dee, mais c'est à moi qu'elle dit : « Je vois ce que tu voulais dire quand t'as dit qu'elle était différente. » Puis elle s'adresse à Delores :

– Vous devez être Delores. Matthew me parlait justement de vous. Je dirais bien que c'est un plaisir de vous rencontrer, mais j'ai atteint mon quota de conneries pour la semaine.

Alexandra tourne lentement autour d'elle, comme un requin qui inspecte une otarie blessée.

– Vous savez, Delores, ma mère avait l'habitude de me dire que même si un homme n'est jamais censé frapper une femme, je ne devais jamais jouer avec le feu. Que je ne devrais jamais agir sans m'attendre à une réaction équivalente et méritée.

Dee croise les bras, la tête haute, têtue, forte sous le poids du regard désapprobateur d'Alex.

– Matthew vous a expliqué notre relation. Il est comme un frère pour moi. Et des deux ? C'est lui le plus gentil. Vous devriez garder ça en tête avant de songer à lui balancer à nouveau des milk-shakes glacés dans la tronche.

Dee cède un peu. Elle baisse les yeux au sol et murmure sur la défensive :

– C'était une granita.

Alexandra claque des doigts dans ma direction.

– Donne-moi ta chemise et ta veste.

Après avoir enlevé ma cravate, je lui donne mes vêtements, me retrouvant debout sur le trottoir en tee-shirt blanc et en pantalon de costume gris. Dee prend les vêtements tachés de la main d'Alex.

– Je vais payer le teinturier.

Alexandra lève les yeux au ciel.

– Ils n'arriveront pas à l'enlever. Par chance, j'ai une recette maison qui devrait sauver l'affaire.

Puis elle me dit : « Tu pourras les récupérer samedi. »

Elle met ses mains sur mes épaules et me fait la bise, tout en enlevant avec une serviette un peu de liquide rouge resté sur mon oreille.

– Je dois filer. Bonne chance ; tu vas en avoir besoin.

Avant qu'Alexandra ne parte, Dee lui dit :

– J'espère que la prochaine fois que nous nous verrons, ce sera dans de meilleures circonstances.

– Je doute sérieusement que nous nous revoyions. Matthew est gentil, mais pas stupide, lui répond-elle. Puis elle attrape son sac à main et s'en va.

Dee et moi la regardons partir.

Et, comme si elle se parlait à elle-même, Dee soupire :

– Est-ce qu'elle est toujours comme ça ?

Je souris.

– Absolument. Mais putain il s'est passé quoi, là, Dee ?, dis-je en me passant la main dans mes cheveux collants.

Elle recroise les bras et bafouille :

–Je ne vais pas m'excuser. C'était une erreur compréhensible. Je t'ai dit que je n'étais pas douée pour ça. Apparemment j'arrive même à foutre en l'air des *sex friends*. Je me baladais pendant ma pause déjeuner, et je n'en suis pas revenue de te voir assis là. J'étais censée penser quoi ? Si tu veux m'envoyer bouler, c'est ton choix, mais je ne suis pas désolée.

Je la prends par les épaules, baisse la tête, et l'oblige à la fermer en l'embrassant langoureusement. Puis je lui dis :

–Je ne vais pas t'envoyer bouler. Et je ne veux pas que tu t'excuses.

Je sais, je sais ce que vous pensez. *Mais t'es complètement dingue ou quoi, Matthew ?* Non, je ne suis pas dingue ; mais un peu de passion, d'étincelles ; ça ne me gêne pas chez une femme. Qu'elle soit un peu possessive non plus. Et puis, comme Barney Stinson[9] s'est déjà exprimé sur le sujet, Delores est super sexy quand elle est hystérique… et je n'ai aucune envie de m'en débarrasser.

Bien sûr, ça ne veut pas dire que je vais la laisser filer sans avoir pris ma vengeance. Et c'est pour cette raison que je la serre fort contre moi et frotte ma tête sur sa figure et sur ses cheveux. Je répands l'amour ; et autant de granita que possible.

« Ah ! », crie-t-elle en rigolant, et elle me frappe sur le dos.

Je finis par reculer et je lui dis : « Voilà, maintenant on est quittes. » Je l'embrasse rapidement sur la bouche.

---

9 Personnage phare de la série *How I Met Your Mother*, connu pour partager ses techniques de drague décalées.

« Je file chez moi me doucher. » Puis j'ai un éclair de génie, et je dis : « Tu veux venir avec moi ? »

Elle sourit en essayant de s'enlever la texture collante du visage.

– Je dois retourner bosser.

J'acquiesce.

– Mais on se voit ce soir.

– Absolument.

Ce n'est que lorsqu'elle s'en va que je remarque qu'elle porte une blouse de laboratoire par-dessus une robe en cuir noir, des collants pourpres et des cuissardes. Je l'appelle :

– Eh, Dee ?

Elle se retourne.

– Apporte la blouse avec toi ce soir. Et une paire de lunettes de sécurité si t'en as.

Vous pensez peut-être qu'il est un peu tôt dans la relation pour les jeux de rôle. Mais je vais vous dire un secret : *Il n'est jamais trop tôt pour les jeux de rôle.*

CHAPITRE 10

Dee et moi passons les soirées suivantes ensemble. On danse en boîte ou on traîne chez nous, on commence des films et on en rate la fin ; on fait l'amour pendant des heures. C'est le genre de sexe qui vous fait vous sentir sale juste après, mais qui vous donne envie de recommencer dès que possible.

Étonnamment, on parle beaucoup aussi. Au lit, ou bien lorsqu'on est à table.

Ou lorsqu'on est *sur* la table.

Dee aime parler. Elle aime partager, et expliquer. Elle a aussi des… théories… sur à peu près tous les sujets imaginables. Mais si toutes ses théories sont divertissantes, certaines sont vraiment assez folles. Celle-ci, par exemple :

– John Hughes était un réalisateur cochon sexiste et colérique.

– Pourquoi ça ?

– Regarde *The Breakfast Club*. Les mecs incarnent cinq stéréotypes majeurs : le sportif, le criminel, le cerveau, le connard de prof, le concierge cool et relax.

Et les stéréotypes des filles ? Deux. La top model et la timbrée. De façon subliminale, le message qui est transmis à des générations entières d'adolescentes est qu'elles peuvent être belles, ou folles, mais pas les deux. Parce que, au final, quand la fille un peu folle devient jolie, elle n'est plus vraiment folle. C'est des conneries. Je vais lancer une pétition à ce sujet.

Ou encore celle-ci :

– Les micro-ondes sont le mal incarné, je refuse d'en avoir un.

– D'accord…

– La forte augmentation du taux de maladies, d'allergies et de déficiences mentales chez les enfants remonte au moment où les micro-ondes sont devenus des objets standard dans nos maisons. C'est de la malveillance abusive envers le consommateur. Mais ne le dis à personne. Les grandes multinationales ont des antennes partout, et elles ne reculeront devant rien s'il s'agit d'empêcher ce que je sais d'être su par tout le monde.

– Motus et bouche cousue.

Enfin, il y a ce petit bijou :

– Mais tu crois vraiment que les Égyptiens ont construit les pyramides ?

– Bien sûr, il y a une tonne d'informations à ce sujet.

– Mon pauvre, t'es tellement crédule. Et comment ils ont réussi à faire des pierres aussi grandes que des maisons ? Comment ils ont construit des tunnels et des pièces en sous-sol sans le moindre équipement d'ingénierie ? Et, puisqu'on y est, comment ils ont fait pour former et couper les pierres à des angles aussi précis et identiques à chaque fois ?

– Eh ben… Si les Égyptiens ne les ont pas construites, qui, alors ?

– Les extra-terrestres.

– Les extra-terrestres ?

– Bien sûr, il y a des tonnes de preuves que les extra-terrestres viennent sur Terre depuis des siècles et des siècles ; et tu ne le sais même pas.

Non, c'est vrai. Et je ne veux pas le savoir. La dernière théorie était un peu trop folle, et crédible, pour moi.

***

Samedi matin, le bruit de l'eau qui coule dans la douche me réveille. Mais je suis aussi accueilli par la voix grinçante provenant de l'intérieur. La chanson « I Knew You Were Trouble » de Taylor Swift est probablement la chanson la plus agaçante ayant jamais été écrite, mais entendre l'interprétation horrible de Dee me fait rire.

Comme je n'aime pas gaspiller une bonne érection, particulièrement celle du matin, j'attrape un préservatif dans le tiroir de la table de nuit, sors du lit, et vais à la salle de bains.

« … trouble… ah… ah… » Ses yeux sont fermés et elle penche la tête en arrière pour rincer ses longs cheveux sous le jet d'eau. « … ah… »

J'entre dans la douche et ne perds pas de temps ; je vise le téton de Dee qui est déjà dur et dressé. Elle n'est pas surprise. Elle ne crie pas. Son « ah » aigu se transforme en un gémissement guttural, et ses mains glissent sur mes épaules, me tirant à elle.

J'aime le fait qu'elle sache que c'est moi, sans ouvrir les yeux.

J'ai conscience que les chances que quelqu'un d'autre que moi vénère ses seins splendides ici et maintenant sont assez minces. Ce que je veux dire c'est que… elle connaît mon toucher. Mes sons, mes mouvements. On s'est apprivoisés, harmonisés l'un à l'autre de la meilleure façon qui soit. Je sais qu'elle aime que je lui tire les cheveux juste avant qu'elle jouisse. Et elle sait que ça me rend dingue de la voir titiller son piercing au téton lorsqu'elle trace le contour de mes abdos avec sa langue.

Une fois qu'elle se frotte, qu'elle se tortille, contre moi, je lâche son sein et lui dévore les lèvres, collant ma bouche contre la sienne et insérant ma langue dans sa bouche brûlante. Sans rompre le baiser, j'enfile le préservatif d'une main experte. Puis je passe un bras autour d'elle et la soulève contre moi sans effort.

Ses jambes enlacent mes hanches, naturellement. Ma queue en main, je passe le gland sur sa chatte et, même avec l'eau chaude qui ruisselle sur nous, je sens à quel point elle mouille.

J'entre en elle complètement, pressant son dos contre le mur carrelé. Elle détache sa bouche de la mienne et gémit. Elle incline la tête en arrière alors que je commence à bouger ; des mouvements puissants et délibérés qui l'emplissent entièrement. J'halète contre sa joue. Elle mord mon épaule et je gémis.

– Oh oui… Dee…

Ses jambes me serrent davantage et j'accélère mes mouvements. Je veux aller plus profond. Plus fort. Je veux plus.

Toujours plus.

Elle grogne. «J'aime ta bite, elle est parfaite.» Elle se frotte contre moi, se soulevant et se rabaissant sur moi, en rythme avec les mouvements de mes hanches.

– Baise-moi, Matthew… baise-moi avec ton sexe parfait.

Ses paroles m'excitent et je bande encore plus fort. Je sens le papillonnement de son vagin qui commence à se contracter autour de moi, se resserrant, transformant chaque mouvement de mon bassin en un plaisir encore plus intense. J'accélère encore, je veux qu'on jouisse ensemble.

Son dos est complètement plaqué contre le mur, il n'y a pas un millimètre d'espace entre nos corps et je la pénètre toujours plus profondément. Puis elle s'agrippe à moi, me maintenant en elle alors qu'elle jouit en poussant un petit cri aigu. Et je viens en même temps qu'elle, criant son nom pendant que chacun de mes nerfs explose d'une frénésie euphorique.

Dee m'embrasse encore. Plus lentement cette fois-ci, presque tendrement. Je ne la laisse pas partir tout de suite, et j'enfouis mon visage dans le creux de son cou, heureux de rester là avec elle. Toute la journée si je le pouvais.

Elle embrasse mon oreille et murmure: «Bonjour Matthew.»

– Bonjour Dee.

Je me tourne, de sorte que l'on soit tous les deux sous le jet d'eau, et je finis par relâcher mon étreinte pour la reposer. Avec des sourires ridiculement satisfaits sur nos visages, on se lave l'un l'autre, tout doucement, et on sort de la douche.

Alors que je la sèche avec une serviette, je jette un œil à ma montre.

– Merde, je vais être en retard.

Dee se sèche les cheveux et s'interroge :

– En retard pour quoi ?

Je souris.

– J'ai un rencard.

Malgré l'insistance de Dee sur le fait qu'elle ne veut pas une relation sérieuse, il est évident que ce que je viens de dire l'agace énormément. Ses épaules élégantes deviennent rigides, elle relève son menton, son regard s'assombrit et elle fronce les sourcils. Elle fait de son mieux pour garder une voix nonchalante.

Elle essaie, mais elle échoue.

– Ah, un rencard ? C'est cool. C'est cool pour toi.

J'attrape ses hanches et l'attire vers moi afin qu'elle ne puisse pas éviter mon visage souriant.

– Tu veux venir avec nous ?

Elle essaie de se dégager.

– C'est un peu tôt pour un plan à trois, tu ne crois pas ?

Je ne pense pas avoir mal entendu.

– T'as déjà expérimenté un plan à trois ?!

Après réflexion, je préfère ne pas savoir.

– Laisse tomber. Ne réponds pas. Même si j'aime ta façon de penser. Non, je ne demande pas un plan à trois. Je te demande si tu veux aller au zoo…

– Ah, ça a l'air coquin dis donc.

– … avec Mackenzie et moi, dis-je en la serrant davantage.

Dee analyse mes mots. Puis elle sourit. Un sourire soulagé et reconnaissant. Elle réfléchit encore un peu.

–Mais… Ça ne va pas gêner Madame Le-teinturier-n'arrivera-jamais-à-enlever-cette-tache que je vienne ?

Beaucoup de familles sont beaucoup trop impliquées dans les histoires de chacun de ses membres. Vous voyez celles dont je veux parler, non ? Des sœurs qui refusent de se parler parce que l'une a épousé un homme que l'autre n'aimait pas. Des frères qui en viennent aux poings à cause d'une fiancée un peu chiante, des amis qui ne se parlent plus parce que l'un a ignoré les conseils de l'autre alors que personne n'avait demandé son avis.

Même si Alexandra déteste Dee à mort, par respect pour moi, elle ne laissera jamais rien transparaître. Pendant des mois, Drew a essayé de me dire que Rosaline n'était pas celle que je croyais, et même si je ne l'écoutais pas, même si finalement il s'est révélé qu'il avait raison, il ne m'a jamais sorti le fameux « je t'avais prévenu ».

Les familles les plus soudées font tout ce qu'elles peuvent pour éviter une catastrophe, mais, lorsqu'elles n'y parviennent pas, elles sont quand même là pour aider à recoller les morceaux.

–Tu seras avec moi. Ça ne lui posera aucun problème.

***

La maison d'Alexandra et Steven est magnifique. Je crois même qu'elle a été mentionnée dans la revue *Architecture* ou quelque chose comme ça. En dépit de sa grande superficie, Alex arrive quand même à la rendre chaleureuse comme une maison et pas froide comme un musée. Elle ouvre la porte pour Dee et moi, et nous passons dans l'entrée dont le sol est en marbre étincelant.

En élève modèle, Delores dit :

– Bonjour Alexandra. Je suis heureuse de te voir de nouveau.

– Delores, quelle surprise. Tu vas au zoo avec Matthew et Mackenzie aujourd'hui ?

– Oui.

Alex sourit, mais il y a un éclat mesquin dans son regard.

– C'est chouette. Simplement, Steven et moi essayons d'apprendre à Mackenzie à ne pas jeter sa nourriture, donc si tu pouvais faire de ton mieux pour montrer l'exemple…

Je passe mon bras autour de Dee.

– On va essayer de se contrôler… mais on ne peut rien promettre.

C'est à ce moment-là que Mackenzie arrive. Elle est au volant d'un tricycle rouge dont elle fait retentir la sonnette, pédalant à toute vitesse pour faire le tour de la table qui est au milieu de l'entrée, faisant frémir le vase d'orchidées et de lys qui est posé dessus. Ça me fait penser à Danny Torrance dans *Shining*, la chair de poule en moins.

Mackenzie, vêtue d'une salopette en jean, se gare et descend du véhicule. « Salut tonton Matthew ! » Puis elle me fait un câlin.

– Salut princesse. Je te présente mon amie, Dee. Elle va venir au zoo avec nous aujourd'hui, d'accord ?

Mackenzie n'a jamais été timide. Elle est confiante et sincère, peu importe où elle se trouve et avec qui elle est. Des qualités qui sont de famille.

– Bonjour Mademoiselle Dee.

Le *mademoiselle* c'est tout Alexandra. Elle a fait rabâcher les marques de respect à Mackenzie aussitôt que celle-ci a appris à parler.

Delores fait un coucou de la main à Mackenzie. Puis le regard de Mackenzie se fixe sur la veste en fourrure noire de Dee. Elle tend la main et la caresse comme si c'était un lapin. Puis elle lui demande :

– C'est ton costume d'Halloween ?

Dee porte un slim blanc, un haut blanc et des baskets noires recouvertes de strass. Avec cette veste, je comprends pourquoi Mackenzie pense que c'est un déguisement ; de dalmatien, ou de zèbre.

– Mackenzie, ça c'est impoli, dit Alexandra.

Mais Dee fait un geste de la main : « Non, ce n'est rien. » Elle s'accroupit devant Mackenzie.

– Moi, j'aime m'habiller comme si c'était Halloween tous les jours.

Le visage de Mackenzie s'illumine.

– C'est trop cool, je peux faire ça moi, maman ?

Alexandra secoue la tête.

– Non. Toi tu ne peux être Frankenstein qu'une fois par an.

Et avec ces mots, elle me tend la sacoche (d'une couleur neutre pour les hommes) contenant tous les essentiels devant être à portée de main lorsqu'un enfant de l'âge de Mackenzie quitte la maison. Et on file au zoo.

***

Quand j'étais petit, je trouvais les zoos vraiment bizarres. On prend un ours, ou un lion, on l'enferme dans une cage de cent mètres carrés, on rajoute un peu de verdure, et on s'attend qu'il soit heureux. Les animaux sauvages sont censés être en liberté. Mais en grandissant, j'ai compris que beaucoup des animaux ont été secourus parce qu'ils étaient malades ou blessés et qu'ils n'auraient pas survécu dans la nature. Bien qu'on puisse argumenter qu'il faut laisser la nature suivre son cours, maintenant je vois les zoos comme des maisons de retraite où des lions, des tigres et des ours viennent passer leurs vieux jours en étant soignés et nourris.

Ce n'est pas aussi palpitant que d'être dans la nature… mais… c'est mieux que d'être mort, je suppose.

Dee, Mackenzie et moi passons l'après-midi à regarder toutes les espèces du zoo de Central Park : les lions, les tortues, les reptiles. Comme aucune autre femme que je connais, Dee aime les serpents. Quand elle était petite, elle voulait un boa constrictor pour son anniversaire. Mais sa mère a dit non, alors son cousin lui en a acheté un en caoutchouc pour la consoler.

À midi, on mange une pizza : on ne jette pas même un regard vers le stand de hot-dogs. Plus jamais je n'en toucherai un.

Dee achète un ballon en forme d'ours polaire, et elle et Mackenzie parlent pendant longtemps du nombre de ballons dont elle aurait besoin pour pouvoir voler, comme dans le dessin animé *Là-haut*. Comme Dee sait tout sur les gaz comme l'hélium, elle a pu lui donner un chiffre exact en utilisant sa calculatrice. Et Mackenzie était super impressionnée.

Tant que ça ne lui donne pas des idées…

En ce moment, nous mangeons du pop-corn en regardant les pingouins. Et, sans s'adresser à quelqu'un en particulier, Mackenzie demande :

– Vous saviez que les pingouins filles tiennent les pingouins garçons par les boules ?

Dee s'étouffe, mais Mackenzie ne le remarque pas.

– Tonton Drew a dit que la fille choisit le garçon qu'elle veut. Le garçon doit alors danser. Et après, le pingouin garçon doit porter l'œuf sur ses pieds pendant super longtemps.

– Eh ben, ces filles sont des dures à cuire, hein ?, remarque Dee, et Mackenzie acquiesce.

Puis, nous passons aux singes. Je ne sais pas à quelle race ils appartiennent, mais ils sont petits, tout blancs et moutonneux, et ne semblent pouvoir s'arrêter de bouger que lorsqu'ils essaient de se monter dessus. Delores ricane et Mackenzie dit :

– Ils aiment beaucoup la lutte on dirait.

Je ris, et je murmure à l'oreille de Dee :

– Ils sont chauds comme des lapins, ça me donne des idées. On devrait partir avant que ça devienne gênant.

Mackenzie a l'ouïe fine car elle demande :

– Tonton Matthew, ça veut dire quoi *chaud comme un lapin* ?

Je réponds du tac au tac.

– Excité.

Elle acquiesce… et range cette information dans sa petite tête adorable et imprévisible.

***

Nous sortons tous les trois du taxi, de retour chez Alexandra et Steven. Je porte Mackenzie car elle dort à moitié. Dee porte le ballon de Mackenzie et son sac, ainsi qu'une demi-douzaine de souvenirs que je n'ai pas pu m'empêcher de lui offrir. Alexandra nous ouvre, et Mackenzie se réveille, frottant ses yeux pour en enlever les traces de sommeil. Je la pose par terre et on a tous les deux droit à un câlin, un merci qui n'a pas besoin de mots.

Alexandra lui dit :

– Il y a un paquet sur ton lit, c'est arrivé pendant que t'étais au zoo. Je crois que c'est la poupée Elizabeth American Girl que mamie t'a achetée pour ton anniversaire, celle qu'ils n'avaient plus en stock.

La bouche de Mackenzie forme un O adorable, et elle sautille sur place.

– Je l'attendais ! Je suis chaud comme un lapin !

Puis elle déguerpit et court dans sa chambre.

Le regard coléreux d'Alexandra se pose sur nous.

– Vous avez quelque chose à m'expliquer, peut-être ?

Je me frotte l'arrière du cou… et puis je sacrifie Steven.

– Tu devrais vraiment dire quelque chose à ton mari. Il devrait faire attention à ce qu'il dit devant Mackenzie.

Je lui revaudrai ça, je le jure.

Dee s'en mêle.

– Ouais, les enfants sont comme des éponges. Ils absorbent tout ce qui les entoure.

L'expression d'Alexandra me dit qu'elle ne croit pas un mot de ce que l'on raconte.

– On devrait y aller, me dit Delores.

– Oui, c'est vrai, les amphibiens m'ont vraiment épuisé, dis-je en bâillant. Salut, Alex.

– Salut, Alexandra, rajoute Dee.

Et on s'enfuit.

CHAPITRE 11

Ce soir-là, j'annule ma traditionnelle sortie en boîte du samedi soir avec les mecs. Pour le dîner, Dee et moi commandons chinois et on passe la soirée à baiser dans chaque pièce de mon appartement. Je ne verrai plus ma table de billard de la même manière.

On s'écroule sur mon lit, et je dors aussi profondément que quelqu'un qui vient de courir un marathon. Jusqu'à ce que je sois réveillé par le froissement de vêtements et le bruit de pas au milieu de la nuit. J'ouvre les yeux et vois que Dee n'est *pas* à côté de moi dans le lit, et qu'elle fait le tour de la pièce à la recherche de ses habits, les enfilant en hâte lorsqu'elle les trouve.

– Dee, ça va ?

Sa voix est vive et stressée.

– Ouais, ça va. Rendors-toi, Matthew.

J'arrive à lire sur le réveil, malgré ma vision floue, qu'il est trois heures du matin.

– Qu'est-ce que tu fais ?

– Je rentre chez moi.

– Pourquoi ? dis-je en me forçant à m'asseoir dans le lit, essayant de faire partir le brouillard dans ma tête.

– Parce que c'est là que j'habite, tu te souviens ?

Je ne sais pas quelle bête l'a piquée pendant que je dormais, mais je suis vraiment trop fatigué pour chercher la bagarre. J'enlève la couette et pose les pieds par terre.

– Ok. Donne-moi deux minutes et je t'amène.

Ses yeux inspectent la pièce et finissent par trouver son sac dans un coin.

– T'embête pas, je vais prendre un taxi.

Je sens que je n'ai pas beaucoup de temps, alors j'enfile un jogging et attrape le tee-shirt qui a atterri sur la table de nuit après avoir été arraché en hâte la veille.

– Alors je vais prendre le taxi avec toi.

Delores cesse sa course, et son regard froid se pose sur moi.

– Ça va peut-être te choquer, mais je suis parfaitement capable de rentrer chez moi toute seule, merci beaucoup.

– Putain il est trois heures du matin Delores.

– C'est pas comme si t'habitais dans un quartier dangereux, dit-elle en haussant les épaules.

– C'est Manhattan, n'importe quel quartier peut être dangereux.

Elle ne répond pas. Et elle ne m'attend pas. J'attrape mes baskets et réussis tout juste à penser à prendre les clés alors que je me dépêche de la rattraper. Désormais pleinement éveillé, j'enfile mes baskets dans l'ascenseur.

– Sinon, t'es énervée à propos de quelque chose en particulier, ou c'est juste une phase *tous les mecs sont des enculés* ?

– Je ne suis pas énervée, dit-elle en croisant les bras.

Traduction ? *T'es un connard, mais tu vas devoir comprendre tout seul ce que t'as fait, parce que moi je ne vais rien lâcher.*

On sort du hall de l'immeuble. J'indique au portier que je vais appeler un taxi moi-même. Le trajet jusqu'à l'appartement de Dee est tendu et silencieux. Je la regarde parfois du coin de l'œil, parce que le meilleur moyen de se faire égorger par un chien nerveux est de le regarder dans les yeux.

Elle est toute raide. Je ne dirais pas qu'elle a l'air en colère, mais elle est anxieuse, comme un animal qu'on aurait piégé dans un coin et qui attend l'occasion de s'enfuir. Lorsqu'on arrive chez elle, Dee est sortie du taxi avant même que le véhicule ne soit complètement arrêté. Je demande au chauffeur de m'attendre, puis je suis Dee.

Alors qu'elle met la clé dans la serrure, je mets ma main sur la sienne.

– Est-ce que tu pourrais, s'il te plaît, me donner un indice sur ce qui se passe dans ta tête là, tout de suite ? Parce que… je suis un peu perdu là, Dee.

Son regard froid se fixe sur nos mains, puis elle me regarde en soupirant.

– C'est juste que… ça va trop vite pour moi, Matthew.

Je m'appuie contre le mur.

– Si tu voulais qu'on aille plus lentement… fallait me le dire. Fort, doux, rapide, lent : tout ce que je veux c'est donner du plaisir.

– Ne fais pas le malin, Matthew.

Je ne peux pas m'en empêcher.

Elle agite sa main, s'éventant comme si elle était au bord d'une crise d'angoisse.

– Je me suis réveillée chez toi et… c'est trop. J'ai l'impression d'étouffer. J'ai besoin de… souffler.

De souffler.

D'accord.

Ça c'est un concept exclusivement féminin. Pour un homme, prendre le temps de souffler ne nous rend pas plus amoureux, ça nous donne juste l'opportunité de trouver une autre femme dans qui tremper notre bite. Lorsqu'un un homme est vraiment dingue d'une femme, il ressent la même chose pour elle que pour les matchs de foot du dimanche : plus y en a, mieux c'est.

Toujours est-il que je vois où veut en venir Delores.

Il y a tout pile une semaine, je lui proposais une histoire sans attaches, mais les jours qui ont suivi ont montré le contraire. Ça a été intense. Et fréquent. Et visiblement, ça la fait flipper.

Quand on prend l'habitude de traîner avec la même personne tous les jours, il est difficile de se rappeler à quoi ressemblait sa vie avant… ou bien à quoi elle ressemblera après.

Même si le temps qu'on a passé ensemble me plaît, je ne veux pas avoir l'air collant. Le désespoir est impossible à faire oublier une fois qu'on l'a montré.

– T'as besoin de souffler. D'accord, je comprends.

Elle ouvre la porte et entre chez elle. Elle se tourne et m'offre un sourire sincère.

– Je… Je t'appelle.

J'acquiesce.

Puis elle me claque la porte au nez.

***

Elle n'appelle pas.

Ni le jour suivant. Ni le lundi. Ni même le troisième jour, le Jour Sacré. Ce n'est pas comme si j'avais regardé mon téléphone toutes les cinq minutes mais… je dois admettre que j'ai pris soin que la batterie soit toujours chargée au max.

Delores m'a envoyé bouler. Putain… merde.

Et non, ce n'est pas plaisant.

Je devrais l'oublier. Il y a plein de remplaçantes prêtes à tenter leur chance. Je devrais passer à autre chose. Autre chose de mieux. Ou de moins bien, c'est parfois bien aussi.

Je devrais… mais je n'en ai pas envie. Ce n'est pas juste qu'elle est magnifique, sauvage, et que ses seins sont ceux dont j'ai toujours rêvé. Plus que tout ça, Dee est intéressante. Fascinante. Différente de toutes les femmes que j'ai pu rencontrer. Sa façon de raisonner, sa façon de se moquer, de me défier… Je pourrais passer mes journées à parler à Delores sans jamais m'ennuyer.

Elle me fait réfléchir, elle me fait rire… elle me fait bander.

Et, de la même manière qu'un sélectionneur peut observer un joueur de baseball de douze ans et savoir que c'est une future star, je sais que Dee et moi pourrions être géniaux ensemble. Légendaires, même. Je sens le potentiel à chaque fois que je suis près d'elle. C'est pour ça que mes pensées, et mes fantasmes, reviennent sans cesse sur elle. Parce qu'avec un peu de temps et quelques efforts, la récompense pourrait être sublime.

Mardi soir, je décide d'attraper le taureau par les cornes ; ou en l'occurrence, la chienne par les oreilles.

Je saute ma séance à la salle de sport et j'attends devant l'immeuble de Dee, déterminé à la voir lorsqu'elle rentrera du boulot.

Elle descend la rue d'un pas vif et décidé. Elle porte des talons à bouts ouverts, une chemise blanche très ample qui flotte à chaque mouvement de ses bras, et une jupe verte en peau de serpent. Je trotte vers elle. Son menton s'élève lorsqu'elle me voit, déterminée à ne pas trébucher.

– Salut, l'étrangère.

– Salut Matthew.

– Comment tu vas ? dis-je en marchant à ses côtés.

– Ça va, je suis débordée.

– Trop occupée pour me passer un coup de fil, hein ?

– Que quelqu'un appelle un exorciste, t'as été possédé par ma mère.

Je l'attrape par le coude, l'obligeant à s'arrêter. Au début elle est agacée, mais quand son regard croise le mien, je sens l'électricité. L'excitation. Son regard danse sur mon visage, en absorbant tous les détails. Et mon soulagement de la revoir, après des jours à me contenter de simples souvenirs, se reflète dans son regard également.

– Je ne suis pas lui, Dee.

– Qui ?

– Le connard qui a fait que t'es toujours prête à t'enfuir, que t'as peur des relations sérieuses. Que t'as peur de te laisser aller à ressentir quelque chose… pour quelqu'un… De ressentir ce que tu ressens pour moi.

Elle croise les bras et se déhanche.

– Tu ne dois pas prendre l'avion très souvent : la limite du bagage cabine est de dix kilos. Ta grosse tête doit en peser au moins cinquante.

Ça dépend de la tête à laquelle elle fait référence.

Je souris. « Très drôle. »

Elle se tourne et regarde passer les voitures. Lorsqu'elle parle, sa voix est grave. Un mélange de tristesse et de peur.

– Il ne s'agit pas de *lui*, Matthew. Mais plutôt de *eux*. J'ai déjà vécu ça. Ça ne sert à rien d'aller jusqu'au bout de l'histoire quand tu en connais déjà la fin.

Je prends sa joue dans ma main, caressant sa peau douce comme un pétale avec mon pouce.

– Mais je ne suis pas comme eux.

– C'est ce qu'ils disent tous, et je me force à les croire. Mais à la fin, la vérité finit par voir le jour. Et le mec à qui je tenais, le mec que je pensais connaître, s'avère être un loser, un accro aux jeux, un homme marié, ou tout simplement un connard.

Mon cœur se serre en voyant son expression blessée. En voyant sa peine. Une partie de moi veut partir à la recherche de chacun de ces abrutis et leur casser la gueule pour avoir été aussi stupides.

Je me rapproche d'elle, effleurant son cou avec mes lèvres. Parce que je veux l'envelopper pour qu'elle oublie tous ses doutes, toutes ses peurs et tous les connards qu'elle a pu rencontrer. Et je serai le seul qu'elle sentira, le seul dont elle se souviendra.

– Viens avec moi ce soir, Delores. Encore une fois. Même si c'est la dernière.

Elle a envie de dire oui. Je le vois dans ses yeux, dans la façon qu'a son corps de se tourner vers moi et la façon dont sa main est attirée naturellement vers mon bras.

Mais les mots qu'elle prononce sont: «Je ne sais pas...»

J'approche mes lèvres de son oreille et je murmure:

– Accorde-moi une dernière nuit, et après ça, si tu le veux, je ne t'embêterai plus.

Elle penche sa tête en arrière et caresse ma mâchoire avec ses doigts.

– C'est pas facile de te dire non à toi.

– C'est un don.

– D'accord, une nuit, dit-elle en soupirant. Mais il ne va y avoir personne en boîte.

Je souris et je lui prends la main pour aller chez elle.

– On ne va pas en boîte. Et tu devrais probablement mettre un pantalon, dis-je en regardant ses jambes douces et nues.

– Où va-t-on, alors? dit-elle sans cacher sa curiosité.

– C'est une surprise, dis-je en lui adressant un clin d'œil.

Si l'une d'entre vous espère déjà que votre fille épousera un mec comme moi? La suite va vous rendre dingue.

***

Je gare ma moto dans le parking presque vide. J'enclenche la béquille et descends. Delores enlève précipitamment son casque pour mieux voir l'enseigne lumineuse.

PISTE DE ROLLER

On est à Newark, dans la partie chic de la ville. Car, comme les drive-in, les pistes de roller sont en voie de disparition. Il n'y en a plus aucune à Manhattan, et seulement une ou deux dans le New Jersey. J'ai fait une recherche sur Google, car j'ai supposé qu'étant donné les photos dans son appartement, ce serait le genre de rencard qui ferait rire Dee et qui pourrait l'attendrir.

Qu'elle soit excitée c'est mieux, mais ça, c'est pas mal non plus.

Comme d'habitude, j'avais raison. Le sourire de Dee est éblouissant lorsqu'elle descend de la moto. Elle applaudit et sautille sur place.

– Oh mon Dieu, ça va être génial ! Ça fait des années que je n'ai pas fait de roller !

Au risque de paraître mielleux, regarder Dee sourire est vite en train de devenir un de mes passe-temps favoris. Trouver de nouvelles façons de la faire sourire pourrait devenir une passion.

– Tu sais faire du roller ? me demande-t-elle lorsqu'on entre dans le gymnase.

Quand on était petits, le roller n'était pas une occupation régulière, mais je pense que je peux me débrouiller.

– J'en ai fait une fois, quand j'avais genre neuf ans.

Elle attrape mon bras.

– C'est comme le vélo, ça ne s'oublie pas. Je danse comme une pro en roller.

– Je n'en doute pas une seule seconde, dis-je en riant.

À l'intérieur, il y a un mélange d'odeurs de caoutchouc, de cire et de tapis légèrement moisis. Quand on a loué et mis nos rollers, on va sur la piste.

Et je tombe immédiatement sur le cul. Douloureux.

Mais je reste cool, bien sûr.

Dee est debout à côté de moi, morte de rire. Elle me tend la main pour me relever, mais je la prends et la tire vers moi. Sur moi. Je couvre son rire avec ma bouche et la mords pour me venger. Mais au moment où les choses commencent à devenir intéressantes, un garçon au visage couvert d'acné et en tenue d'arbitre s'arrête à nos côtés.

– Euh... faut pas... C'est un lieu familial... Vous ne pouvez pas faire ça ici.

– Désolé, dis-je en souriant.

Delores couvre son rire avec sa main.

Je me relève en m'appuyant sur le mur et on est repartis. À la fin de notre second tour, je suis un peu plus stable et on patine l'un à côté de l'autre. Il n'y a que cinq ou six autres personnes sur la piste ; la plupart ont l'air d'avoir moins de dix ans.

– Je crois qu'on est les plus vieux ici, dis-je.

– Non, regarde ceux-là, dit-elle en pointant du doigt un couple qui a l'air d'avoir au moins quatre-vingts ans, se tenant par la main et patinant en parfaite harmonie.

– Ils sont trop mignons, tu ne trouves pas ? Je veux être comme eux quand je serai vieille.

Ils ont l'air... heureux. Fatigués, un peu rugueux sur les bords, mais super à l'aise l'un avec l'autre. Ça doit être génial d'être avec quelqu'un qui vous connaît aussi bien que vous vous connaissez vous-même. Et qui a toujours envie d'aller faire du roller avec vous.

– Ouais ça me plairait bien d'être comme eux quand je serai vieux. Mais j'aimerais encore mieux être Hugh Hefner.

Dee s'esclaffe. Puis elle me dit qu'elle est d'accord avec moi.

***

Plus tard, Delores fait une pause, assise sur le banc, pendant que je vais nous chercher à boire au bar. Quand je suis en train de revenir, faisant de mon mieux pour marcher avec des rollers, un gamin avec un sourire arrogant et une casquette à l'envers se dirige vers Dee. Physiquement, il a l'air d'avoir douze ans. Mais son attitude lui donne l'air plus âgé.

Il parle comme Joey Tribbiani dans *Friends*.

– Salut poupée. Ça va, toi ?

Dee rigole.

– Ça va super, merci.

– Ça te dit qu'on danse les prochaines chansons ensemble ?

Avant qu'elle ne puisse répondre, je lui tends son soda, et je réponds à sa place :

– Les prochaines chansons sont pour moi, gamin. J'ai demandé avant.

Ses yeux de petite racaille me balayent de la tête aux pieds. Puis il dit à Dee :

– Quand t'en auras assez de manger de la vieille côte de bœuf et que t'auras envie de goûter du veau, je serai là-bas.

Il pointe son pouce par-dessus son épaule, en direction des jeux d'arcade, puis il s'en va en patinant.

– Putain mais c'était quoi ça ?

Delores rigole.

– Ça, c'est exactement la manière dont je t'imagine quand t'étais petit.

Je hausse les épaules.

– Mmm, pas loin. Mais j'étais moins odieux, beaucoup plus charmant.

– Ça c'est ce que tu te disais, dit-elle en buvant une gorgée de soda.

La voix du DJ retentit : « Le prochain morceau est pour les couples seulement. Et nous avons une dédicace. »

J'observe sa réaction avec trépidation.

« *All I Want Is You* de U2, de la part de Matthew, pour Dee. »

Ses yeux s'écarquillent, elle mord sa lèvre inférieure, avec excitation et émerveillement, parce qu'elle ne s'y attendait pas.

Je me lève et lui tends la main.

Dee secoue légèrement la tête, puis elle lève la tête vers moi en souriant.

– Tu viens d'exaucer tous les vœux que j'ai pu faire quand j'avais treize ans.

Elle se lève et m'embrasse tendrement. Puis elle me tient la main et nous allons sur la piste. Et, merci mon Dieu, je ne tombe pas. Les lumières sont tamisées, de sorte que seuls les spots multicolores éclairent la piste. La voix de Bono sort des baffles et Dee et moi patinons, affichant de grands sourires. Et c'est ridicule et immature ; bête et stupide.

Mais c'est bien plus parfait que je n'avais osé l'imaginer.

***

On est arrêtés à un feu rouge sur le chemin du retour. Je sais que Delores s'est amusée ce soir, et je suis presque certain que ça ne la gênera pas de passer la nuit chez moi.

Mais… je veux l'entendre dire.

Les femmes aiment qu'on leur coure après. Elles veulent qu'on leur montre qu'elles sont désirées, respectées ; qu'on a besoin d'elles. Et les mecs comme moi adorent la chasse ; mais seulement s'il est possible de gagner. Je veux que Delores admette, qu'elle avoue, que je l'ai attrapée. Qu'elle est aussi dans cette histoire. Qu'elle en a autant envie que moi.

Je me tourne pour pouvoir voir son visage.

– On s'arrête là ou… tu vas rester avec moi ?

Mes mots ont un double sens, et en la voyant froncer les sourcils en réfléchissant, je sais qu'elle comprend ce que je lui demande.

– Dis-moi que tout ça c'est bien toi. Que tout ça… c'est bien vrai, dit-elle doucement.

– Ça ne peut pas être plus vrai que ça, Dee, lui dis-je.

Elle marmonne quelque chose d'inintelligible.

– Allez, tant pis. Je veux rester avec toi, dit-elle en se cramponnant à moi.

Je souris, de soulagement et de joie. Puis j'accélère et nous ramène à la maison.

CHAPITRE 12

Le vendredi soir suivant, il y a un vernissage dans l'une de mes galeries d'art préférées, l'Agora. Pour la bourgeoisie new-yorkaise, la passion pour l'art est l'équivalent des fans de pom-pom girls au lycée. Ça n'a en général pas grand-chose à voir avec l'amour du *sport*, mais plutôt avec le statut que cela représente.

Mais il s'avère que moi, j'aime bien l'art : les tableaux majestueux, les sculptures intéressantes. Cela dit, je me passerais bien de certaines performances et de certaines œuvres d'art contemporaines : pisser dans un pot de confiture et appeler ça de l'art n'est pas l'idée que je me fais du talent.

Je passe prendre Dee chez elle à dix-neuf heures, mais je laisse ma moto chez moi. Delores m'a dit qu'elle allait mettre une robe, donc elle préférera aller au vernissage en taxi.

Et putain, quelle robe. Quand elle ouvre la porte de son appartement, je ne peux rien faire d'autre que l'admirer. Je reste bouche bée, et peut-être même que je bave.

La robe est sans manches, et courte, accentuant ses longues jambes galbées. Des formes géométriques bleu turquoise et vert fluo couvrent sa poitrine opulente et le bas de la robe. Mais la partie recouvrant son ventre est en tissu noir. Je n'ai jamais vu une telle robe : c'est la définition même de *sexy*.

Parvenant enfin à refermer ma bouche, je lui tends le bouquet de roses rouges que j'ai acheté.

Parce que, ouais, je suis comme ça.

Dee est ravie. Elle tient le bouquet dans une main, et son autre main trace le revers de mon costume gris foncé, parcourt mon ventre pour finir par prendre ma queue. C'est inattendu, mais c'est toujours une surprise agréable.

– Elles sont magnifiques, merci, murmure-t-elle en caressant ma bite, avant de presser ses lèvres saveur framboise sur les miennes.

Après qu'elle s'est reculée, je murmure :

– Aller voir de l'art hors de prix ne me paraît plus si intéressant que ça… Et si on restait là ?

– Ah, non. Cette robe mérite d'être vue. Et… t'es bien trop beau gosse dans ce costume pour qu'on reste enfermés ici.

Je ne peux pas vraiment la contredire sur ce point.

***

Contrairement aux expos dans les grands musées comme le Met[10], les galeries privées sont plus petites et plus intimes. Même si elles sont ouvertes au public, il n'y a en général que quelques acheteurs potentiels, et le vin et les hors-d'œuvre qui sont offerts par des serveurs en gants blancs sont choisis spécifiquement pour satisfaire les goûts luxueux de ces acheteurs.

---

10 Metropolitan Museum of Art, l'un des plus grands musées d'art de New York.

Nous déambulons dans la galerie, un verre de vin blanc à la main, et regardons les photos et les tableaux accrochés aux murs. Chaque œuvre est mise en valeur par le vieux plancher en bois sombre, les murs blancs et l'éclairage puissant. Les invités sont éparpillés dans les pièces labyrinthiques, donnant leur avis sur les tableaux d'une voix basse et prétentieuse. Delores et moi sommes seuls dans une pièce ; les murs sont recouverts de tableaux de dimensions variées, de couleurs vives et représentant divers sujets.

– Lequel préfères-tu ?, je lui demande.

– Pourquoi, tu vas en acheter un ?

Les prix ne sont pas affichés, mais l'expérience m'a appris que n'importe laquelle de ces œuvres sera vendue sans problème pour des dizaines de milliers de dollars.

– J'y pense, oui.

Mais ce n'est pas pour ça que je lui ai posé cette question.

Les goûts en matière d'art sont personnels, presque inconscients. C'est la même chose que d'apprendre si un mec préfère porter des boxers, des slips ou rien du tout : l'art peut en dire des tonnes sur le genre de personne que vous êtes.

Dee fait le tour de la pièce, s'arrêtant devant un tableau qui représente une petite ferme en haut d'une colline, avec un ciel flamboyant à l'horizon.

– Katie aimerait celui-ci.

– Pourquoi ça ?

– Il est très ordonné, douillet et rassurant. Mais le ciel a un côté sauvage, dit-elle, en penchant la tête en arrière.

– Drew aimerait celui-là, dis-je en désignant un tableau de l'autre côté de la pièce.

– Parce qu'il représente une femme nue ? demande-t-elle en s'en approchant.

– Oui, dis-je en riant. Mais aussi parce qu'il ne prétend pas être autre chose que ce qu'il est. Ce n'est pas une peinture d'une fleur ressemblant à un vagin. Que ça plaise ou non, c'est sans prétention. Drew est fan des approches directes.

– Et toi, lequel tu préfères ? me demande-t-elle.

Je désigne immédiatement le tableau de Jackson Pollock qui n'est pas à vendre. Il est vibrant d'éclaboussures et de tourbillons de couleurs sur fond noir. Dee s'en approche, le regardant de près, et je lui dis :

– Je ne me lasse jamais de le regarder. J'y vois quelque chose de nouveau à chaque fois. Ce qui me ramène à ma première question : Lequel tu préfères ?

Elle ouvre son sac à main et en sort son téléphone. Elle fait défiler les photos avant de me le donner.

– Celui-là.

Je regarde l'écran. C'est le tableau périodique des éléments.

– C'est le tableau périodique des éléments. Pour moi, c'est une œuvre de maître, dit-elle en haussant les épaules. C'est harmonieux. Parfaitement organisé. Fiable.

– Mais certains des éléments sont instables, non ?

– Bien sûr, dit-elle en souriant. Mais le tableau te dit lesquels. Il n'y a pas de surprise. Pas de déception.

Et avec ça, j'ai la démonstration parfaite de la personne qu'est Delores. Une chimiste qui porte des lunettes de sécurité la journée, une clubbeuse recouverte de paillettes la nuit. Une partie d'elle veut l'aventure et la spontanéité, mais une autre partie, celle qui a connu beaucoup trop de connards par le passé, veut de la fiabilité. De l'honnêteté. La vérité.

Je veux lui offrir les deux. Je veux être son grand huit, son aventurier, et son protecteur. L'impressionniste dans son tableau de périodique des éléments.

***

Peu à peu, les invités se rassemblent dans la pièce principale de la galerie. Dee va aux toilettes et j'inspecte une sculpture dans un coin, essayant de comprendre ce qu'elle est censée représenter : une caverne sans fin ou un monstre des marécages.

Je ne remarque la personne qui s'est arrêtée à mes côtés que lorsqu'elle me parle.

– J'hésite à acheter cette sculpture pour ma salle de musique. Elle a une énergie qui suscite l'inspiration, tu ne trouves pas ?

C'est Rosaline. Elle a sorti le grand jeu ce soir ; elle porte une robe bustier beige et ses cheveux sombres sont tirés et pas une mèche ne dépasse.

Et elle me sourit… Comme l'araignée sourit à la mouche.

– Je dirais plutôt qu'elle suscite la confusion, pas l'inspiration. Même la sculpture ne semble pas savoir ce qu'elle est censée représenter.

– Peut-être que c'est parce qu'elle veut bien être tout ce que tu voudras.

Le ton de sa voix, son regard enjoué… Je suis presque certain qu'elle me drague.

– Tu fais toujours un peu de photo, Matthew ?

– Oui.

– Tu te souviens de la fois où nous sommes allés à Breezy Point[11] et qu'on a trop bu de ce Chablis horrible ? On peut dire que ce jour-là ton appareil photo n'a pas chômé.

Je me souviens du jour dont elle parle. On était jeunes, sans soucis, et ivres de vin bon marché et d'amour. Cependant, mes souvenirs avec Rosaline n'ont rien de nostalgique. Si vous ajoutez une goutte de noir à un pot de peinture blanche, c'est le pot entier qui devient gris.

Les souvenirs qui devraient avoir le plus d'importance, ceux du premier jour, où nos yeux sont pleins d'étoiles… me donnent la nausée. Parce que chaque toucher, chaque baiser : rien n'était vrai.

Avant que je puisse répondre, Delores est revenue, prenant mon bras de la façon la plus naturelle qui soit.

– Il y a des tableaux dans les toilettes des femmes ! Tu crois qu'ils pensent quoi, les artistes ? Leur toile est exposée dans une galerie branchée et respectée… mais dans les chiottes.

L'espace d'une seconde, l'expression de Rosaline est amère. Puis l'actrice qu'elle est reprend le dessus, et elle redevient courtoise.

– Eh bien… bonsoir. Je me présente, Rosaline Du Bois Carrington Wolfe. Et vous êtes ?

– Je suis Dee.

– Dee, quoi ?

– Juste, Dee, répond Delores en rejetant ses cheveux en arrière comme une pin-up blonde des années quarante.

11 Ville côtière du Queens, près de New York.

– Matthew et vous… travaillez ensemble ?

– J'ai l'air de travailler dans une banque ? demande Dee en riant.

– Non… c'est pas ce que je dirais.

Ses yeux inspectent la robe de Dee, et sa voix prend ce ton de pétasse et d'agressivité passive que je ne supporte pas chez une femme.

– Votre robe est bien trop… osée pour une banquière. Toutes les femmes ne seraient pas assez… courageuses… pour porter quelque chose d'aussi *inhabituel.*

Delores sourit mielleusement, mais je sais qu'elle est prête à montrer les crocs.

– C'est très gentil de le remarquer. Et votre robe à *vous* est tellement… beige.

Rosaline caresse modestement le tissu de sa robe.

– Vous savez ce qu'on dit : moins, c'est plus.

– Oui, et parfois, moins c'est… juste moins, répond Delores en plongeant son regard dans le sien.

Elle laisse planer son attaque un instant, puis elle se tourne vers moi.

– J'adore cette chanson, tu veux danser ?

Il y a eu un fond de musique toute la soirée. La chanson que Dee adore est une version jazzy et sans paroles de *Unforgettable*, de Nat King Cole.

Rosaline glousse.

– Ma chère, c'est juste de la musique d'ambiance. Personne ne danse jamais lors des vernissages.

Delores hausse les épaules.

– La vie est trop courte. Je ne rate jamais une occasion de profiter d'une super chanson. Matthew, t'en dis quoi ?

Je prends la main de Dee et l'embrasse tendrement. Je suis super incroyablement fier d'elle.

– Je dis que danserais avec toi n'importe où.

Je la mène au centre de la pièce. Lorsque nous passons devant Rosaline, Dee murmure : « Ravie de te rencontrer, *chérie, ciao ciao.* »

Je la prends dans mes bras et nous entamons un fox-trot tout doux. Dee suit mes pas sans efforts.

– Eh bien, regardez ce Fred Astaire. Je ne savais pas que tu dansais comme ça.

– Je suis très talentueux.

– Crois-moi, je le sais, dit-elle, souriant jusqu'aux oreilles. Son regard se dirige vers Rosaline.

– Donc… est-ce que toutes les femmes à qui tu vas me présenter vont être des garces ?

J'ose espérer qu'il s'agit de la dernière.

– Non ; c'était la toute dernière.

– C'est une ex, ou quelque chose comme ça ?

Aucun homme n'a envie de raconter comment il a été trompé et humilié. C'est gênant, et on préfère remplacer ce genre d'anecdotes par celles dans lesquelles on marque un but ou dans lesquelles on baise toute la nuit.

– Ou quelque chose comme ça, pourquoi ?

– Elle me flingue du regard.

L'air de rien, je nous tourne de sorte que mon corps cache la vue de Rosaline.

Mais Dee continue.

– Elle est très belle, comme un mannequin de Victoria's Secret.

– Poupée, elle ne t'arrive pas à la cheville.

Et elle arrête de danser. Brusquement. Instantanément. Et son visage, son magnifique visage, exprime un mélange de douleur et de doute, avec une pointe de… rancune.

–Ne fais pas ça.

–Faire quoi ?

–Ne me parle pas comme si on venait de se rencontrer dans un bar. Dis-moi que tu la détestes, ou dis-moi que tu veux la baiser jusqu'à ce que mort s'ensuive. Et je gérerais, que ce soit l'un ou l'autre. Si tu dis quelque chose… il faut que tu le penses. Sois là avec moi… sois vrai.

Elle a raison. Vraiment. Les réflexes sont la réaction du corps sans l'intervention du cerveau. Ils sont indépendants : sans réflexion ni pensée. Je ne suis pas habitué à voir Dee manquer de confiance. Et putain, j'ai pas envie de continuer à parler de Rosaline, donc je dis la première chose qui me traverse l'esprit. Sans réfléchir. Sans vraiment le penser.

–Je suis… désolé.

Je la ramène vers moi et on se remet à danser, plus lentement qu'avant.

Nous dansons joue contre joue, j'embrasse son oreille, et je murmure :

–Ce que je veux dire c'est que, Rosaline est belle, mais seulement à l'extérieur. Toi, en revanche, t'es un vrai diamant. Transparent, et sans défaut, intérieur comme extérieur.

Elle penche la tête en arrière et me regarde. Et elle sourit de nouveau. Et j'ai l'impression d'être le maître du monde.

–J'aime mieux ça.

Ma main remonte le long de son bras, par-dessus son épaule, sous ses cheveux et sur sa nuque. Puis je l'embrasse doucement. Tendrement. Je vénère ses lèvres et sa langue. Le baiser est mouillé et magique ; le genre de baiser qui vous fait regretter d'être dans un lieu public. Ou que vous pourriez poursuivre sans gêne, même lorsque vous parvenez à vous rappeler que vous êtes dans un lieu public.

Lorsque la musique et le baiser touchent à leur fin, Delores se lèche les lèvres.

–Viens, on s'en va d'ici.

–Bonne idée.

***

Lorsque nous sommes de retour chez moi, Delores enlève ses talons hauts, les laissant tomber au sol avec un bruit sourd, puis elle marche tout droit vers la chaîne hi-fi.

–Tu veux du vin ?

Ses yeux me balayent rapidement, l'air appréciatif.

–J'ai soif, mais pas seulement de vin.

Pendant qu'elle joue avec les boutons, je m'appuie contre son dos, effleurant sa nuque avec mes lèvres et ses côtes avec mes doigts. La musique retentit : *Demons*, de Imagine Dragons. Dee appuie sur le bouton « repeat » et se déhanche, pressant ses fesses contre moi.

–J'aime cette chanson, dit-elle.

–J'aime cette robe, je lui réponds.

Elle se tourne pour me faire face. Et son souffle chatouille mon oreille quand elle murmure : « Tu vas aimer encore plus ce qu'il y a en dessous. »

Elle arrache ma veste et la laisse tomber au sol. Je prends sa bouche, et elle se débarrasse en deux temps trois mouvements de ma chemise. Sa main glisse sur mon torse et elle me force à reculer, me guidant vers le canapé sans prononcer un mot. Je m'assois, m'attendant à ce qu'elle vienne sur moi.

Mais ce n'est pas ce qu'elle fait. Au lieu de cela, elle se relève.

Et la chaleur dans ses yeux, cette faim… mon cœur bat la chamade. Elle prend mon appareil photo sur la table basse, s'agenouille entre mes jambes écartées, me présentant l'appareil comme une offrande.

– Prends-moi en photo, Matthew.

Ma respiration est saccadée, c'est presque un râle. Et ma queue n'en peut plus d'attendre. De la regarder, de la toucher, et oui, de la prendre en photo.

D'une certaine façon, tous les mecs veulent être acteurs porno. Je veux dire, vraiment. Vous arrivez à imaginer une manière plus géniale de gagner sa vie ? Disneyland est peut-être l'endroit le plus heureux sur terre, mais la Silicon Valley est l'endroit où les rêves des hommes deviennent réalité. Les vidéos et les photos de sexe faites maison permettent aux hommes, et aux femmes, de goûter à ce fantasme. De se rappeler et de revivre les expériences les plus érotiques de leur vie.

Si ça vous choque, peut-être préféreriez-vous passer au chapitre suivant.

Dee sourit quand je lui prends l'appareil des mains. Je vérifie le film et la batterie pendant qu'elle se relève et se déhanche en rythme avec la musique. Ses yeux sont fermés, sa tête se balance d'un côté à l'autre, ses cheveux blond vénitien brillants suivent chacun de ses gestes quand elle tournoie.

Et elle a l'air tellement… libre. Magnifiquement sans réserves.

J'en ai le souffle coupé.

Je capture l'instant avec des mains ardentes. *Clic, clic, clic.*

Elle passe sa main dans son dos, pressant ses seins en avant, défaisant la fermeture Éclair de sa robe. Sans se presser, elle la fait glisser le long de son corps. Révélant un soutien-gorge noir Implicite au tissu infiniment fin, sans bretelles, et dont les coutures sont bordées d'un bleu électrique. Son string est du même bleu. Ses seins sont fermes et hauts, et complètement visibles à travers le tissu ombrageux ; et bien sûr mon jouet préféré, le piercing en diamant du téton de Dee.

Sa robe jonche le sol, oubliée, alors que Dee tournoie et tourbillonne. Je lèche mes lèvres, soudainement devenues très sèches, remets au point mon objectif et poursuis mon shooting.

Clic, clic.

Les mains de Delores glissent le long de son corps jusqu'aux cuisses, puis remontent sur son ventre, et prennent ses seins comme j'ai tant envie de le faire. Mes doigts tremblent et se resserrent autour de mon appareil.

Clic, clic.

Ma voix est rugueuse quand je lui dis : « Viens ici, Dee. »

Et miraculeusement, elle le fait. Dès qu'elle est assez près, je la tire sur moi, une main plongée dans ses cheveux, l'autre malaxant son cul ferme.

Elle gémit contre mes lèvres. Puis sa main tripote ma ceinture, baissant mon pantalon et mon boxer en un seul geste. Je la prends, elle et l'appareil photo, et nous sommes sur le sol, tous les deux à genoux. La lingerie de Dee est aussi légère qu'un murmure et incroyablement douce contre ma bite dure ; mais pas aussi douce que sa peau.

Je l'allonge sur le dos, puis me redresse. Sans rompre notre regard, j'enlève tout d'abord son string quasi inexistant. Lorsque je tire sur son bustier, les deux côtés s'arrachent, mais ça ne m'arrête pas.

– Je t'en achèterai un autre, je promets en grognant.

Dee hoche légèrement la tête.

Lorsqu'elle est splendidement à poil, prête et tortillante, je reprends l'appareil photo en main.

Clic, clic, clic, clic.

Je repose l'appareil, à portée de main, et couvre le corps de Dee avec le mien, accordant à ses seins incroyables toute mon attention. Je serre l'un d'une main pendant que je vénère l'autre avec ma bouche. Je lèche le contour de son téton, puis je le prends dans toute ma bouche ; mordillant, lapant, suçant fort jusqu'à ce que Dee pousse un cri avec cette harmonie parfaite d'exultation et de douleur.

Puis je recommence avec son jumeau exquis.

– Tu aimes mes seins, Matthew ? gémit Dee.

Je lèche en hâte le bout rose avec ma langue ferme, puis je réponds :

– Je les adore. Ils sont parfaits. Je pourrais faire ça toute la nuit.

– Tu aimes les lécher ? soupire-t-elle.

– Oui.

– Les pincer ?

– Oui.

– Les sucer ?

– Putain, oui.

– Tu veux les baiser, Matthew ?

Instantanément, ma queue brûle d'envie, me faisant gémir. Parce que baiser les seins de Dee comme il se doit est un fantasme depuis la seconde où je les ai vus.

– Oh oui, dis-je d'un ton presque suppliant. Putain oui, j'en ai putain d'envie.

Elle sourit, me mettant l'eau à la bouche. Une séductrice parfaite : le visage et le corps d'un ange, mais le désir d'un diable. Elle réclame, et elle est prête.

– Moi aussi.

Delores glisse sous moi, m'embrassant sur son passage, faisant une pause quand son visage est pile sous mon érection embrasée. Je plane au-dessus d'elle, et elle me prend dans la moiteur sublime de sa bouche, tout au fond, jusqu'à ce que je sente sa gorge serrée. Elle se recule, laissant sur ma queue une couche épaisse de salive.

Je me redresse sur les genoux. Dee est allongée entre les deux, ses seins débordant de ses mains, parfaitement alignés avec ma bite qui les domine. Doucement, je m'abaisse, portant presque tout mon poids sur mes mollets. Elle presse ses seins l'un contre l'autre, entourant ma queue rigide de sa douceur parfaite.

Je savoure la sensation. Mes yeux se referment de plaisir.

– Baise-moi.

J'entends le sourire dans sa voix lorsqu'elle me dit :

– D'habitude, ça, c'est ma réplique.

Je veux bouger, je veux mettre des coups de bassin rapides jusqu'à ce que j'atteigne ce paradis que je sais être à portée de main.

Mais je me retiens, et je me force à y aller doucement. À la laisser mener la danse. J'ouvre les yeux et rencontre le regard enflammé de Dee. Elle remonte et abaisse ses seins, me branlant avec, encore et encore.

Putain, la sensation est encore plus folle que je ne me l'étais imaginé.

Les mains de Dee cessent leur mouvement, gardant leur maintien douillet, pendant que mon bassin avance et recule, faisant durer le plaisir. Puis je me penche en avant et accélère ; ma respiration accélère aussi, mon cœur essaie de jaillir de ma poitrine.

Dee halète sous moi.

– Prends des photos, Matthew. Je veux voir les photos. Après.

Je siffle et je grogne. Puis, je fais ce qu'elle demande. J'attrape l'appareil, et je prends des photos.

Clic, clic.

Ses lèvres, ouvertes de plaisir. *Clic.*

Sa langue mouillée, en quête d'attention. *Clic.*

Ses grands yeux ambrés, flamboyant d'intensité… et de confiance. *Clic, clic, clic.*

Ce sont les images que j'immortalise. Celles auxquelles je dois m'accrocher.

Parce qu'en dehors de ce moment, en dehors de notre attraction torride et de nos envies érotiques, Delores ne me fait pas confiance. Pas entièrement. Pas encore.

Elle en a envie. Elle espère que je mérite sa confiance. Mais le doute est encore là, il protège son cœur, l'empêche de croire en moi complètement.

Mais ce n'est pas grave. Je ne connais pas ses cicatrices. Je ne sais pas quelles expériences lui ont appris à se protéger autant. J'attendrai qu'elle soit prête à me le dire. Je m'efforcerai de la convaincre que je suis une des quelques personnes en qui elle peut avoir confiance.

Parce que Delores mérite qu'on l'attende et qu'on fasse des efforts.

Mais ici, maintenant, le corps de Delores est déjà là où son esprit a peur d'aller. Il pense déjà que je ne lui ferai pas de mal. Que je la veux, que je la désire, plus que n'importe quelle femme avant elle.

Que je vais choyer chaque partie de son corps et de son esprit… de son cœur, aussi longtemps qu'elle me le permettra.

La batterie de la musique tambourine le rythme. Et la voix du chanteur résonne.

« *This is my kingdom come.*

This is my kingdom come. »

Ma bite glisse en douceur entre ses seins sensationnels, avec un rythme régulier. Puis Dee soulève sa tête. Elle se penche en avant et m'enveloppe de ses lèvres, prenant autant de ma queue dans sa bouche qu'elle le peut, suçant fort.

Et c'est incroyable. Sans déconner je pourrais pleurer.

Une extase pure et entière me traverse violemment. Je gémis son nom quand je jouis, dur, profondément, intensément.

Après que Dee a avalé chaque goutte, elle retire sa bouche. Puis elle me sourit, d'un air machiavélique. « C'est de ça que j'avais soif. »

Je m'écroule sur le côté, mes jambes n'étant plus capables de me soutenir. Et j'essaie de reprendre mon putain de souffle.

Après une minute de silence, Dee demande : « Est-ce que je t'ai tué ? »

Je ris.

– T'en étais vraiment pas loin. Le paradis est bien mieux que ce que j'avais imaginé.

Je la tire sur moi, la tenant contre mon torse. Notre peau est luisante et collante, de la meilleure façon qui soit.

– C'était incroyable.

– Ouais, je sais, dit-elle en riant.

– Mais c'est sur le point d'être encore mieux.

Son regard plonge dans le mien.

– Ah bon, vraiment ?

J'acquiesce et je souris. « Ah oui, vraiment. Parce que… » Je la soulève et glisse entre ses jambes pour qu'elle soit à cheval sur mon torse. Sa chatte sucrée est à quelques centimètres de ma bouche.

Puis je lui donne l'appareil photo. « … c'est à toi, maintenant. »

CHAPITRE 13

Dee passe le week-end chez moi.

Samedi, je l'emmène avec moi à la salle de musculation. Elle est particulièrement canon dans mon short de boxe retroussé, son soutien-gorge de sport et des gants de boxe aux mains. Elle a mis quelques coups au ballon vitesse et elle était persuadée qu'il était cassé ; mais je lui ai montré qu'en vérité c'était beaucoup plus solide que ça n'en avait l'air.

Quand nous sommes partis, Delores était fière d'elle ; presque autant que moi. Elle ne maîtrise pas encore le ballon, mais elle était bien meilleure que la plupart des débutants.

Et maintenant nous sommes déjà dimanche matin.

Je suis réveillé par le son d'une dispute chuchotée : ce râle loin d'être silencieux qui est aussi insupportable que le bruit d'ongles sur un tableau noir.

– Non, maman, il dort. Mais c'est pas vrai, tu ne veux pas arrêter ? Je te déteste quand t'es comme ça ! D'accord. Je le réveille, ok !

Des mains me tripotent et me poussent l'épaule.

Je me dis que ce n'est qu'un rêve.

– Matthew. Matthew, réveille-toi. Ma mère veut te parler.

J'ouvre les yeux. Et je me rends compte que Delores ne déconne pas, car elle me tend le téléphone.

Les parents m'adorent. Toujours. Cependant, d'habitude, ma première interaction avec eux ne se fait pas au téléphone alors que je suis au lit avec leur fille à six heures, un putain de dimanche matin.

J'avoue que c'est un peu dérangeant.

Je chuchote d'une voix rugueuse.

– Je ne veux pas parler à ta mère.

– Ouais, eh ben bienvenue au club. Mais elle va continuer d'appeler, débarrasse-t-en, histoire qu'on puisse se rendormir.

– Non ! je siffle. Je suis à poil. Je ne veux pas parler à ta mère avec le cul à l'air.

Elle lève les yeux au ciel.

– C'est un téléphone, bordel, pas Skype, détends-toi.

Elle pousse le téléphone vers moi.

– Non.

– Si.

Puis elle colle carrément le téléphone contre ma joue histoire que je sois obligé de le prendre. Ma voix est forcée, respectueuse mais agacée, comme une classe de collégiens qui disent « Bonjour » à leur prof.

– Bonjour, Mme Warren.

Sa voix est sèche et forte. Et je me demande si elle a suivi un entraînement militaire par le passé.

– Bonjour, M. Fisher. Ma fille me dit que vous entretenez des relations avec elle. Je vous prie de confirmer ou de réfuter.

Je regarde Delores et lui fais comprendre que je n'en crois pas mes oreilles.

Elle articule «Je suis désolée» sans faire un son.

Je me racle la gorge.

– Euh, eh bien, pas en ce moment, non.

– Oh, s'offusque-t-elle. Je réalise bien que Delores Sunshine[12] est une adulte capable de faire ses propres choix. Mais étant donné le monde dans lequel nous vivons aujourd'hui, j'apprécierais que vous me fassiez plaisir et que vous répondiez aux quelques questions d'une mère célibataire inquiète pour son enfant.

Je couvre le haut-parleur avec ma main et souris d'un air satisfait.

– Ton deuxième prénom, c'est Sunshine ?

Dee enfouit son visage dans le coussin.

Je redirige mon attention sur Mme Warren.

– Allez-y.

Elle se racle la gorge à son tour.

– Avez-vous déjà été arrêté ou inculpé d'un crime ?

– Non.

– Avez-vous déjà reçu un traitement psychiatrique ?

– Non.

Mais je commence à soupçonner Mme Warrren d'en avoir reçu, elle.

– Avez-vous un emploi rémunéré ?

– Oui.

– Vivez-vous dans une structure qui ne peut pas être déplacée sur des roues ?

– Oui.

– Avez-vous connaissance d'avoir déjà enfanté ?

12 Rayon de soleil.

J'ai l'impression d'être interrogé par le fournisseur d'assurance le plus flippant du monde.

– Non, pas d'enfants. Connus ou non.

– Avez-vous des rapports protégés avec ma fille ?

Et cette question met fin à la section sympa de notre petit jeu… merci d'être resté sport jusqu'à maintenant.

Je me redresse dans le lit.

– Je vous explique, Mme Warren. Je trouve votre fille géniale. Je la traite avec respect, je tiens à elle, je m'assure qu'elle s'éclate à chaque fois qu'on est ensemble. Delores me regarde avec des yeux chaleureux et plein de tendresse. « Mais très franchement, Mme Warren, les réponses à vos questions ne vous regardent absolument pas. C'est entre Dee et moi, et personne d'autre. »

Mme Warren grogne. Puis elle dit :

– Eh bien, ravie de vous avoir parlé, Matthew. Passez le téléphone à ma fille je vous prie.

– Oui Madame, lui dis-je, en rendant le téléphone à Dee.

– Ok, maman. Oui. Je t'aime aussi. Au revoir.

Elle termine le coup de fil en soupirant. Puis elle pose sa tête sur mon torse, passe ses bras et ses jambes autour de moi, et me serre fort. J'embrasse le haut de sa tête et caresse son dos de haut en bas.

– S'il te plaît, ne m'en veux pas d'avoir une mère timbrée, implore-t-elle.

– T'as pas encore rencontré mes parents. Comme l'a dit Ferris Bueller[13], chaque famille a sa part de folie, dis-je en riant.

13 Personnage principal du film populaire *La Folle Journée de Ferris Bueller*.

– Eh bien, la bonne nouvelle, c'est qu'elle t'aime bien. T'es le bienvenu dans le bunker.

– Je… Je ne comprends pas.

Dee ferme les yeux et m'explique.

– Un des ex-copains d'Amélia était un survivaliste[14]. Il a construit un abri souterrain dans notre jardin. Lui, il n'est pas resté longtemps, mais son bunker est toujours là. Ma mère s'assure qu'il y a toujours des réserves de nourriture dedans, et les personnes les plus proches sont invitées à s'y cacher le jour où – et d'après elle ça arrivera – le gouvernement essaiera de faire de tout le monde des esclaves et voudra lui confisquer ses fusils.

Le fredonnement de la voix de Dee est sur le point de me rendormir… lorsque ses dernières paroles m'atteignent enfin.

Je relève la tête.

– Attends, quoi ? Ta mère a des fusils ?

***

Le lundi soir, je rentre chez moi et jette mes clés sur la table de l'entrée. Et immédiatement, je sens que quelque chose… ne va pas.

L'air est différent. C'est comme un sixième sens, lorsque vous vivez seul : vous savez quand quelqu'un est entré chez vous.

Et si cette personne est toujours là.

Rien n'est dérangé dans le salon. Pareil pour la cuisine et la salle à manger que je traverse pour aller

---

14 Personne qui souhaite être préparée à une hypothétique catastrophe de grande envergure.

vers la chambre, dont la porte est fermée. Je l'ouvre et entre.

Et là, allongée au milieu de mon lit, en lingerie de dentelle rose et en porte-jarretelles, je trouve… Rosaline.

Pour la plupart des mecs, c'est un fantasme qui devient réalité. C'est du même niveau qu'une nana excitée se pointant chez vous nue sous un trench.

Sauf que si le fantasme est génial, c'est la mauvaise nana.

Ses cheveux bruns ruissellent sur mon oreiller, faisant des vagues brillantes. Ses yeux bleus se posent sur moi, tandis que ses lèvres rouges esquissent un sourire accueillant.

– Bonjour, Matthew.

– Putain mais *comment* t'es entrée ?

Elle ne semble pas entendre le dédain et le choc dans ma voix ; ou peut-être fait-elle semblant de ne pas le remarquer.

Son sourire rubis est inchangé.

– J'ai dit au portier que j'étais une vieille amie. Après un peu de persuasion, il m'a laissée entrer. Tu devrais vraiment te plaindre au gérant. Après ce que t'as payé pour cet appartement, la sécurité laisse vraiment à désirer. Cela dit, j'imagine que, là tout de suite, ça ne te dérange pas tant que ça.

Ses doigts caressent son ventre, jouant avec le tissu fin de ses sous-vêtements Implicite. Si mon regard est tenté de suivre sa main, je le garde fixé sur ses yeux.

– C'est là que t'as tort.

Elle se lève du lit et se tient devant moi, le regard triste, les mains jointes : à la fois vulnérable et sexy.

–J'ai eu *tellement tort* de laisser les choses ainsi entre nous. Lorsque je t'ai vu l'autre jour, je me suis rendu compte à quel point tu m'avais manqué. J'espérais que, comme je suis de retour en ville, tu me donnerais une seconde chance.

Je ne vais pas vous mentir. L'entendre dire ça me file une montée d'adrénaline. Mon ego s'auto-félicite. C'est ce dont rêve toute personne qui a été larguée, non ? D'entendre l'ancien objet de leur amour dire qu'il a eu tort ? Qu'il vous supplie de le reprendre ?

–Tu quittes Julian ?, lui dis-je, stupéfait.

–Le quitter ?, répond-elle en pouffant de rire. Bien sûr que non, imbécile. Si je le quitte, je n'ai rien : notre contrat de mariage était très clair sur ce point. Mais ça ne signifie pas que je n'ai pas le droit de... me distraire. Toi et moi nous pouvons nous distraire ensemble. Fréquemment.

Il y a quelques semaines, j'aurais peut-être accepté son offre. Sauter Rosaline a toujours été fabuleux. Et je suis un *mec*. Baiser de façon régulière et sans attaches c'est un peu le chaudron de pièces d'or au bout de l'arc-en-ciel. C'est quelque chose dont tous les mecs rêvent, sans croire que ça existe vraiment.

Mais là, tout de suite, même ma bite n'est pas intéressée. Ce qui n'est pas rien vu que Rosaline est pour ainsi dire à poil.

Elle fait quelques pas vers moi et va pour mettre ses bras autour de mon cou. Mais je les prends et les maintiens à distance.

–Rhabille-toi.

Elle a l'air sincèrement surprise. Perturbée.

Mais avant que je puisse lui expliquer mes raisons, quelqu'un frappe à la porte. Et j'entends la voix de Delores qui chantonne dans l'entrée. « How ya call ya loverboy ? Come'ere, loverboy…[15] »

Fait chier. Merde.

Ça craint. Autant que de construire sa maison sur un cimetière ancestral indien dont les corps sont ressuscités et sacrément furieux.

Je m'éloigne de Rosaline et vais vers la porte, passant les options en revue dans ma tête. Je pourrais cacher Rosaline dans un placard ou sous le lit, mais si Dee la trouve, j'aurais l'air coupable. Je pourrais essayer de faire partir Delores de la scène du crime, mais si elle comprend pourquoi, j'aurais *vraiment* l'air d'être coupable.

Le seul choix envisageable est de tout expliquer, de dire la vérité à Dee, de faire appel à sa nature confiante et à sa confiance dans l'honnêteté de son homme.

Ouais, vous avez raison, je suis complètement cuit.

J'ouvre la porte. Delores tient le DVD de *Dirty Dancing* dans sa main et danse sur place.

– C'est le film parfait pour nous ! Je suis sûre que tu ne l'as jamais vu, étant donné que tes pupilles noyées dans la testostérone ont passé trop de temps à regarder des films d'action et des pornos. Mais, heureusement pour toi, j'ai en ma possession l'édition bonus du film, contenant les scènes coupées au montage. On peut reproduire la scène avec le porté. Je fais aussi un cha-cha-cha incroyable.

Je sors dans le hall avant que Delores ait fini de parler et ferme la porte derrière moi. C'est à ce moment-là

---

15 Réplique très populaire utilisée dans le film *Dirty Dancing.*

qu'elle remarque l'expression sur mon visage et cesse de danser.

– Qu'est-ce qui se passe ?

Je mets mes mains sur ses épaules et lui dis :

– J'ai besoin que tu ne pètes *pas* un câble.

Bien évidemment, lui dire ça va juste la faire flipper encore plus vite. *Abruti.*

– Mais pourquoi je péterais un câble ?

– Tu dois me faire confiance, Delores. Je te jure que ce n'est pas ce dont ça a l'air, dis-je, essayant de faire mieux.

Vous pensez que j'aggrave la situation, c'est ça ?

Son regard fauve est plein d'appréhension lorsqu'il quitte mon visage pour se fixer sur la porte. Puis il revient sur moi. Elle ne répond rien, mais elle me demande :

– Ouvre la porte, Matthew.

Autant s'en débarrasser au plus vite.

J'ouvre la porte et Delores passe devant moi. Quoi qu'elle se soit préparée à voir, elle ne le voit pas. Elle scanne le salon.

– Qu'est-ce que tu…

Et c'est là que Rosaline apparaît dans le couloir, avançant à grands pas, toujours en sous-vêtements roses.

Parce que si je n'avais pas de la malchance, je n'aurais simplement pas de chance du tout.

– Je trouve que t'es assez immature sur ce…

Rosaline s'arrête net en voyant Dee, mais ça ne semble pas la gêner le moins du monde.

– Ah, c'est un peu gênant dites donc.

Je serre la mâchoire.

– Je t'ai demandé de te rhabiller.

–Je pensais que t'étais faussement pudique. Je ne savais pas que tu le pensais.

Je lui tourne le dos pour regarder Delores.

–Dee…

Une demi-douzaine d'émotions se lisent dans son regard choqué, surpris, blessé, trahi, énervé, humilié. Mais la confiance n'y est pas.

Mais elle ne s'enfuit pas.

Et, pendant un court instant, j'ai l'impression de l'avoir convaincue. Qu'elle se souviendra de mes promesses et de mes actions des derniers jours et qu'elle arrivera à la conclusion inévitable que je ne suis pas le genre de connard à la tromper.

Je vous accorde un instant, le temps que vous deviniez ce qui se passe ensuite. Juste pour créer un peu de suspense.

…

…

…

…

…

…

…

…

…

Elle me gifle. Fort. En pleine tronche.

Splaf.

Puis elle court vers la porte comme si sa vie en dépendait.

Je veux lui courir après, je vais le faire, mais d'abord je dois me débarrasser de cette vermine.

Affichant un sourire insouciant, Rosaline dit :

– Alors, où en étions-nous ?

– J'étais sur le point de te foutre dehors. Je le suis toujours. Je ne vais rien recommencer avec toi, Rosaline. C'est fini. N'essaie plus de me parler en soirée. Si tu me vois dans la rue ? Tu fais demi-tour et tu t'en vas. Si t'essaies encore une fois de faire un truc pareil, je m'assurerai que ton mari et que tout ton milieu sachent que t'es une pétasse manipulatrice, sans pitié, et faux cul. T'as compris ?

Sa confiance s'évapore et son expression est meurtrie. Mais ça ne dure qu'une seconde. Puis son regard devient de glace. Furieux, mais maîtrisé. Comme un rat qui refuse de se laisser mourir, même si ça implique de ronger sa propre patte.

– Très bien.

Je lui jette un dernier regard noir en quittant la pièce.

– Je veux que tu sois partie avant mon retour.

***

Le temps de parvenir à prendre l'ascenseur et d'arriver en bas, je ne vois Dee nulle part. Je cours dehors et scanne la foule de New-Yorkais pressés, jusqu'à ce que j'aperçoive sa tête blonde s'éloignant dans la rue.

Et c'est là qu'il commence à pleuvoir. Il pleut des trombes d'eau glacée.

Merci beaucoup, Dieu. Merci de rendre les choses encore plus compliquées.

Je me faufile parmi les piétons ; essayant de ne pas me faire éborgner par un parapluie. Lorsque je la rattrape enfin, j'attrape son bras, la tourne vers moi et crie :

– Tu ne veux pas arrêter de courir ! Je t'ai dit de ne pas péter un câble !

Elle gesticule en direction de mon immeuble et crie à son tour :

– Comment tu veux que je ne pète pas un câble quand je trouve une fille à poil chez toi ?!

– Parce que je ne suis pas là-haut avec elle ! Je suis ici, probablement en train d'attraper une pneumonie, pour te courir après !

– Pourquoi ?

Et c'est à ce moment-là que je me rends compte que j'ai demandé à Dee de me faire confiance, de croire que je suis différent des connards de son passé, sans vraiment lui donner de raisons de le faire. N'importe quel mec peut faire passer du bon temps à une nana : des cadeaux attentionnés, des rencards marrants. Mais ça ne signifie pas qu'il est honnête. Il pourrait juste être très convaincant. Il pourrait simplement jouer un rôle.

Pour prouver qu'on ne cache rien, il faut parfois vider ses poches, ouvrir son sac et se soumettre à une fouille au corps. Même si c'est inconfortable et gênant. La confiance doit être méritée… même s'il faut se foutre à poil.

– On est sortis ensemble pendant deux ans à la fac. Je voulais l'épouser, et je pensais qu'elle voulait la même chose. Mais ce n'était pas le cas. Elle me trompait depuis le début avec un mec plus vieux et plus riche, et j'étais aveuglément amoureux, alors j'ai rien vu. Elle m'a largué lorsqu'elle est tombée enceinte de lui. Elle a brisé mon putain de cœur… et… et maintenant, je suis heureux qu'elle l'ait fait. Parce que sinon… je ne t'aurais jamais rencontré.

Delores a l'air surprise. Puis elle a l'air de compatir, mais il y a encore un brin de doute dans son regard.

– Elle est tellement belle.

Je regarde les cheveux mouillés et aplatis de Dee, son visage couvert de mascara, ses lèvres bleuies par le froid. Puis je secoue la tête.

– Pas à mes yeux.

Elle absorbe mes paroles, et, après un moment, elle esquisse un léger sourire. Je tends la main.

– Est-ce qu'on peut rentrer, maintenant ?

Elle prend ma main.

– D'accord.

On retourne à mon immeuble d'un pas pressé. Lorsqu'on s'en approche, je vois Rosaline passer la porte, portant des lunettes de soleil en dépit du temps pourri, un trench impeccablement fermé, ses cheveux attachés en un chignon parfait. Son chauffeur tient un parapluie au-dessus de sa tête alors qu'elle entre dans la limousine. Je ne prends pas la peine de la regarder partir, je suis simplement soulagé que ce soit le cas.

***

Quand nous sommes de retour chez moi, Dee entoure ses bras autour d'elle-même, mais ça ne l'empêche pas de claquer des dents. On quitte nos habits trempés et je remplis le double jacuzzi d'une eau presque bouillante. Bien qu'il y ait peu de choses plus agréables qu'une bonne baise dans un bain, il ne s'agit pas de ça. Je ne vais pas devenir tout mielleux et dire que je veux juste la « tenir » contre moi : je veux bien plus que ça.

Mais… pas tout de suite.

Je me détends dans la baignoire, mes bras sur les bords, la tête de Dee contre mon torse, son corps étendu à côté du mien, tourné vers moi. Je ferme les yeux, profitant de la sensation de l'eau chaude qui détend mes muscles et réchauffe nos peaux. La pièce embuée est silencieuse, paisible : nous sommes simplement heureux d'être là.

Jusqu'à ce que Dee murmure :

– Quelle est la pire chose que t'aies jamais faite ?

J'ouvre les yeux et penche la tête de sorte à voir son visage.

– Tes questions sont tellement bizarres.

Elle sourit. Puis elle explique.

– Les bonnes actions sont faciles à raconter. Mais les mauvaises actions en disent davantage sur une personne.

J'inhale une bouffée de vapeur et passe toutes mes transgressions en revue dans ma tête. Puis je me confesse.

– J'ai… trompé… toutes les copines que j'ai eues, au lycée et à la fac… jusqu'à ce que je rencontre Rosaline. Et les quelques fois où j'ai été découvert, je les ai convaincues que c'était leur faute.

Il n'y a pas de marque de jugement dans l'expression de Delores. Pas d'horreur ni de répulsion. Simplement de la curiosité.

– Pourquoi faisais-tu ça ?

Pourquoi les mecs trompent-ils leurs meufs ? C'est une question vieille comme le monde qui a plusieurs réponses. La plus simple est : parce qu'on est des mecs. Mais ça ne dit pas tout.

Certains mecs s'ennuient. Se taper la même personne, même si cette personne est Kate Moss, ça peut devenir chiant. Pour d'autres, c'est un jeu. Ils le font pour l'excitation qui naît du fait de faire quelque chose qu'ils ne devraient pas, voire même d'être démasqués. Les quelques derniers sont juste des lâches. Ils n'ont pas les couilles d'avouer à la fille qui les aime qu'ils ne ressentent pas la même chose. Ils pensent qu'ils la protègent en la laissant croire que leur engagement est plus important qu'il ne l'est en réalité.

– Parce que j'étais jeune et con. Égoïste. Parce que je les voulais suffisamment pour les baiser, mais pas assez pour arrêter de baiser d'autres femmes. Parce que je ne savais pas à quel point ça pouvait être horrible et humiliant d'être trompé comme ça.

Mais le karma est une garce justicière. Après Rosaline… j'ai su. Et j'ai juré de ne plus jamais faire ressentir ça à quelqu'un.

D'une façon un peu perverse, certes, Rosaline m'a rendu un service. Elle m'a appris une leçon que j'avais vraiment besoin d'apprendre. Ça m'a rendu meilleur. Pour les femmes qui sont venues après.

Pour Delores.

Je prends le menton de Delores dans ma main et la force à me regarder dans les yeux.

– Je ne te ferai *jamais* ça. Tu le sais, non ?

Par pitié mon Dieu… faites qu'elle me croie.

Elle inspecte mon regard, essayant de lire en moi, puis elle me sourit.

– Oui, je le sais.

Elle repose sa tête contre moi.

– Mais il faudra quand même me le rappeler de temps en temps.

– Et toi ? Quels cadavres as-tu dans ton placard ?

Elle ne répond pas tout de suite. Et lorsqu'elle parle, sa voix est étouffée.

– J'ai avorté à seize ans. C'était mon premier mec : beau, prétentieux, venant d'un quartier riche de la ville. Il a dit qu'il m'aimait… et je l'ai cru.

Elle regarde les mouvements de sa main sous l'eau, donnant naissance à des ondulations.

– Et je sais que je suis supposée… le regretter. Me sentir coupable. Mais ce n'est pas le cas. C'était la bonne décision à ce moment-là. Mais de temps en temps, je me dis : tu pourrais avoir un gamin aujourd'hui. Il ou elle aurait à peu près neuf ans. Et je ne suis pas… triste, pas vraiment ; mais je me demande comment serait ma vie si les choses avaient été différentes.

Elle lève les yeux vers moi.

– Tu me trouves horrible ?

– Pas du tout. Je la serre contre moi et pose un baiser sur son front.

Son ton est moins pesant lorsqu'elle reprend la parole un moment plus tard.

– Je veux dire, ce serait dingue, non ? Moi, élevant un petit garçon ou une petite fille ?

– Est-ce que tu veux des enfants, un jour ?

Elle hausse les épaules.

– Je ne sais pas. Je ne suis pas sûre d'être douée pour ça. Ma mère ne m'a pas vraiment montré l'exemple. Je pense qu'elle n'était pas prête à être mère. J'étais un accident et Billy c'était de la charité. Elle nous a aimés et elle a fait de son mieux, mais rien n'était jamais… stable… pendant mon enfance. Tu vois ce que je veux dire ? Elle était toujours en train de changer de boulot, elle essayait de se réinventer, elle cherchait l'amour là où elle ne le trouverait jamais. C'est plus une amie qu'une mère. J'ai peur que son manque de stabilité ne soit héréditaire.

Même si cette conversation est devenue bien plus sérieuse que je ne l'avais prévu, je ne peux pas m'empêcher d'imaginer Dee en maman. Déambulant dans la rue avec ses talons hauts et son bustier, un enfant attaché à sa poitrine dans un de ces sacs à dos pour bébés.

Et dans mon imagination, l'enfant est le mélange parfait de nous deux : les cheveux blonds de Dee, mes yeux noisette.

– Je pense que tu ferais une super maman.

Son regard et son sourire sont pleins de reconnaissance.

– Vraiment ?

– Vraiment.

En fait, Delores me fait beaucoup penser à Alexandra. Son affection est féroce et fervente. C'est quelqu'un qui a plein de bisous et de câlins à offrir. Et ça, c'est ce qu'il faut pour être une bonne mère.

Après ça, on ne parle plus. On reste dans la baignoire jusqu'à ce que l'eau refroidisse, appréciant le confort du silence, ensemble.

***

Certaines femmes ne vont pas aimer entendre ce que j'ai à dire, mais je m'en fiche. Il n'y a pas besoin d'amour pour que le sexe soit génial. Les expériences sexuelles les plus dingues de ma vie n'impliquaient pas le moindre sentiment. En fait, elles impliquaient des femmes envers qui j'étais plutôt indifférent. Je ne les connaissais pas assez pour les apprécier ou pas. Pour certaines, je ne connaissais même pas leur prénom.

Mais je savais qu'elles étaient chaudes ; j'avais envie d'elles, j'étais attiré sur un plan purement physique.

Le désir est simple. Clair. Excitant.

L'amour est bordélique. Perturbant. Parfois effrayant.

Le désir est puissant. Primitif. Violent.

L'amour c'est le doute. Et il peut vous retourner le cerveau.

J'ai conscience que cette opinion n'est pas exclusivement masculine. Mais, d'un point de vue statistique, les mecs ont plus de chances d'être satisfaits d'une expérience sexuelle aléatoire et sans émotions que les femmes.

Cherchez sur Google si vous ne me croyez pas.

La plupart des femmes sont assoiffées de sentiments pendant les rapports : parfois elles ne peuvent pas être satisfaites sans sentiments.

Mais Delores n'est pas la plupart des femmes. Elle m'a baisé comme un animal sauvage dès le premier soir. Sans me connaître suffisamment pour ressentir autre chose que du désir. Et c'était fantastique. Pour nous deux. En fait, elle semble même l'avoir préféré ainsi.

Comme je l'ai dit… le désir est simple.

Mais depuis ce soir où Rosaline a débarqué dans mon appartement, quelque chose est différent, il y a un changement.

Une transformation.

Je ne veux pas juste que Dee jouisse, je vais lui donner du plaisir. Je veux qu'elle se sente heureuse, choyée, à l'intérieur comme en dehors de la chambre. Et je veux être la raison pour laquelle elle se sent ainsi.

Elle soupire dans son sommeil, et le bruit me réveille. Elle est sur le ventre, la couette ne la couvre que jusqu'aux hanches, laissant exposée l'étendue de son dos parfait. Je regarde son visage et me demande de quoi sont faits ses rêves. Ses traits sont relaxés, détendus ; ça lui donne un air vulnérable et enfantin.

Innocent.

Et je suis envahi d'un sentiment surprotecteur à son égard, qui comprime mon cœur. Ma main la touche d'abord, traçant la courbe de sa colonne, ma bouche prend le relai. Puis ma langue. Je goûte sa peau sucrée et salée, de ses reins à sa nuque.

« Matthew. » Elle soupire. Et je sais qu'elle est réveillée aussi.

Elle roule sur le dos, ses yeux alertes trouvant les miens dans la nuit. J'enlève la couette, et ses cuisses s'écartent pour moi. M'accueillant.

Je passe sur elle, nos poitrines l'une contre l'autre, nos cuisses alignées, ses hanches nous berçant. Et quand je l'embrasse sur les lèvres, c'est tellement plus qu'un baiser. C'est différent de tous les baisers qu'on a échangés.

Je veux qu'elle sache ce que je ressens. Je veux lui montrer, à travers chaque caresse et chaque toucher, qu'elle compte pour moi. Et plus que tout… je veux savoir que je compte autant pour elle. Je veux qu'elle me le fasse sentir.

Je la pénètre complètement. Sa chatte magnifiquement serrée s'ouvre pour moi, cédant le passage, puis se resserre sur moi quand je ressors, pour rentrer de nouveau. Ma bouche survole la sienne, nos souffles se mêlent, nos halètements fusionnent.

C'est incroyable, putain.

Elle touche mon visage et j'embrasse son menton, sa joue, ses cheveux, son oreille, l'enveloppant de mon sentiment tout juste découvert. Nos mouvements sont tendres… ni doux ni calmes, mais… signifiants.

Profonds.

Ses hanches se soulèvent pour rencontrer les miennes, nous faisant fusionner davantage. J'avale le gémissement qui jaillit de sa bouche lorsqu'elle vient. Je la pénètre encore, sans cesse, durant son orgasme, jusqu'à ce que je la suive et jouisse à mon tour avec un orgasme incroyable.

Ses jambes m'entourent, me maintenant délicieusement emprisonné dans sa chaleur accueillante. On s'embrasse lorsqu'on redescend sur terre, mordillant les lèvres de l'autre. Je tourne mon visage dans le creux de son cou, reposant ma tête contre sa clavicule, inhalant son parfum. Ses mains survolent mes bras et s'endorment sur mes épaules.

Quelques minutes plus tard, je me retire, à contrecœur. Les bras de Dee me serrent plus fort, alors je reste sur elle. On s'endort dans cette position, mon corps lui servant de couverture, le sien me servant d'oreiller.

CHAPITRE 14

Les jours et les nuits suivants, Delores et moi sommes indécollables. Elle finit enfin par s'ouvrir et me parle de ses anciens mecs. Il n'y en a pas eu autant que ce que vous avez dû vous imaginer, mais c'étaient tous de vrais champions.

Il y a eu le premier connard, bien sûr, qui l'a mise en cloque et l'a jetée.

Le connard numéro deux s'est avéré être plus vieux qu'il ne l'avait dit au début. Genre… dix ans de plus. Et marié. Et avec un gamin.

L'enfoiré suivant, quand Delores était à la fac, a volé ses informations bancaires, a vidé son compte et est parti à Las Vegas. Ce connard lui a laissé un mot lui expliquant qu'il était accroc aux jeux et qu'il avait simplement réussi à le cacher à Dee pendant quelques mois.

Et puis, il y a le bouquet final. L'enculé qui l'a frappée.

Delores me dit que ça n'est arrivé qu'une fois, mais pour moi ça reste une fois de trop. Elle n'a pas voulu me donner son nom, mais je jure sur tout ce qui m'est cher que si jamais je l'apprends ? Je le poursuivrai, j'irai chez lui, et je briserai chaque os de la main qui a frappé Dee.

Puis je lui briserai l'autre, pour être sûr qu'il n'oublie pas.

Ah, et puis il y a l'histoire de ses parents. Delores dit que sa mère et son père se sont connus et ont vécu une histoire passionnelle, que c'était le coup de foudre. Et puis sa mère est tombée enceinte. Et son père s'est transformé en fantôme et a disparu... pour ne jamais plus donner de nouvelles.

Maintenant que je connais les détails de la vie sentimentale pourrie de Dee, je comprends bien mieux les choses. Je comprends pourquoi elle était si nerveuse au début, même si elle m'aimait bien ; justement *parce qu*'elle m'aimait bien.

C'est un miracle qu'elle me fasse confiance aujourd'hui. Avec toutes ses histoires, je ne serais pas surpris qu'elle jette l'éponge et devienne lesbienne.

Mais, aussi cool que cela puisse être, je suis vraiment heureux qu'elle ne l'ait pas fait.

***

La veille de Thanksgiving est officiellement LA soirée bars de l'année. Chaque année après la fête au bureau de La-Veille-De-Thanksgiving, Drew, Jack et moi allons dans les bars et faisons la fête jusqu'à l'aube. C'est génial. C'est aussi traditionnel que la dinde, la farce, et la sauce à la canneberge.

Cela dit, si vous me le permettez, je n'ai jamais compris cet engouement pour la sauce à la canneberge. C'est juste dégueulasse.

Bref, cette année, j'invite Dee à venir avec nous à la soirée du bureau et aux festivités qui suivent. Je n'ai pas traîné avec les mecs depuis plus de deux semaines. Parfois ça arrive. Quand un enfant a un nouveau jouet à Noël, la dernière chose qu'il veut c'est laisser ses amis jouer avec. Il le garde, le couve, le met sous son oreiller la nuit. Puis, après une semaine ou deux, il laissera quelqu'un d'autre jouer avec.

Non pas que je veuille laisser Jack et Drew *jouer* avec Dee de la façon qu'ils le voudraient peut-être, mais il est temps de la présenter. De la laisser apprendre à connaître les mecs, pour qu'ils voient que c'est une copine cool. Le genre qui joue aux fléchettes et au billard et qui ne plombe pas l'ambiance.

J'appelle Dee sur son portable quand je suis devant chez elle pour ne pas avoir à trouver une place de parking. Puis je fume une clope en l'attendant. Lorsqu'elle sort de l'immeuble, je souris en voyant sa tenue. Elle porte un pantalon en satin noir qui la moule tellement qu'on dirait que ses jambes sont peintes. Des talons hauts rose bonbon sont assortis à son débardeur, et elle porte une veste noire courte sur son bras. Ses cheveux sont attachés et bouclés, attirant l'attention sur le collier de diamants qui tombe sur son décolleté.

– Joli collier, lui dis-je en lui tendant un casque.

Elle hausse les épaules.

– C'est de la pacotille commandée sur Internet.

Je prends note de lui en offrir un vrai. Et l'image de Delores ruisselante de diamants, et rien d'autre, donne naissance à un sourire sur mon visage et à une érection dans mon pantalon.

Elle met le casque mais ne monte pas sur la Ducati tout de suite. Elle est debout sur le trottoir, les mains sur les hanches, regardant la moto avec un air pensif.

– Tu dirais quoi si c'était moi qui conduisais ta moto jusqu'à ton bureau ?

– Je dirais *pas de bol.* Je monte pas à l'arrière.

Elle me met un coup sur la tête, mais le casque amortit le choc.

– Alors laisse-moi faire un tour avec toute seule. Juste le tour du pâté de maisons.

– Non je… je ne crois pas.

Elle fait la moue.

Je soupire.

– T'as déjà conduit une moto ?

– Non, mais j'en ai toujours rêvé.

– Ben… moi j'ai toujours voulu voler, mais ça ne veut pas dire que je vais enfiler une combinaison et sauter du haut de l'Empire State Building.

Elle se rapproche de moi et frotte ses mains sur mon torse.

– Allez… s'il te plaît ? Je ferai super attention et je serai hyper reconnaissante. Méga reconnaissante. Genre… tellement reconnaissante que je te laisserai me menotter au lit…

Ok. Oubliez le bac, le véritable examen de passage, c'est ça.

Est-ce que je vais sortir mes muscles, garder ma fierté, et protéger ma moto chérie d'un carnage quasi assuré ? Ou bien est-ce que je vais me laisser dominer par ma bite et me laisser convaincre par la promesse d'une baise perverse pendant toute une nuit où Dee est à ma merci ?

La réponse est évidente.

– Il semblerait que je monte à l'arrière.

Je glisse en arrière pour lui laisser la place de monter devant moi. Puis je lui montre l'embrayage, l'accélérateur, et, surtout : le frein.

***

Vous savez ce qu'on dit, que votre vie défile devant vos yeux avant de mourir ?

Au moment où on arrive enfin devant l'immeuble de mon bureau, je peux dire, sans aucun doute, que c'est absolument vrai.

J'ai vu ma vie défiler devant moi. Trois fois.

Une fois lorsqu'un bus a déboulé devant nous. Une fois lorsqu'elle a descendu des poubelles comme des quilles de bowling, et une fois lorsque le taxi a failli nous dégommer.

Cela dit, la dernière fois ce n'était pas entièrement la faute de Delores. Les taxis new-yorkais sont tarés, ils vous dégomment sans cligner des yeux et ne regardent même pas dans le rétro pour savoir si vous êtes mort.

Laissant ma moto dans le parking, Dee et moi entrons main dans la main dans la salle de réunion décorée pour l'occasion. Les derniers tubes émanent des enceintes placées dans un coin, et le bruit des discussions et des rires emplissent la pièce.

John Evans est doué pour de nombreuses choses, et organiser des fêtes est en haut de la liste.

Je fais le tour de la pièce avec Dee, la présentant à mes collègues et à mon assistante. On prend des verres au bar et on traîne avec Jack O'Shay, qui nous donne une version polie de ses exploits du week-end passé. J'aperçois mes parents de l'autre côté de la pièce. Lorsqu'on se dirige vers eux, Jack croise mon regard et, pointant Dee du doigt, lève le pouce en signe d'approbation.

Ma mère est petite. Bien plus petite que mon père qui, malgré son âge avancé, mesure encore un mètre quatre-vingt-dix. Elle se fait vieille, ses cheveux châtains sont un peu plus gris que la dernière fois que je l'ai vue. Mais ses yeux, noisette comme les miens, scintillent toujours avec la même douceur.

Elle était une vraie débutante[16], élevée pour être élégante, sereine… et silencieuse.

La légende veut qu'elle a rencontré mon père lorsqu'il s'est incrusté à son bal de fin d'année, et qu'il y a eu un coup de foudre. Il était assez chaud à cette époque, un vrai fêtard, mais il était captivé par son calme et sa sérénité. Elle était désespérément attirée par sa passion. Et, en dépit de la menace de mon grand-père de la déshériter, ils se sont enfuis pour se marier quatre semaines après s'être rencontrés.

Ma mère n'a pas la moindre once de méchanceté en elle. Elle est douce et vertueuse. Sa voix est naturellement calme, presque lyrique, comme Jackie Kennedy dans ces entretiens de la Maison-Blanche que tout le monde connaît si bien. Mon père a toujours

---

16 Moment où les jeunes filles de la société aristocratique américaine sont présentées à l'occasion d'un bal.

été férocement protecteur envers elle, et dans mes souvenirs, il n'y a rien, *rien,* qu'elle lui ait demandé qu'il ne se soit empressé de lui offrir.

Mon père m'accueille en me tendant la main.

– Fils.

– Salut papa.

Dee se tient à mes côtés pendant que ma mère m'enlace.

– Chéri.

Présenter une femme à ses parents peut être stressant, surtout si votre mère est une de ces femmes hyper critiques qui jugent tout le monde et qui pensent que personne n'est assez bien pour leur fils. La mère de mon colocataire à la fac était comme ça. Elle a voulu découper sa copine en morceaux parce qu'elle avait mis un short blanc le lendemain de Labor Day[17]. Il va sans dire qu'elle n'est pas restée sa copine très longtemps après ça.

Cependant mes parents sont simples. Mon père, particulièrement, sait que je ne suis pas un saint. Pour lui, il suffirait que je trouve une femme capable de me supporter. Ma mère veut simplement mon bonheur. Et sa définition du bonheur est d'être marié avec 2,5 enfants et un animal de compagnie. La première femme capable de m'apporter cela sera accueillie dans la famille à bras ouverts.

Si, en plus, cette femme pouvait me convaincre de vendre ma moto, elle serait adulée.

– Maman, papa, je vous présente Delores.

Delores leur offre un grand sourire.

17 Jour férié après lequel les Américains ne sont pas supposés porter de blanc.

– Je suis ravie de vous rencontrer Monsieur et Madame Fischer.

– De même, acquiesce mon père.

– Vos chaussures sont adorables, Delores, commente ma mère.

– Merci. Ce sont mes nouvelles chaussures préférées, et elles sont bien plus confortables qu'elles n'y paraissent. Je peux même danser avec et elles ne me font pas mal du tout.

– Êtes-vous une danseuse, ma chère ? demande ma mère.

– Pas professionnellement.

– Quand j'avais votre âge, j'adorais danser. J'obligeais Frank à sortir danser aussi souvent qu'on le pouvait.

Comme le verre de Dee est presque vide, j'en profite pour aller au bar. J'aperçois Kate Brooks faire son entrée et je reconnais le mec avec elle comme étant le cousin de Delores grâce aux photos que j'ai vues dans son appartement.

Je tends son verre à Dee, et quand la conversation avec ma mère le permet, je lui dis : « Je crois que ton cousin et Kate viennent d'arriver. »

Ma mère nous excuse en disant : « C'était un plaisir de vous rencontrer, Delores. J'espère vous revoir bientôt. »

– Pareillement, répond Dee.

Lorsque nous traversons la foule, Dee me dit :

– On devrait emmener ta mère danser un de ces quatre, je parie qu'elle a un déhanché magique.

– Tu paries qu'elle va se déhancher ou bien se casser la hanche ? dis-je en riant.

On retrouve Kate et Billy, et Delores me présente son cousin. Il serre ma main fermement.

– C'est cool de te rencontrer, mec.

J'acquiesce. Et Delores chambre son cousin.

– Kate a enfin réussi à te faire enfiler un costume, alors ? Ça te va bien, je ne pensais pas que tu pouvais avoir l'air aussi classe.

Il tire sur son col, visiblement inconfortable.

– Ne t'y habitue pas trop. La seule raison pour laquelle je remettrais ce truc, c'est si je dois aller à un enterrement.

Kate lève les yeux au ciel. Puis John Evans se joint à nous. Les présentations sont faites, et on parle boulot pendant quelques minutes. Je vois Drew de l'autre côté de la pièce, se dirigeant vers nous. Comme je le connais depuis qu'on est tout petits, je suis plutôt expert dans la lecture de ses expressions : même celle qu'il tente de dissimuler en ce moment même. Là il est énervé. Vraiment.

Je ne sais pas vraiment pourquoi. Kate et lui ont perdu le contrat avec Saul Anderson, le client qu'ils visaient tous les deux, il y a quelques semaines. Et même si son vieux était un peu agacé, Drew était étrangement satisfait d'avoir envoyé bouler l'enfoiré, donc je sais qu'il ne s'agit pas de ça. Il a aussi arrangé les choses avec son père, donc ce n'est pas ça qui l'énerve non plus. Pendant un instant, je me demande si ce n'est pas de voir Kate, la première femme à repousser ses avances, ici avec son fiancé, qui l'agace.

Mais je balaye cette pensée immédiatement. Drew est possessif avec sa voiture, ses clients, mais pas avec les femmes. Il est aussi jaloux qu'il est intéressé par les relations sérieuses, c'est-à-dire pas du tout. Donc je ne l'imagine pas s'énerver parce qu'une fille qu'il veut baiser préfère se taper quelqu'un d'autre. Même une fille aussi attirante que Kate Brooks.

– Drew ! dit son père. Je parlais justement à M. Warren du contrat que Kate a signé la semaine dernière. On est vraiment chanceux de l'avoir avec nous.

– Ce n'est qu'une façade, dit Delores pour la taquiner. Sous ses airs de *business woman* et de gentille fille se trouve le cœur d'une vraie rebelle. Je pourrais vous raconter des histoires sur Kate qui vous donneraient la chair de poule.

Kate jette un regard noir en direction de Delores.

– Merci Dee. Mais si tu pouvais éviter…

Billy rigole et passe son bras autour de la taille de Kate. Drew fronce les sourcils. Et, bien qu'il plaisante, ses paroles sont acérées.

– Oui, c'est vrai. T'étais une petite délinquante quand t'étais jeune, c'est ça, Kate ? Papa, tu savais qu'elle chantait dans un groupe ? C'est comme ça que t'as payé tes études, non ? C'est mieux que d'être gogo danseuse, je suppose.

Dee fusille Drew du regard, n'appréciant visiblement pas ce qu'il dit.

Kate tousse. Drew lui tend une serviette, comme un gentleman. Mais ensuite il dirige son attaque vers Warren.

– Et Billy, c'est ce qu'il fait encore. T'es musicien, c'est ça ?

– C'est ça, répond Billy.

– Alors, dis-nous, Billy. Ton style c'est plutôt David Charvet ou Johnny Hallyday ?

– Aucun des deux.

– Tu devrais prendre ton accordéon, ou le truc que tu joues, pour nous faire un petit concert ! Il y a pas mal d'argent dans cette pièce. Tu pourrais peut-être chopper une date pour un mariage, ou une Bar Mitzvah.

Billy le fusille du regard, comme s'il mourait d'envie d'envoyer Drew au tapis.

– Je ne fais pas ce genre de concerts.

Et la réplique de Drew me laisse penser qu'il rêve lui aussi d'une baston.

– Wow, malgré la récession ? Je ne pensais pas que les pauvres et les chômeurs pouvaient se permettre de choisir.

– Écoute, espèce de…

Kate essaie de détendre l'atmosphère, comme l'arbitre d'un match de boxe séparant deux adversaires qui sont déterminés à se découper en morceaux.

– Billy, chéri, tu veux bien aller me chercher un autre verre au bar ? Le mien est presque vide.

Elle tire sur le bras de Warren.

Il soupire. Mais il va quand même au bar.

Puis, d'un ton aussi furieux que celui de Drew, Kate dit :

– Drew, je viens de me souvenir que j'ai des documents à te donner au sujet du compte Genesis. Ils sont dans mon bureau. Allons-y.

– C'est une fête, Kate, dit John d'un ton jovial. Le travail peut attendre lundi.

– Ça ne prendra qu'une minute, lui répond-elle en souriant. Puis son sourire s'efface et elle prend Drew par le bras.

***

Pendant que John parle à un associé qui se trouve à côté de lui, Dee se penche et me chuchote : « Je n'aime pas trop que ton pote attaque mon cousin et Kate comme ça. »

Je passe mon bras autour d'elle.

– Il aime la compétition. C'est le métier, c'est sans pitié, tu vois ?

Je pense que Drew ne reculerait devant rien pour bouffer Kate, si vous voyez ce que je veux dire.

Dee n'est pas soulagée.

– S'il revient et fait à nouveau le connard, je vais lui expliquer comment il risque de perdre ses couilles.

Depuis que j'ai rencontré Dee, il y a quelques semaines, j'ai vu de nombreuses facettes : insouciante, séductrice, tendre, déjantée. Mais c'est la première fois que je vois son côté protecteur. J'ai beaucoup de respect pour la loyauté. Le fait que Dee soit aussi virulente dans l'expression de la sienne est absolument adorable.

J'embrasse son front.

– Espérons qu'on n'en arrivera pas là, alors.

***

Lorsque Kate et Drew ne reviennent pas à la salle de réunion après quelques minutes, je suppose que Billy est parti à leur recherche. Car, dix minutes plus tard, Billy et Kate apparaissent au côté de Dee, et les deux ont l'air gênés. Tendus. En tout cas ils ne sont pas contents.

Drew ne refait pas de réapparition non plus.

Lorsque Jack s'en va une demi-heure plus tard, je suppose que lui et Drew ont décidé de commencer leur « Barathon » plus tôt. Étant donné ses menaces récentes envers Drew, ce n'est probablement pas le meilleur moment pour Dee de passer la soirée avec eux, après tout. Quand la fête semble toucher à sa fin, Kate, Billy, Dee et moi décidons d'aller dans un bar. On marche un peu et nous nous asseyons dans un bar qui commence à se remplir, dans lequel il y a une soirée open mic[18].

Delores et Kate harcèlent Billy pour qu'il monte sur scène. Billy pousse gentiment Kate avec son coude :

– Chante avec moi. Comme au bon vieux temps.

Kate secoue la tête.

– Hors de question. Ces jours-là sont révolus. J'ai raccroché le micro pour de bon.

Même si le ton de Kate est enjoué, Warren a l'air… déçu. Peut-être même un peu vexé.

Après que nous avons bu nos premiers verres cul sec, Billy est appelé sur scène. Il emprunte une des guitares du bar et chante une reprise de « Here's to us ». Je ne me souviens pas du nom du groupe d'origine, mais je me souviens qu'ils sont plutôt *heavy metal* et que leur chanteur principal est un beau gosse roux avec une voix incroyable.

Et je dois avouer que je suis sacrément impressionné par Billy Warren. Il joue très bien de la guitare et il a une voix géniale : douce et rugueuse, juste ce qu'il faut.

Dee lève son verre, applaudit et crie, tout en balançant sa tête en rythme avec la musique. Kate, cependant, regarde Billy avec un regard fier,

---

18 La scène est mise à la disposition de qui veut chanter ou jouer d'un instrument.

mais sérieux. C'est vrai que les paroles de la chanson sont assez tristes. Poignantes.

Elles parlent de profiter de l'amour et des bons moments, des erreurs, mais aussi de tourner la page.

Warren met fin à la chanson sur une note parfaite, et toute la salle se lève pour applaudir. Kate sourit et se lève lorsqu'il revient à notre table, et elle dit à Billy qu'il était génial. Je lui serre la main et lui dis la même chose. L'approche de Dee, elle, est bien plus exubérante.

– T'étais génial, Abruti !

Puis elle le serre dans ses bras jusqu'à ce qu'il devienne rouge.

Kate se lève pour aller aux toilettes. Je me tourne vers Delores.

– Alors… je suppose que c'est ton cousin qui a eu tous les gènes musicaux dans la famille, c'est ça ?

– Je vois que t'as goûté aux talents de chanteuse de Dee-Dee ! ajoute Billy.

– Allez vous faire foutre tous les deux, je suis une excellente chanteuse, répond Dee.

Son cousin rigole.

– Mais bien sûr, Dee, tu chantes tellement bien que les agriculteurs du monde entier font appel à toi à chaque fois qu'il y a une sécheresse.

Je trinque avec Warren. Puis il évite les cacahuètes que Dee lui jette dessus.

Kate se rassoit à côté de Billy, et je ne peux pas m'empêcher de remarquer la distance entre leurs chaises. Billy se penche en avant et dit :

– J'ai… j'ai une super nouvelle. Le producteur de musique qui est venu à mon concert il y a quelques mois m'a appelé. Il veut que j'aille en Californie… il dit qu'il peut m'avoir un contrat avec un studio.

– Oh mon Dieu ! C'est génial ! s'écrie Dee en souriant.

Mais, à voir le visage de Kate, celle-ci ne semble pas du même avis.

– Quand… ça s'est passé quand ? demande-t-elle.

– Il y a quelques jours, dit Billy en haussant les épaules et en buvant une gorgée de bière.

– Et pourquoi j'en ai pas entendu parler avant ?

L'atmosphère est soudainement très tendue.

Le regard de Billy est froid comme la pierre.

– À quel moment j'étais censé te le dire, Kate ? T'es jamais là.

– On habite ensemble, dit-elle en fronçant les sourcils.

– Et même quand t'es à la maison, t'es pas vraiment là.

Elle détourne le regard et passe une main dans ses cheveux. Delores les regarde, inquiète, comme un enfant dont les parents divorcent et qui se retrouve coincé entre deux personnes qu'il aime.

– Je ne peux pas…, commence Kate. Je ne peux pas aller en Californie maintenant.

Le regard de Billy ne quitte pas sa bouteille de bière.

– Ouais… je sais. C'est pour ça que j'y vais tout seul.

Kate a l'air complètement prise de court. Blessée et énervée.

– Mais… on avait un projet. Tu m'as soutenue pendant que j'étais à l'école et maintenant… c'est à mon tour de te soutenir.

Billy recule sa chaise de la table. Il est frustré et sur la défensive. Ses poings sont serrés et il arbore une mine renfrognée.

– Eh bien les projets peuvent changer, Katie. Sincèrement, putain, tu crois vraiment que tu vas remarquer que je ne suis plus là ? Moi j'en ai pas l'impression.

Elle est sur le point de lui demander ce qu'il veut dire. C'est sur le bout de sa langue. Mais elle s'arrête net et dit :

– Je ne veux pas me disputer.

Et ça ne fait qu'énerver Warren encore plus.

– Bien sûr que tu ne veux pas te disputer. Tu ne veux rien faire avec moi ces jours-ci ! T'es trop occupée pour faire quoi que ce soit…

– Je travaille !

– Tu ne veux pas te disputer, ni parler ; tu ne veux même pas baiser…, dit-il en ignorant sa remarque.

Les joues de Kate deviennent rouges, mais je n'arrive pas à savoir si c'est de gêne ou de colère.

– Tout ce que tu veux faire c'est lire tes putains de dossiers et décider quel tailleur tu vas mettre pour aller au bureau.

– Mais c'est complètement injuste ce que tu dis !

– Je savais que le milieu des affaires était un milieu masculin, mais je ne pensais pas que tu devais te déguiser pour y travailler.

Delores s'en mêle.

– Fais pas ton connard, Billy.

– Mêle-toi de tes oignons Dee-Dee.

Kate approche son visage de celui de son fiancé, le regard noir.

– Va te faire enculer.

Il rit d'un rire amer.

– Le choix de tes mots est intéressant. Je ne suis pas sûr de savoir qui t'encule ces derniers temps, mais ce qui est sûr c'est que c'est pas moi.

Kate se lève et arrache son sac du dossier de la chaise.

– Je rentre. Bonne nuit, Matthew. Dee, je t'appelle.

Alors que Kate passe la porte du bar, Warren se lève pour la suivre, mais Dee le retient par le bras.

– Billy ! N'y va pas… Ne dis pas des choses que tu ne pourras pas effacer… et que tu ne penses pas.

Tout ce qu'il fait, c'est acquiescer en hochant la tête. Puis il quitte le bar.

Dee boit une longue gorgée de Martini.

– Bon, eh ben… ça, c'est fait.

– Tu crois que ça va aller ?, je demande.

– Non. Enfin, je suis sûre qu'ils vont se rabibocher, rester ensemble, tenter la relation longue distance. Mais ça fait un moment que c'est pas terrible entre eux. Leur relation ressemble à une morgue… c'est sans vie. Et Billy a raison. Je ne me souviens pas de la dernière fois qu'ils se sont engueulés avant ce soir.

– Mais, c'est pas une bonne chose, ça ? je demande, en finissant ma bière.

– Pas pour eux, non. S'ils ne s'engueulent pas, c'est pas parce qu'ils sont heureux : s'ils ne s'engueulent pas c'est parce qu'au fond il n'y a rien qui vaille la peine qu'ils s'engueulent. Et je crois qu'aucun d'entre eux ne veut l'admettre.

Les mariages et les relations qui ont le plus de succès ressemblent à des meilleurs amis qui ont aussi envie de baiser. Des confidents qui se font confiance et qui ne peuvent pas s'empêcher de se peloter.

Quand vous êtes avec la même personne depuis des années, c'est censé devenir confortable. Sans gêne, comme votre jogging préféré.

Mais il faut aussi qu'il y ait de la chaleur : une attraction intense. Un désir présent. Parfois, comme Steven et Alexandra, ça vient par vagues. Et ils se laissent aller, quand la vie quotidienne le leur permet. Mais s'il n'y a plus de passion et que vous avez la flemme d'essayer de raviver la flamme, tout ce qu'il vous reste c'est de l'amitié. Un compagnon.

Peut-être qu'à quatre-vingts ans ça vous conviendra parfaitement. Mais à vingt-cinq ans ? C'est que vous vous satisfaites du *statu quo*.

– T'es prêt à partir ? me demande Delores.

– Ouais. On dirait qu'on va terminer cette soirée juste toi et moi.

– Des champions du week-end… un mercredi. C'est parti, annonce Dee, décidée.

***

Delores et moi passons les heures qui suivent à aller de bar en bar. On joue aux fléchettes et au billard. Je perds cinquante dollars à la dernière partie parce que je n'avais pas conscience de jouer contre une arnaqueuse professionnelle.

J'aurais dû m'en douter.

On finit dans une boîte, se collant et se frottant l'un contre l'autre sur la piste de danse bondée. Mais durant toute la soirée, Delores semble plus calme que d'habitude. J'ai l'impression qu'elle porte un poids sur ses épaules. Elle est inquiète. Elle n'est pas la fille joyeuse et imprévisible que j'ai appris à connaître ces dernières semaines.

Je propose de rentrer, bien plus tôt que d'habitude, et on va chez elle. Une fois arrivés, on s'écroule sur le canapé et on parle de tout et de rien. On finit par parler d'animaux de compagnie, et je lui parle de King, le dogue allemand noir avec qui j'ai grandi. J'aimais vraiment cet imbécile tout poilu. Du coup, je suis plutôt horrifié lorsque Delores me dit :

– Je n'ai jamais eu de chien.

– Quoi ? Jamais ? Pas même… un chihuahua ?

Elle secoue la tête.

– J'ai eu un hamster, mais ça ne requiert pas beaucoup d'entretien. Ma mère n'a jamais voulu être responsable d'un chien. En plus de ça, il y avait ma phobie de la bave.

Je souris, parce que je sais déjà que cette histoire va être drôle.

– Ta quoi ?

– Ma phobie de la bave. J'ai toujours été dégoûtée par n'importe quel homme ou animal dont les glandes produisaient un trop-plein de salive.

– Tu déconnes ?

– Je supporte de rouler des patins ; ça tu le sais déjà. Sur le moment ça m'excite. Mais trop de salive, c'est dégueulasse. Les crachats, la bave… je ne peux pas. Ça me file la nausée.

La saleté, la sueur et le désordre ne gênent pas Delores. Elle n'a pas peur des rongeurs ; pas même des rats new-yorkais qui font la taille d'un chat et que, perso, je trouve plutôt répugnants. Elle adore ma moto et même les serpents. Donc je ne peux pas m'empêcher de penser que cette bizarrerie, cette anormalité dans son armure habituellement *je-m'en-foutiste*, est adorable. Drôle, même.

Et ça me donne envie de la taquiner.

Le garçon de neuf ans qui vit encore en moi, celui qui aimait suspendre des araignées devant le visage d'Alexandra (en dépit des conséquences inéluctables), prend le dessus. C'est la seule explication possible pour ce que je fais.

–Alors… ça te gênerait si je faisais ça ?

Je me racle la gorge bruyamment et fais remonter une grosse glaire au fond de ma bouche.

Delores se penche en arrière, ferme les yeux avec dégoût et lève les mains.

–Ne *fais pas* ça.

Je ravale ma salive et la taquine.

–Et je suppose que t'aimerais pas que je fasse une John Bender devant toi.

John Bender, de *The Breakfast Club*. Si vous ne voyez pas de quoi je parle, regardez et prenez-en de la graine.

Elle a carrément l'air de paniquer un peu.

–Putain ne fais pas ça !

Je souris jusqu'aux oreilles. Puis je penche ma tête en arrière, j'ouvre la bouche et envoie une glaire d'une taille impressionnante dans l'air. Elle prend de l'altitude, est suspendue quelques instants dans les airs, puis elle retombe dans ma bouche ouverte. Avant que j'aie pu dire « délicieux », Dee est debout, en train d'hurler.

–Aaaah ! Mais c'est DÉGUEULASSE !

Elle sautille en rond comme si elle était recouverte de fourmis. Elle me pointe du doigt et crie :

– Tu n'es plus Clito-Boy, ni Dieu ! Tu seras Monsieur-Mollard et tu me dégoûtes ! Je ne t'embrasserai plus jamais !

– Est-ce que c'est un défi ?

Elle rit nerveusement et fait quelques pas en arrière.

– Non... non, toi et ta langue dégueulasse, ne m'approchez pas !

En une fraction de seconde, je me suis levé du canapé et je la tiens dans mes bras. Dee se débat pour se libérer et on tombe tous les deux par terre en une masse hurlante, roulante et riante. J'arrive à être au-dessus. Je chevauche son ventre et je bloque ses bras au-dessus de sa tête. Elle n'a aucune chance de m'éjecter, mais ça ne l'empêche pas d'essayer tout de même.

Et peut-être est-ce le frottement de son corps sous le mien, ou peut-être est-ce parce que je m'amuse énormément. Il se pourrait que ce soit à cause des fabuleuses aventures sexuelles qu'on a eues dans cette position. Quelle qu'en soit la raison, je suis instantanément et totalement excité.

Cela dit, je ne fais pas attention à mon érection. Ce n'est pas comme si elle allait disparaître, et j'ai un peu de torture à faire. Comme un tentacule dans un film de science-fiction, ma langue descend lentement vers le visage de Dee. Elle tourne la tête d'un côté et de l'autre, poussant des cris assez aigus pour me percer les tympans.

Puis elle essaie de me mordre.

Alors je mets les bouchées doubles. Je lèche sa joue et son front, m'assurant de laisser une épaisse couche de salive, comme une limace qui aurait muté à cause d'une fuite nucléaire. Je lèche ensuite ses yeux fermés, et je suis sur le point de m'attaquer à son cou quand quelqu'un frappe à la porte.

Je me demande si un voisin a entendu les cris de Dee et appelé les flics. Elle se lève, émettant des bruits dégoûtés en s'essuyant vigoureusement le visage. Puis elle me menace.

– T'es cuit, Fischer. Je ne fermerais pas les yeux de la nuit, si j'étais toi.

Je ris.

Dee ouvre la porte sans regarder par le judas. Et là, debout, tête baissée, guitare en main, se tient Billy Warren. Il lève les yeux et demande à Dee :

– Est-ce que je peux passer la nuit ici ?

Dee ouvre la porte plus grand pour laisser passer Billy.

– Ouais, bien sûr. Qu'est-ce que… est-ce que ça va ?

Il pose la guitare dans un coin. Ses yeux sont brillants, comme s'il faisait de son mieux pour retenir ses larmes, sans trop y parvenir.

– Kate et moi… on… j'ai rompu avec Kate.

CHAPITRE 15

Après avoir brièvement raconté les choses à Dee, Billy insiste pour qu'elle aille voir si Kate va bien, car il semblerait qu'elle soit vraiment bouleversée. Dee prend son manteau et cherche mon regard lorsqu'elle se dirige vers la porte. Elle penche la tête en direction de son cousin, m'indiquant de rester avec lui pendant qu'elle n'est pas là.

Je hoche fermement la tête. Elle me fait un sourire de remerciement et s'en va.

Nous laissant, Billy et moi, seuls.

J'ai d'abord l'impression que je devrais jouer le maître de maison, mais c'est tout de même l'appartement de sa cousine. Et il y est clairement à son aise, puisqu'il sait où se trouve l'alcool. Dès que la porte se referme sur Dee, il va dans la cuisine et revient avec une bouteille de vodka, deux verres à shots, et deux bières.

Il s'assoit sur le canapé, pose le matos en mode *je-vais-méchamment-me-bourrer-la-gueule* sur la table et sert deux shots. Il m'en passe un et boit immédiatement le sien. Le temps que j'aie bu le mien, il a déjà sifflé son deuxième.

Il souffle bruyamment et regarde la table fixement. Sans lever la tête, il me dit :

– T'es bien pour ma cousine. Tu la rends... heureuse. Dee a des goûts merdiques pour ce qui est des mecs. Jusqu'ici, ça a toujours été le cas. D'habitude elle se tape des connards, mais toi, t'as l'air correct.

J'ouvre ma bière.

– J'espère l'être, oui. Elle me rend heureux aussi.

Il hoche la tête, puis il lève les yeux vers moi.

– Elle en vaut la peine. Malgré l'enfer qu'elle va probablement te faire vivre, elle en vaut la peine. Delores peut être vraiment chiante, mais c'est juste parce qu'elle a souffert ; elle a fait confiance aux mauvaises personnes... Et maintenant elle a peur de se tromper une nouvelle fois. Mais... quand elle aime... c'est profondément. Elle te donnera tout ce qu'elle a. Si elle baisse sa garde, elle ne te décevra jamais.

– Je sais qu'elle en vaut la peine, dis-je en riant. Et je fais tout ce que je peux pour qu'elle baisse sa garde.

Billy boit une gorgée de bière.

– Tant mieux.

Il me propose un autre shot, mais je secoue la tête et il le boit lui-même.

Puis il me dit :

– Je sais que tu ne me connais pas, mec. Mais j'espère que tu seras honnête avec moi. Il se passe quelque chose entre Kate et ce *Evans* ?

Je réfléchis un instant, puis je demande, sans rien laisser entendre :

– Est-ce que Kate t'a dit qu'il se passait quelque chose entre eux ?

Il boit sa bière et secoue sa tête.

– Non. C'est juste un pressentiment. Elle parle toujours de lui, soit parce qu'il l'a emmerdée, soit parce qu'il a fait quelque chose d'incroyablement brillant.

Dans des situations pareilles, je ne mens pas. On m'a appris à penser que la façon dont vous traitez les gens est la façon dont le monde vous traitera en retour. En même temps, Drew est mon meilleur ami. Donc, même si Billy a l'air d'être un bon gars, si je dois assurer les arrières de quelqu'un, ce ne sera pas les siens.

– Kate n'a vraiment pas l'air d'être du genre à tromper son mec, Billy.

– Elle ne l'est pas. Ou du moins, elle ne l'était pas avant.

J'acquiesce.

– Et Drew… il ne baise pas les meufs du bureau. C'est une sorte de règle de vie. Il ne l'a jamais enfreinte, pas une seule fois.

Billy s'enfonce dans le canapé, moins tendu, soulagé par ce que j'ai dit.

Puis, sèchement, il dit : « Ça craint. »

– Les ruptures, ça craint toujours.

Il pousse un rire nasal.

– C'est ma première rupture. Kate et moi… on est ensemble depuis toujours, depuis qu'on a quinze ans. Elle a été ma première pour tout. Je pensais qu'elle serait aussi ma dernière pour tout. L'unique.

Je hoche la tête et le laisse parler.

– Mais ces dernières années… c'est comme si on se tirait vers le bas, tu sais ? Je crois que je l'aimerai toujours… mais c'est plus pareil. C'est plus suffisant. On… ça ne colle plus entre nous.

Gentiment, je lui dis :

– Ça arrive. Souvent. Les gens changent.

– Ouais, dit-il en prenant une autre gorgée de bière. Mais putain qu'est-ce que ça fait mal !

– Mais ça s'arrange avec le temps.

On reste silencieux quelques minutes, notre phase de confidences est terminée.

Donc j'attrape la télécommande et affiche la VOD.

– Tu veux regarder *Predator* ?

Billy se sert un autre shot.

– Ouais, ok, je l'ai jamais vu.

– Ça va changer ta vie, dis-je en souriant.

***

Quelques heures avant l'aube, Delores revient chez elle. Je suis à moitié endormi dans le fauteuil inclinable usé, et Billy est évanoui sur le canapé.

La bouteille de vodka vide est sur la table basse : son objectif est atteint.

Dee enlève ses chaussures en soupirant. Puis elle me voit. Et elle est surprise.

– T'es encore là ?

– J'aurais dû partir ?

– Non, non, t'en fais pas.

Elle couvre son cousin avec un plaid, lui caressant les cheveux tendrement, comme une mère avec son enfant malade. Puis elle passe devant moi pour aller vers la chambre. Je me lève et la suis.

– Comment va Kate ?

Delores enlève la tenue de soirée qu'elle porte encore, laissant les vêtements tomber au sol. Elle les abandonne là, révélant un string minuscule à motif léopard et un soutien-gorge bustier assorti.

– Kate est en vrac. Elle est blessée… Billy a dit des choses assez horribles pendant qu'ils s'engueulaient. Des choses dures. Et elle se sent coupable. Billy a bossé comme un malade pour soutenir Kate financièrement pendant qu'elle faisait ses études. Elle se déteste maintenant qu'elle ne va pas pouvoir le soutenir à son tour.

Dee me tourne le dos pendant qu'elle enlève son soutif, ne se tournant qu'une fois qu'elle a enfilé son tee-shirt de l'équipe de baseball de Philadelphie.

– Merci d'être resté avec lui, Matthew.

– Bien sûr, pas de problème.

Elle soupire, mais ses épaules sont encore tendues.

– Je suis vraiment crevée.

Je commence à déboutonner ma chemise pour rejoindre Dee au lit. Je ne cherche pas à tirer mon coup, même si, étant donné la quantité d'alcool qu'a bue son cousin ce soir, je crois que même une orgie ne le réveillerait pas. Mais je ne m'attends pas à ce que dit Delores.

– Tu peux y aller maintenant.

Mes doigts se figent sur les boutons de ma chemise.

– Quoi ?

– J'ai dit, merci, je suis fatiguée, tu peux y aller.

Son regard est vide, son visage tendu, comme un mannequin dans une vitrine.

J'avance vers elle, essayant de passer outre son attitude.

– Dee, je sais que t'es contrariée…

– Ou peut-être que je ne veux pas que tu sois là, Matthew. Peut-être que je veux être seule.

Et, oui, au cas où vous vous poseriez la question, ça, c'est mon visage *pas content*. La mâchoire serrée, les lèvres pincées, les yeux brûlants d'adrénaline. Je suis furieux d'entendre ses mots, son attitude, sa putain d'incapacité à nous voir moi et notre relation sans laisser son passé noir tout pourrir.

– T'as pas envie d'être seule. T'as juste peur. Tu vois Kate et ton cousin et t'as pas envie de ressentir ce qu'ils ressentent…

Elle applaudit lentement, de façon sarcastique.

– Quelle déduction brillante, Sherlock. Laisse tomber les Chippendales, si jamais la banque ça marche pas, je crois que tu devrais devenir psy.

Je passe ma main dans mes cheveux, essayant de retenir la frustration qui me donne envie de passer mon poing à travers le mur de sa chambre.

– Putain, cette façon que tu as de me repousser, ça commence à vraiment me soûler, Delores.

– Eh bien, tu vois la porte ? dit-elle en la montrant du doigt. Pourquoi tu ne vas pas te chercher un nouveau jouet tout neuf ?

Ma voix n'est pas forte, mais elle est tranchante :

– Bonne idée. C'est ce que je vais faire.

Puis je fais demi-tour et quitte cette putain de chambre.

Je parviens jusqu'au salon, ma main est sur la poignée de la porte d'entrée, mais je m'arrête. Parce que c'est exactement ce à quoi elle s'attend. Que je lâche l'affaire. Que je l'abandonne.

Que je *nous* abandonne.

Dee préfère mettre le premier coup pour jeter l'éponge ensuite plutôt que de risquer d'être blessée plus tard.

Je le sais. J'en suis certain, de la même façon que je sais qu'elle ne veut pas vraiment que je parte.

Qu'elle ne veut pas que je la laisse toute seule.

Ma main retombe et je retourne dans sa chambre. Elle est assise au bord du lit, me tournant le dos.

– Je ne pars pas. Tu veux gueuler ? Tu peux me gueuler dessus. T'as envie de frapper quelque chose ? Je suis prêt. Ou bien on peut ne pas parler du tout. Mais… je ne pars pas.

Je m'assois sur le lit et enlève mes chaussures, qui sont suivies de près par le reste de mes vêtements. Dee glisse sous les couvertures, puis elle éteint la lumière, mais la chambre reste un peu éclairée. Il y a suffisamment de lumière provenant par la fenêtre pour distinguer sa silhouette : elle est sur le dos, le regard fixé au plafond. En boxer, je glisse sous les couvertures à côté d'elle. Dès que ma tête est sur l'oreiller, elle se rapproche, se tournant sur le côté, appuyant son front contre mon bras.

– Je suis contente que tu sois resté.

Je passe mon bras autour d'elle, rapprochant nos corps ; sa joue est maintenant sur mon torse, sa main sur mon ventre, nos jambes sont entrelacées. Delores murmure :

– Qu'est-ce que je suis censée faire, demain ? C'est Thanksgiving. Kate, Billy et moi on devait passer la journée ensemble et aller au resto manger un steak.

Je fronce les sourcils.

– Un steak ?

Je la sens hausser les épaules.

– Tout le monde mange de la dinde. Je déteste faire comme tout le monde.

Je ne peux pas m'empêcher de sourire.

–Je ne peux pas choisir l'un plutôt que l'autre, poursuit-elle. Ça va être suffisamment dur comme ça et je ne veux pas que l'un des deux se sente seul. Si Steven et Alexandra se séparaient, avec lequel tu choisirais de passer la journée ? me demande-t-elle en levant les yeux vers moi.

Je caresse son dos, incapable de savoir quoi faire pour l'aider.

–Je ne sais pas.

Elle repose sa tête sur mon torse. Et j'ajoute :

–T'as pas besoin de choisir. Tu peux les lâcher tous les deux et venir chez les parents de Drew avec moi.

Elle émet un rire nasal.

–Non, je ne peux pas faire ça.

Je ne pensais pas vraiment qu'elle accepterait.

Je lui suggère une autre option.

–Ton cousin va dormir pendant encore longtemps. Et quand il se réveillera, je peux te garantir qu'il ne voudra pas aller manger un steak. Laisse un mot à Billy, retrouve Kate pour un brunch, passe l'après-midi avec elle, et emmène ton cousin dîner le soir.

–Mais les deux vont quand même être seuls pendant une partie de la journée.

–Ils sont adultes, Dee. Ils vont devoir gérer. Et, qui sait, peut-être que demain ils vont se rabibocher.

–Je ne crois pas, murmure-t-elle. C'est probablement mieux si ce n'est pas le cas.

–C'est plus ou moins ce qu'a dit ton cousin aussi.

Elle pose un léger baiser sur mon torse, tout doux.

–C'est juste… triste. C'est la fin d'une époque.

Je la serre contre moi. Dee penche la tête pour me regarder.

– Matthew, ces dernières semaines, toi et moi… je…

Elle fait une pause et humidifie ses lèvres.

– Je… je suis vraiment heureuse que tu sois resté ce soir.

– Moi aussi.

Après quelques minutes, sa respiration devient régulière et profonde. Je pense qu'elle dort, jusqu'à ce que j'entende une petite voix qui me dit :

– Juste… ne me fais pas de mal… ok ?

Je passe ma main dans ses cheveux et la serre fort.

– Jamais, Delores. Promis.

Ce sont les derniers mots que nous prononçons avant de tous les deux nous endormir.

***

Tôt le lendemain matin, Dee se réveille juste assez longtemps pour me dire au revoir. Je passe devant Billy, toujours plongé dans un coma profond sur le canapé, et rentre chez moi prendre une bonne douche. Puis je prends ma moto pour aller à la maison de campagne des parents de Drew pour les festivités du jour.

Tous les suspects habituels sont présents : John et Anne, Steven et Alexandra, George, et mes parents. J'enchaîne les poignées de main et les bises qui m'attendent dans la véranda à l'arrière de la maison. Elle offre une vue panoramique sur le jardin immaculé, ainsi qu'une vue sur Drew et Mackenzie chacun d'un côté de la balançoire à bascule sur laquelle nous jouions quand nous étions petits, il y a bien longtemps.

Bien qu'ils semblent engagés dans une conversation sérieuse, je vais quand même dans le jardin me joindre à eux. Drew dit à Mackenzie que je suis là et elle descend de la balançoire, court vers moi et se jette dans mes bras comme si elle ne m'avait pas vu depuis des mois. J'en profite un maximum et lui fait un long câlin, ses petits bras entourant mon cou.

Puis je la repose et on retourne vers Drew.

– Salut mec, me dit-il.

– Quoi de neuf ? je lui demande. T'es parti tôt hier soir ? Je ne t'ai pas revu à la fête.

Il hausse les épaules.

– Je n'avais pas la tête à ça. Je suis allé à la salle de sport et je suis rentré me coucher.

Merde. Ce genre d'attitude est bizarre venant de Drew, et je me demande si ça a quelque chose à voir avec son attitude de chieur envers Kate et Billy à la fête.

– T'as traîné avec cette Delores ?, me demande-t-il.

J'acquiesce. Et décide de tester la situation.

– Elle, Kate, et Billy.

Il secoue la tête.

– Ce mec est un lèche-cul.

Mackenzie vient vers nous et nous tend le Pot à Gros-Mots, l'invention d'Alexandra pour qu'on se comporte bien devant sa fille. C'est à la fois super chiant, et vraiment drôle.

– Il n'est pas si horrible que ça.

Drew répond : « Les imbéciles m'énervent. » Et il perd un dollar de plus.

Je crois qu'il le fait exprès, qu'il jure plus que si le pot n'existait pas. Comme une sorte de psychologie inversée, pour faire savoir qu'il ne se fera manipuler ni par le système, ni par sa sœur.

Et vous vous demandez peut-être pourquoi je ne lui ai pas dit pour Billy et Kate ? La réponse est simple : les mecs ne sont pas des commères. On ne parle pas de ce genre de conneries ; des problèmes de cœur des autres. On parle à peine de nos propres problèmes de cœur. C'est aussi simple que ça.

En plus, Drew sauterait sur Kate comme une fourmi sur du miel s'il savait qu'elle avait été larguée. Parce que tout le monde sait que les nanas qui se sont fait larguer sont comme des fruits sur un arbre. Elles sont faciles à cueillir. Je pense que ça lui donnerait un avantage injuste dans leur petite guerre des sexes. Un avantage dont il n'a pas besoin.

Pour finir, les couples se séparent tous les jours… pour se remettre ensemble le lendemain. En dépit de ce que pense Dee, Billy avait l'air vraiment bouleversé. J'ai le sentiment qu'il va faire un dernier essai avant que la partie soit vraiment terminée.

D'ici là, il n'y a aucune raison de donner un faux espoir à Drew.

– Alors, il se passe quoi entre toi et Delores ?

Je souris et décide de ne pas entrer dans les détails.

– On traîne ensemble. Elle est cool.

– Je suppose que tu l'as baisée ?

Je fronce les sourcils. Parce que même si je sais qu'il n'a pas l'intention de lui manquer de respect, Dee n'est pas n'importe quelle meuf. L'entendre parler d'elle comme si elle l'était me paraît irrespectueux. Alors je le remets à sa place.

– C'est pas ce genre d'histoire, Drew.

Et maintenant, il est perdu.

– Alors c'est quel genre, Matthew ? Tu n'as pas traîné avec nous depuis des semaines. Je comprends qu'elle te tienne par les couilles et que tu ne veuilles pas sortir si tu te la tapes. Mais sinon, c'est quoi l'histoire ?

J'attends que Mackenzie s'approche de nous avec son Pot à Gros-Mots… mais elle ne le fait pas. Je suppose qu'elle n'écoutait pas.

Puis j'essaie de faire en sorte que Drew comprenne, mais comme il n'a jamais aimé personne d'autre qui lui-même, je ne sais vraiment pas par où commencer.

– Elle est juste… différente. C'est dur à expliquer. On parle, tu sais ? Et je pense sans cesse à elle. C'est comme si la minute où je la déposais chez elle, il me tarde déjà de la revoir. Elle… elle me rend dingue. J'aimerais que tu puisses comprendre ce que je veux dire.

Il me met en garde.

– T'es en territoire ennemi, mec. Tu vois ce que doit endurer Steven. Ce chemin mène au côté obscur. On a toujours dit qu'on n'irait pas. T'es sûr de toi ?

Je continue de sourire. Et, adoptant la meilleure imitation de la voix de Dark Vador possible, je lui dis :

– Tu ne connais pas le côté obscur de la force.

***

Ce repas de Thanksgiving mérite vraiment d'être raconté pour les générations à venir. Il mérite un album photo à lui tout seul. Si j'avais eu mon appareil sur moi, j'aurais pu garder des preuves de ce fiasco hilarant. J'ai été idiot de penser que Mackenzie, à l'ouïe surhumaine, n'avait pas entendu Drew dire que Dee me tenait par les couilles. Bien sûr qu'elle l'a entendu. La raison pour laquelle elle ne l'a pas fait payer, c'est qu'elle ne savait pas que c'était un gros mot.

Après qu'elle l'a répété à table le jour de Thanksgiving… là elle l'a compris. Et putain, quel bordel !

Je ne peux pas m'empêcher de rire quand j'y repense. Le souvenir de sa question à Steven, « C'est quoi tenir par les couilles, Papa ? », sera à jamais gravé dans mon esprit comme la chose la plus drôle que j'ai entendue de toute ma vie. J'étais tellement choqué que j'ai craché une olive noire qui a presque aveuglé Steven quand elle l'a touché dans l'œil. Le père de Drew s'est presque étouffé avec son morceau de dinde et ma mère a renversé son verre de vin ; laissant un souvenir indélébile de cet enchaînement tragique sur la nappe en dentelle d'Anne Evans.

Absolument magique.

Alexandra était véritablement furax. Et c'était justifié. Bien sûr, si sa colère avait été dirigée contre moi, je ne trouverais probablement pas ça aussi drôle. Mais c'est Drew qui en est la cible, alors je ris en repensant à la bombe qu'a posée Mackenzie et aux dégâts que ça a causé pendant tout mon trajet de retour.

J'aurais juste aimé que Delores soit là pour le voir. À propos de Dee, avant d'arriver à New York, je m'arrête pour faire le plein et j'en profite pour l'appeler et lui demander comment s'est passée sa journée.

– Mieux que ce à quoi je m'attendais. Par contre, est-ce que je peux dormir chez toi ce soir ? Mon cousin exprime ses émotions en chanson. Et même si j'adore l'écouter chanter, si j'entends encore une autre putain de chanson qui parle de son cœur brisé, notre intox alimentaire aura l'air d'un simple gargouillis à côté de ce que je vais lui faire.

Ma vie vient de devenir encore plus parfaite. Je sais que, quand les choses ont commencé entre Dee et moi, elle disait qu'elle n'était pas branchée *relations sérieuses*. Et je sais qu'elle a ses moments de doute ; mais regardez où nous en sommes aujourd'hui. Elle vient vers moi, elle me demande de rester chez moi. C'est un signe énorme. Ça veut dire qu'elle veut les mêmes choses que moi. Qu'on est sur la même longueur d'ondes. Qu'elle est investie, qu'un avenir l'intéresse. Un avenir avec moi.

Je ris dans le téléphone.

– Bien sûr, je serai chez moi dans trente minutes. Ramène-toi poupée.

***

Après la pluie vient le beau temps. C'est une expression connue. Une expression bien moins connue, mais tout aussi vraie, est *L'orgueil précède la chute.*

Vous vous souvenez quand je vous ai dit, il y a un moment, que les femmes devaient arrêter de jouer les victimes ? Arrêtez d'analyser toutes les actions d'un mec, en vous disant qu'il pense plus que ce qu'il vous dit, et qu'il fallait accepter qu'il n'y a pas de sens caché à ses paroles ? J'étais tellement dingue de Dee, et tellement décidé à prendre ce qu'on avait et de partir avec en courant sans réfléchir, que j'ai ignoré mes propres conseils.

Le mythe d'Icare, ça vous parle ?

J'imagine que vous ne vous attendiez pas à une leçon de mythologie grecque, mais laissez-moi la faire quand même. Icare était le fils d'un artisan célèbre. Son père lui avait fabriqué des ailes en plumes et en cire, et il l'avait prévenu, avant de le laisser prendre son envol, de suivre la trajectoire prévue et de ne pas voler trop haut. Icare était d'accord.

Mais une fois dans les airs, Icare a été tellement emballé par la sensation incroyable que le vol lui procurait, par la beauté et la chaleur du soleil, qu'il oublia l'avertissement de son père. Il ignora les signes qui étaient devant lui parce qu'il était certain de savoir où il allait. Il pensait que tout était sous contrôle.

Vous devinez la suite. Ouais, Icare s'est brûlé. Ses ailes se sont effritées et il a chuté violemment sur Terre.

Hélas… Je comprends ce qu'il a ressenti.

CHAPITRE 16

La Bible dit qu'il y a un temps pour toute chose sous le soleil. Un temps pour la paix et un temps pour la guerre, un temps pour semer et un temps pour récolter… un temps pour aimer… et un temps pour *dire* à une femme que vous l'aimez.

La Bible ne dit pas vraiment ça. Mais elle devrait le dire. Parce qu'un nombre incroyable de pauvres idiots font l'erreur de le dire au mauvais moment.

Comme après avoir fait l'amour. *Erreur*. Si vous faites ça, c'est que vous cherchez les ennuis.

Ou pendant une dispute. *Grosse erreur*. Il y a une raison si la chanson des Doors « Love Her Madly » est toujours aussi populaire aujourd'hui. Parce que les paroles « Don't you love her as she's walking out the door[19] » sont intemporelles. Les hommes n'aiment pas perdre. Ni un pari, ni leur tee-shirt préféré, ni leur petite amie. Dans une tentative désespérée de ne pas perdre la dernière, on est capable de dire quelque chose d'idiot, quelque chose qu'on ne pense pas vraiment.

---

19 « Comme tu l'aimes alors qu'elle claque la porte ».

Mais pour moi, ce soir, c'est le moment parfait pour que notre relation passe à l'étape suivante. J'ai fait faire un double de la clé de chez moi, et, quand je la mettrai dans ses mains, je lui dirai que je suis en train de tomber amoureux d'elle.

Sérieusement, vous êtes surpris, là ? Non, mais vous auriez dû le voir venir quand même !

J'y ai beaucoup pensé ces derniers temps. C'est arrivé progressivement, et je pense que c'est mieux. En quatre semaines, Dee est passée de la meuf que j'ai envie de me taper à la nana avec qui j'avais envie de passer du temps, à la fille qui me plaisait beaucoup… à la femme sans qui je ne peux pas vivre.

Je pense à elle tout le temps, j'ai besoin d'elle, elle me manque dès qu'on n'est plus ensemble, même si on vient de passer quatre jours non-stop. Elle est drôle, belle et intéressante… et, oui, bien sûr elle est aussi parfois un peu chiante. Mais, comme je vous l'ai dit au début, je l'aime *pour* ses bizarreries, pas en dépit de ses défauts.

La dernière semaine a été incroyable. Billy squatte encore chez elle, donc à l'exception des moments où elle allait s'assurer qu'il était vivant, elle était ici avec moi. Mais je veux quand même davantage. Ces derniers jours, il y a eu plein de moments où j'aurais pu lui faire ma déclaration, mais je voulais que ce soit mémorable. Spécial. Quelque chose qu'elle serait fière de raconter à Kate, ou, un jour, à nos enfants. Les nanas adorent ce genre de truc.

Je ne lui ai pas encore parlé aujourd'hui. Je n'ai pas mis les pieds au bureau de la journée, j'ai enchaîné les rendez-vous avec les clients. Mais elle vient ce soir et j'ai tout prévu. Vous voulez un aperçu ?

On va commencer par une petite balade à Jersey Shore. Mes parents m'y emmenaient quand j'étais petit. On est en décembre, mais la plupart des manèges et des stands de jeux sont ouverts toute l'année. L'endroit baigne dans une magie indescriptible ; l'aura des jours où tout était simple, une beauté nostalgique. Je tiendrai la main de Delores, dépenserai trente dollars pour lui acheter un nounours qui en vaut deux, à un de ces jeux où il faut dégommer des boîtes de conserve avec une balle de baseball. On fera des autotamponneuses, peut-être un manège, puis on partagera des churros délicieux – et loin d'être diététiques.

Puis on enlèvera nos chaussures pour aller sur la plage, suffisamment près de l'eau pour qu'on aperçoive les vagues au clair de lune, mais sans se mouiller. Il fera froid, alors elle s'appuiera sur moi et je la serrerai dans mes bras pour lui tenir chaud. Enfin, avec les vagues s'écrasant en bruit de fond, je lui dirai.

Qu'elle a changé ma vie. Que je veux partager ce qu'il en reste avec elle. Que rien n'est comme c'était il y a quatre semaines. Que grâce à elle tout est incroyablement mieux. Je ne pense pas qu'elle aura la trouille, mais c'est une éventualité. Si c'est le cas, je lui dirai qu'elle n'a rien besoin de répondre. Je suis assez patient comme mec. Je peux attendre.

Puis on se bécotera. Et ce sera super. Baiser sur la plage n'est pas aussi cool qu'on le dit. Le sable n'est pas l'ami des parties génitales. Mais… si Dee est intéressée, c'est pas moi qui vais lui dire non.

***

Quand j'entends la porte de mon appartement s'ouvrir, je vérifie ma coiffure dans le miroir de la salle de bains. *Nickel.* Puis je vais dans le salon, tout sourire, jusqu'à ce que je voie le visage de Delores.

Elle est furax. Dans une bande dessinée, de la fumée sortirait de ses oreilles. Des mots jaillissent de sa bouche comme des balles lors d'une fusillade. Une embuscade dans laquelle je tombe les yeux fermés.

– Ton pote est un enculé ! Je veux que tu me dises où je peux le trouver !

– Quel pote ?

– Drew-je-vais-lui-couper-la-bite-et-lui-faire-bouffer-Evans.

Je ris, bien que ce soit une mauvaise idée.

– Tout doux Lorena Bobbitt[20]. Calme-toi.

Calme-toi. Mais qu'est-ce que je dis, putain ? Ces deux mots sont comme verser de l'eau sur de l'huile en feu ; ça fait jaillir encore plus de flammes. C'est la deuxième façon la plus efficace d'énerver une femme encore plus qu'elle ne l'est. La première, bien sûr, étant de lui demander si elle a ses règles.

– Calme-toi ? Tu veux que je me calme ? crie Dee.

– Mais qu'est-ce que t'as ?

– Ce que j'ai, espèce d'abruti insensible, c'est que je viens de partir de chez Kate. Elle est super mal ; elle est complètement bouleversée. Parce que ton pote, Drew, l'a utilisée comme sex-toy, puis il l'a traitée comme une pute qu'il n'avait même pas la force de payer.

---

20 Femme américaine devenue célèbre après avoir coupé le pénis de son mari avec un couteau.

Je savais que Drew était attiré par Kate, mais quand même, je ne peux pas m'empêcher d'être surpris.

– Drew et Kate ont couché ensemble ?

Dee croise ses bras.

– Ouais. Il était super réconfortant et gentil depuis qu'elle et Billy ont rompu. Il lui a fait croire qu'il en avait quelque chose à foutre d'elle. Elle a passé le week-end chez lui. Et ce matin, après qu'ils sont arrivés au bureau, il lui a plus ou moins dit qu'elle était nulle au pieu, et que c'était pas la peine de remettre le couvert.

J'appuie mes doigts contre mon front, essayant de digérer ce que Dee me dit ; mais ça n'a aucun sens. Drew ne ramène pas les femmes chez lui, qui qu'elles soient. Drew ne se tape pas la même meuf deux fois… en tout cas pas s'il se souvient qu'il se l'est déjà tapée. Et passer le week-end avec une nana ? Même pas en rêve.

– T'es sûre que Kate parlait de Drew ?

– Il a dit qu'elle était un putain de dossier, Matthew ! Un dossier qu'il avait terminé. Et moi je vais faire de sa tronche mon principal dossier. Kate est la plus belle personne que je connaisse. Elle a l'air solide comme ça, mais au fond elle est super sensible. Il n'a pas le droit de la traiter comme ça.

Sous la colère de Dee, il y a de la souffrance. Elle est blessée, parce que son amie est blessée. Je m'avance pour la toucher, pour la réconforter et la calmer, mais elle recule.

Je lève les bras en signe de capitulation et j'essaie de la raisonner.

– Drew n'est pas ce genre de connard, Dee. Il a beaucoup de respect pour les femmes… à sa manière.

Il aime s'éclater, sans rancune. Il ne prend pas son pied en rabaissant les meufs. Il ne mettrait pas au point tout un plan pour blesser quelqu'un, surtout… putain, surtout pas Kate.

– Eh bien c'est ce qu'il a fait !

– Kate a dû mal le comprendre, dis-je en secouant la tête.

Pendant un moment elle me regarde fixement. Son regard me balaye, de haut en bas, comme si elle me voyait pour la première fois. Puis son expression change, passant d'une expression de colère justifiée à celle d'incrédulité glaciale.

Sa voix devient un murmure sec :

– Tu prends sa défense ?

– C'est mon meilleur ami. Bien sûr que je prends sa défense !

Son menton se relève brusquement, comme si elle encaissait un uppercut.

– Alors va te faire foutre toi aussi ! siffle-t-elle.

– Pardon ?

– Si tu penses qu'il n'y a rien de mal à ce qu'il a fait, alors t'es pas la personne que je pensais. Même pas un peu.

– T'es sérieuse là ? je crie.

– Oui ! Putain mais que j'ai été conne ! Dire que je me suis laissée penser… J'aurais jamais dû laisser les choses aller aussi loin. C'est fini Matthew. Ne viens pas chez moi, ne m'appelle pas. Toi et ton connard de pote pouvez nous oublier pour de bon !

Ses paroles me frappent comme un coup de massue dans le ventre. Elles sont dévastatrices. Blessantes.

Enrageantes. Dee continue son monologue furieux, mais je n'écoute plus. Tout ce à quoi je pense c'est à quel point j'ai pu être idiot.

Aveugle.

Encore une fois.

C'est presque drôle, d'une façon déprimante et ironique. Dee m'a prévenu, plus d'une fois, qu'elle n'était pas capable de faire ça. Que ses relations se terminaient toujours mal. Mais je n'ai pas écouté. J'ai entendu ce que je voulais entendre et j'ai cru que je pouvais lui faire changer d'avis. Que si j'étais assez charmant et cool, elle verrait, comme moi, qu'on pourrait être géniaux ensemble.

Quel abruti, putain.

C'est comme pour Rosaline. Les signaux d'alarme n'étaient peut-être pas là pour les mêmes raisons, mais ils étaient là. Et je les ai ratés.

« Putain de merde ! », je gueule en mettant un coup de pied dans la table basse, mais elle ne casse pas. Alors j'y remets des coups jusqu'à ce qu'elle se casse. L'un des pieds cède et la surface en verre se brise sur le sol, coupant court au coup de sang de Delores.

Elle recule de quelques pas, l'air prudent, l'air presque effrayé de m'avoir un peu trop poussé. Et je déteste être la cause de cette expression. Mais je suis trop énervé, et trop déçu pour arrêter. Alors, au lieu de ça, j'explose.

– Tu dis que Kate a l'air solide mais qu'elle est sensible à l'intérieur ? Mais putain, Dee, et si tu te regardais dans un miroir ? T'es terrifiée. T'es rien d'autre qu'une petite fille effrayée. Tu préfères être seule et te dire que c'est ton choix que de prendre un risque sur quelque chose qui pourrait être mieux. Quelque chose qui aurait pu être incroyable. J'ai tout fait pour toi ! J'ai passé des semaines entières à marcher sur des œufs en essayant de ne pas te faire peur ! Et où est-ce que ça me mène ? Nulle part ! Tu dis que t'en as fini ? *Moi*, j'en ai terminé. Parce que ça n'en vaut pas la peine.

Elle croise les bras sur sa poitrine, essayant d'avoir l'air forte. Et elle n'a plus l'air énervée. Elle a l'air… triste.

Je prends une longue inspiration et passe ma main dans mes cheveux. Et je ris intérieurement, parce que je suis con. Pathétique.

– J'avais tout un truc prévu. J'allais t'emmener sur la plage et t'offrir une peluche. J'allais te dire que t'es la femme la plus incroyable, la plus belle, la plus fantastique que j'aie jamais rencontrée. Et j'allais te dire que je suis complètement amoureux de toi. Et maintenant… maintenant je ne peux plus dire tout ça.

Je secoue la tête. « Parce que tout ce que t'attends… tout ce que tu cherches… Parce que je ne peux pas aimer quelqu'un qui n'attend qu'une occasion de partir en courant. »

Sa voix est plus calme maintenant. Plus douce.

– Je t'ai dit… je t'ai dit que j'étais pas douée pour ça.

Ma voix à moi est sèche.

– Ouais, alors je suppose que je te crois enfin.

Je plonge mon regard dans les yeux miel-noisette de Dee. Des yeux qui en disent tant, sans qu'elle ait besoin de parler. Puis je lui tourne le dos.

– Va-t-en Dee. Juste, pars. C'est ce que t'attends depuis le début.

Je l'entends respirer. Elle attend. Puis j'entends le bruit de ses pas. Elle s'arrête près de la porte, et pendant un moment à la fois magnifique et horrible, je pense qu'elle a changé d'avis.

Jusqu'à ce qu'elle murmure : « Au revoir, Matthew. »

Je ne réponds pas, et je ne me tourne pas. Jusqu'à ce que j'entende la porte se fermer sur elle.

CHAPITRE 17

« Putain ! » Je passe les trente minutes suivantes à jurer, à faire les cent pas et à mettre des coups de pied à tout ce que je trouve sur mon chemin ; globalement furieux contre le monde entier.

« Merde ! »

Je suis furieux envers moi-même d'avoir laissé les choses aller aussi loin ; d'avoir perdu ma patience et de m'être énervé. Même de m'être engueulé avec Dee tout court. Mon auto-flagellation est bouillante et changeante et est loin d'être logique ; même moi je ne la comprends pas.

Je suis furieux contre Delores ; de ne pas me faire confiance, de ne même pas essayer, putain. De ne pas penser que ce qu'on a mérite de prendre un risque. De penser que je suis un risque tout court, alors que j'ai tout fait pour lui montrer que je n'en suis pas un.

Et je suis plus que furieux contre Drew ; mais je ne sais pas encore pour quelle putain de raison. Peut-être qu'il a envoyé chier Kate, comme l'a dit Dee. Et si c'est le cas, c'est un enculé. Et ses conneries d'enculé me retombent dessus. Et je suis même agacé qu'il se soit tapé Kate tout court ; qu'il ait enfreint sa règle à la con qui lui est si précieuse et qui avait visiblement une raison d'exister. *Cette* raison. Parce que, comme un kamikaze, ses actions ont des conséquences douloureuses pour tous ceux qui l'entourent.

Mais, surtout, je suis furieux que Drew ne décroche même pas son putain de téléphone pour que je puisse comprendre ce qui s'est passé.

« Fait chier ! »

Les mecs ne sont pas bavards. Le téléphone n'est pas une nécessité pour nous, excepté pour savoir où est-ce qu'on se retrouve, ou bien pour connaître le score des derniers matchs de baseball. Mais cette fois-ci est l'une des rares fois où j'ai vraiment besoin de lui parler. Et il ne décroche pas. J'appelle Erin, la secrétaire de Drew, qui est encore au bureau. Elle m'informe qu'il est rentré dans l'après-midi parce qu'il était malade, probablement la grippe.

Putain, parfait.

Et puis merde. Je laisse tomber le téléphone, je prends mes clés, et je vais chez Drew, pour que cet abruti me raconte sa version de l'histoire.

Mais quand j'arrive chez lui, il ne répond pas.

Je cogne sur la porte pour la troisième fois, ou peut-être est-ce la trentième.

– Drew ! Ouvre cette putain de porte ! Qu'est-ce qui s'est passé aujourd'hui ? Drew ?

Rien. J'arrête et j'écoute pour essayer d'entendre un signe de vie à l'intérieur de l'appartement, mais tout ce que j'entends, c'est du silence. Pas même un bruit de pas ou le couinement des ressorts du canapé. Il y a de bonnes chances qu'il ne soit même pas chez lui.

Ce qui veut dire que, là, tout de suite, je n'ai plus aucune option.

Fulminant, je quitte l'immeuble, monte sur ma moto et conduis vite, et brusquement. Mais c'est une bonne chose. Car ne rien sentir est tellement mieux que de sentir ce manque. De ce que Dee et moi avions, et de tout ce qu'on aurait pu avoir.

Je roule pendant des heures. J'essaie de lâcher prise. J'essaie d'oublier cette journée… et les quatre semaines qui ont précédé cette journée.

***

Je gare ma moto dans le parking et descends ; ankylosé et frigorifié par la balade. Je n'avais pas conscience d'espérer que Delores soit là à m'attendre. Ayant réalisé qu'elle a commis une grave erreur, se pointant devant ma porte pour me supplier et s'excuser. *Surtout pour me supplier.*

Mais je me rends compte que c'est précisément ce que j'attendais… quand j'arrive devant chez moi et que je vois qu'elle n'est pas là.

Et la déception m'accable.

Et ça s'intensifie quand je scanne mes appels manqués et que je vois qu'aucun n'est de Dee.

Mais je ne suis pas tenté de l'appeler.

Je suis frustré et elle me manque ; mais je ne vais pas l'appeler. Je ne vais pas lui courir après. Pas cette fois. Plus jamais, d'ailleurs.

Drew ne m'a pas rappelé non plus. Je suis impatient d'être au bureau demain ; je le verrai, il me racontera tout… et je mettrai un coup de poing dans sa tête d'abruti. Je me sentirai nettement mieux.

Ne vous en faites pas, je ne vais pas le défigurer. Même s'il ne s'entraîne pas aussi souvent que moi, Drew n'est pas une mauviette. Il sait se défendre. Et, contrairement à ma relation avec Dee, notre amitié survivra. Quelques coups, entre amis, c'est vraiment pas grand-chose.

Comme je n'ai plus d'appétit, je saute le dîner. Je prends juste une douche et m'écroule, nu et trempé, sur mon lit. Mais quand mon visage s'enfonce dans l'oreiller, je la sens. Le parfum de sa peau, de ses cheveux ; sucré et épicé, des pommes et de la cannelle. Unique.

Et mon cœur se resserre.

Au lieu de me lever et de dormir dans le canapé, comme je devrais probablement le faire, je serre l'oreiller et m'enroule dans la couette, m'enveloppant dans le souvenir de Dee, jusqu'à ce que je m'endorme.

Pathétique, non ?

Ouais, c'est aussi ce que j'étais en train de me dire.

***

Mardi matin, je me traîne au bureau ; de mauvaise humeur, débraillé, épuisé ; même si j'ai eu un sommeil de plomb. Et j'apprends tout du spectacle que Billy Warren a mis au point pour Kate, et je me demande s'ils se sont remis ensemble. En matière de geste grandiose, on peut difficilement faire mieux qu'une sérénade romantique et publique dans un hall plein de fleurs. Mais si Kate s'est remise avec Billy, pourquoi elle en aurait quelque chose à foutre de ce que Drew ressent pour elle ?

Tout au long de cette journée pourrie, je vérifie si Drew se pointe. Mais ce n'est pas le cas. Et je me dis qu'il est peut-être vraiment malade. Et je me demande si ce qui s'est passé avec Kate, et la possibilité qu'elle se soit remise avec son ex juste après, ne l'a pas atteint plus que ce qu'il ne l'a laissé paraître.

Je passe mon temps à penser à ça… pour ne pas penser à Dee. Mais, bien sûr, mon cerveau trouve un moyen de l'incruster dans mes pensées.

Des pensées abondantes et douloureuses.

À propos d'où elle est, de ce qu'elle ressent. Je me demande si elle se sent aussi mal que moi.

Erin nous réunit, Steven, Jack O'Shay et moi, et nous demande de suivre pour Drew ses dossiers tant qu'il n'est pas là. Tout comme il l'est lui-même, ses clients sont pourris gâtés, et ils ont tendance à paniquer s'il n'est pas là pour leur tenir la main. Je prends quelques-uns de ses dossiers parce que, même si en ce moment je pense que c'est un pauvre con, je ne vais pas le laisser couler sa carrière pour ça.

La charge de travail supplémentaire fait passer ma journée plus vite, et avant même que je ne m'en sois rendu compte, il est l'heure de rentrer. Je vais à la salle de sport, même si je me sens épuisé jusqu'à la moelle, et je me soumets à un entraînement féroce et à un combat brutal.

Parce que c'est ce que font la plupart des mecs quand ils souffrent. Ils se punissent. Ou bien, comme le patron qui passe sa vie à aboyer sur les gens parce qu'il a besoin de tirer son coup, ils pourrissent ceux qui les entourent.

Après le sport, je m'arrête chez Drew, désormais calmé. Il n'ouvre toujours pas la porte, mais cette fois-ci j'entends la télé. Je crois qu'il regarde *Présentateur vedette : La Légende de Ron Burgundy*.

Je cogne contre la porte. « Ouvre-moi, abruti ! »

La seule réponse que j'entends est le rugissement de Sex Panther, une réplique du film. Je frappe de nouveau.

– Allez, mec. T'es pas le seul à avoir des problèmes, tu sais.

Comme il ne répond pas, je commence vraiment à m'inquiéter.

– Drew, sérieusement, il faut que tu me donnes un signe de vie, là. Sinon, je vais supposer que t'es vraiment en train de mourir et je vais appeler les pompiers.

Une minute s'écoule. Puis une autre. Et, quand je suis sur le point de sortir mon téléphone, quelque chose frappe l'autre côté de la porte. Comme si un objet avait été jeté dessus. Une balle de baseball peut-être.

Bam.

– Drew ? C'était toi ça ?

Bam.

– T'as besoin que j'enfonce la porte ?

Bam… Bam.

Je réfléchis un moment. Puis, pour être sûr d'avoir compris, je demande :

– Alors, c'est un coup pour oui, deux coups pour non ?

Bam.

Eh bien je suppose que ça va devoir suffire pour le moment. Je m'assois par terre et m'appuis contre la porte de Drew. Et je commence à parler, à poser des questions auxquelles il peut répondre par oui ou non. Et je me sens un peu con. Comme un ado dans un film d'horreur, communiquant avec l'au-delà avec une oui-ja[21], et qui est trop con pour se rappeler que ce genre d'interaction ne finit jamais bien.

– Erin nous a dit que tu lui avais envoyé un sms. T'as vraiment la grippe ?

Bam.

– Est-ce que Kate et toi vous avez couché ensemble le week-end dernier ?

Bam.

– Et c'était aussi bien que tu te l'étais imaginé ?

Bam… Bam.

Vous êtes peut-être surpris par sa réponse. Moi je ne le suis pas.

– C'était encore mieux ?

Il marque une pause lourde de sens. Et puis… *Bam.*

– Est-ce que tu t'es comporté comme un connard avec elle après ?

Bam… Bam.

Non. Donc Dee avait mal compris. Et puis, Drew explique mieux. *Plus ou moins.*

Bam.

Non, et oui. Drew a bien été un connard avec Kate… mais il a l'air de penser qu'il a raison de l'avoir été. Passons.

– Delores a rompu avec moi. À cause de la manière dont tu as traité Kate. Et elle me plaisait vraiment, mec. Je… je suis tombé amoureux d'elle.

Ma voix devient plus forte. Irritée.

21 Planchette de bois utilisée lors des séances de spiritisme.

– T'en as quelque chose à foutre ? Est-ce que t'es désolé au moins ?

Il marque une autre pause. Puis… *Bam.*

Même si je suis content de savoir qu'il s'en veut, ça ne m'aide pas du tout.

Et, en fin de compte, ce n'est pas vraiment à cause de Drew si Dee et moi avons rompu. C'était entièrement notre faute. Son refus de m'accorder sa confiance… et mon refus de continuer à la convaincre que je la méritais.

Quoi que Drew ait dit à Kate, ça le fait clairement souffrir. Donc je décide de lâcher l'affaire.

– En vérité, ce n'est pas entièrement à cause de toi. On avait… des problèmes. Des problèmes que je pensais pouvoir régler… mais… elle n'en avait pas autant envie que moi. Tu sais comment c'est.

Bam.

– T'as l'intention de rester là pour toujours ?

Bam… Bam.

– T'as besoin de quelque chose ? Y a-t-il quelque chose que je peux faire ?

Bam… Bam.

Je hoche la tête, même s'il n'y a que moi qui le sais.

– Est-ce que tu veux que je revienne demain ?

Il y a un moment de silence ; je suppose qu'il réfléchit. Puis il répond.

Bam.

***

Je rentre chez moi et ne fais rien d'autre que regarder la télé toute la soirée. Mon visage a la même expression pendant des heures : déprimée. En zappant, je tombe sur une de ces pubs interminables, une pub pour une compilation des meilleures chansons des années quatre-vingt. Et « One More Night » de Phil Collins retentit dans l'appartement. C'est la partie du morceau où il se demande s'il doit rappeler une fille.

Et c'est comme un film de science-fiction flippant, comme si la télé lisait dans mes pensées. Je fixe mon téléphone du regard. Je réfléchis.

Comme un Jedi, je tente d'utiliser la force pour convaincre mon téléphone de retentir…

Sonne, connard. Sonne.

Je le prends, mes doigts frôlant les touches. Et je compose les neuf premiers chiffres du numéro de Dee…

Jusqu'à ce que les paroles suivantes à la télé me rappellent qu'elle n'est peut-être pas seule.

Je balance mon téléphone, comme s'il était brûlant. Puis je plante ma tête dans le coussin et crie dedans de toutes mes forces.

« Putain de merde ! »

La musique de la pub change. Maintenant c'est « Against All Odds », une chanson qui parle d'un mec qui a tellement de choses à dire à une fille, mais elle ne se retourne jamais vers lui et il ne peut jamais les lui dire.

Vous savez, Phil Collins a dû tomber sur une nana qui l'a complètement pourri. Vraiment.

Je chante quelques-unes des paroles, parce que vous serez les seuls à être au courant. Et que, pour une chanson des années quatre-vingt, elle est pas mal.

Oh, regardez, « Total Eclipse of the Heart » vient de passer. Pour compléter le trio parfait des morceaux qui vous donnent envie de vous suicider.

Super.

Veuillez m'excuser un instant, je vais m'ouvrir les veines dans la salle de bains.

CHAPITRE 18

Mercredi matin, il y a une réunion générale au travail. J'écoute à peine ce qui est dit, je suis à moitié dans le coma. Lorsque la réunion est terminée, tout le monde sort de la salle de conférences. Tout le monde excepté Kate, qui est encore assise, à trier et à organiser des piles de papiers et de dossiers.

C'est la meilleure amie de Delores, donc oui, ça signifie qu'il y a un code. Aussi impénétrable qu'un secret d'État. Cela dit, à ce stade, je n'ai plus rien à perdre.

– Salut.

– Salut Matthew, répond-elle en souriant.

Je ne tourne pas autour de pot.

– Est-ce que… Est-ce qu'elle parle de moi ?

Kate baisse les yeux.

– Non, pas un mot.

Ouais, eh bien c'est vraiment dur à entendre.

Mais je n'abandonne pas pour autant.

– Est-ce qu'elle pense à moi ?

Le regard de Kate est compatissant ; un peu triste. Je ne sais pas si la tristesse est pour moi ou pour Delores.

– Tous les jours. Toute la journée. Elle n'est pas sortie, elle… traîne et regarde des films. Elle ne veut pas l'admettre, mais je sais que c'est à cause de toi, m'avoue-t-elle en chuchotant.

Eh bien… Je suppose que c'est déjà ça. Les malheureux n'aiment pas être seuls, et le malheur de Delores me rassure un peu. Au moins je ne suis pas le seul à déprimer.

– Matthew, pourquoi tu ne l'appelles pas ? Les couples s'engueulent parfois, ça ne veut pas dire que c'est fini.

Je secoue déjà la tête.

– Je ne peux pas faire ça. Delores aime qu'on lui coure après, et je le comprends. Mais, au bout d'un moment, il faut qu'elle arrête de courir et qu'elle me laisse la rattraper. J'ai pris des risques pour elle, pour lui montrer qu'elle compte pour moi. Que je veux que notre relation dure, si elle le veut. Mais c'est à son tour maintenant. Il faut qu'elle me montre qu'elle le veut aussi.

L'orgueil n'est pas toujours un défaut. Parfois ça peut être ce qui vous évite d'avoir l'air d'un abruti. D'ailleurs, pas seulement d'avoir l'air d'un abruti, ça peut aussi vous éviter d'en être un tout court.

– J'ai déjà été avec quelqu'un qui… voulait autre chose. Qui voulait *quelqu'un* d'autre. Je ne vais pas refaire la même erreur.

Kate hoche la tête en souriant.

– Ok. Ça vaut ce que ça vaut, mais j'espère que Dee va vite ouvrir les yeux.

– Merci.

Je fais quelques pas vers la porte, puis je m'arrête. Parce que même si je n'ai pas vu Drew, tout me pousse à croire qu'il souffre. Qu'il panse ses plaies.

Des plaies fatales.

Et mon intuition me dit que Kate panse le même genre de blessure ; mais qu'elle est plus douée pour le cacher.

– Écoute Kate… à propos de ce qui s'est passé avec Drew…

Tous les signes d'amitié disparaissent de son visage. Ses yeux sont durs, ses lèvres pincées, et elle me coupe la parole d'un ton sec.

– Non, Matthew. Juste… non.

Je suppose que Drew n'est pas le seul à être déterminé à faire silence radio.

– Ok, dis-je en posant ma main sur son épaule, affectueusement. Passe une bonne journée.

Elle sourit timidement et je retourne à mon bureau.

***

Ce soir-là, je passe chez Steven et Alexandra pour garder Mackenzie pendant qu'ils vont au cinéma. Alex m'ouvre la porte, scrute mon expression plus longtemps qu'il n'est nécessaire et regarde derrière moi. En voyant que je suis seul, la compassion adoucit son expression.

Elle me serre dans ses bras et me dit :

– Tu sais, Matthew, parfois la différence peut être trop importante.

J'avale difficilement ma salive.

– Oui, je sais, Alex.

Cependant, nous n'avons pas le temps de nous morfondre, car une petite blonde déboule dans le couloir, portant une chemise de nuit de princesse bleue, tenant un nounours usé dans la main. Elle s'écrase contre mes jambes et entoure ses bras autour de mes genoux.

– T'es arrivé !

Je me baisse pour la prendre dans mes bras.

– Salut princesse !

– Tu veux jouer à la dînette, tonton Matthew ? Tu peux être Buzz l'Éclair, et moi je serai Mme Nesbitt.

– Je crois que je vais plus m'amuser ce soir que tout le reste de la semaine !

Je suis récompensé par un sourire dents de lait magnifique. Et pour la première fois depuis des jours, la boule que j'ai au ventre rétrécit un peu.

Steven aide Alexandra à mettre son manteau, et ils embrassent tous les deux Mackenzie.

– Au lit à huit heures, me dit Alexandra. Et ne la laisse pas négocier.

– Je ne sais pas si je peux résister à ses grands yeux bleus innocents.

Elle sourit.

– Sois fort.

Ils partent, et je ferme la porte à clé. Pendant la demi-heure qui suit, je joue à la dînette avec Mackenzie et des poupées Barbie. Puis on construit un mur avec des Jenga et on le démolit avec sa voiture téléguidée. Juste avant l'heure du coucher, on fait quelques lancers francs dans le panier de basket Fisher-Price que je lui ai offert pour son anniversaire.

Une fois que je l'ai bordée, elle me demande de lui lire une histoire et extirpe un livre Disney de sous son oreiller.

Cendrillon.

Mackenzie câline son ours et me regarde avec des yeux qu'elle arrive à peine à garder ouverts. Lorsqu'on arrive au moment de la déclaration du Prince Charmant, elle me demande :

– Tonton Matthew ?

– Oui ?

– Pourquoi Cendrillon elle a pas été voir le prince avec sa pantoufle ? Pourquoi elle a pas dit « C'est moi » ? Pourquoi elle a attendu ?

Je réfléchis à sa question et je ne peux pas m'empêcher de voir des ressemblances avec mon histoire avec Delores.

– Peut-être… peut-être que Cendrillon n'était pas certaine des sentiments du prince. Peut-être qu'elle avait besoin que ce soit lui qui fasse le premier pas ; pour qu'elle sache qu'il l'aime.

Putain mais c'est tellement glauque. Je parle de ma vie sentimentale avec une gamine de quatre ans ? Sérieusement ?

Les puissants sont vraiment tombés bien bas.

Mackenzie hoche la tête pour me montrer qu'elle a compris. Je reprends ma lecture, jusqu'à ce que…

– Tonton Matthew ?

– Oui ?

– Pourquoi le prince il savait pas que c'était Cendrillon ? S'il l'aimait, il se souviendrait d'elle, de à quoi elle ressemble, non ?

Je repense au sourire taquin de Dee, à ses lèvres parfaites, à la chaleur et à la tendresse de ses yeux quand elle se réveille à côté de moi, à la douceur de sa joue quand je la caressais – comme un pétale de rose.

Ma voix est tremblante quand je réponds.

– T'as raison, Mackenzie. S'il l'aimait, il n'aurait pas oublié à quoi elle ressemblait. Jamais.

Elle bâille, la bouche grande ouverte, avant de se tourner sur le côté et d'enfouir son visage dans l'oreiller.

Puis, avec un soupir endormi dans la voix, Mackenzie dit :

– Je crois que tonton Drew a raison. Prince Charmant est vraiment un imbécile.

Et ce sont les derniers mots qu'elle prononce avant de rejoindre le pays des rêves.

***

Jeudi, mon père passe dans mon bureau et me dit que ma mère m'attend ce soir pour le dîner. Décevoir ma mère est passible de peine capitale, et la dernière chose dont j'ai besoin en ce moment est que mon nom soit en haut de la liste noire de mes vieux.

J'arrive à vingt heures trente tapantes. La maison de mes parents date des années vingt. Elle est en briques marron, sur plusieurs étages ; elle a quatre chambres, des moulures d'origine, trois cheminées en marbre, et une salle à manger immense.

Ont-ils vraiment besoin de tant de place ? Non. Mais ils n'ont jamais songé à déménager. Surtout une fois que j'ai eu quitté la maison et que, comme le disait ma mère, ils ont pu de nouveau acquérir de « belles choses ».

Je suppose que d'ici quelques années je vais devoir leur faire installer un de ces monte-escaliers trop cool.

Après que Sarah, la femme de ménage qui travaille pour eux depuis des années, m'a ouvert la porte, je trouve ma mère dans le salon, dégustant un verre de sherry devant le feu de cheminée.

Lorsqu'elle me voit, elle sourit, se lève et me prend dans ses bras.

– Bonjour mon chéri. Je suis tellement heureuse que tu sois venu ce soir.

Elle lève les yeux pour me regarder de plus près.

– T'as l'air fatigué. Tu travailles trop.

Je lui souris.

– Non, maman, je t'assure que non.

On s'assoit et elle me parle des chrysanthèmes qu'elle a plantés et des dernières nouvelles du country club. Lorsque mon père sort de son bureau, nous avons le signal que le dîner peut être servi.

La table de la salle à manger n'est pas très grande. Elle n'a que six chaises, mais mon père est assis à un bout, où il lit le journal qu'il n'a pas encore eu le temps de lire ; ma mère est à l'autre bout, et moi je suis au milieu.

Alors qu'elle découpe le poulet rôti, ma mère me demande :

– Est-ce que tu vois toujours cette jeune femme avec qui tu étais à la fête du bureau ? Elle m'a beaucoup plu, Matthew. Tellement d'énergie. N'est-ce pas, Frank ?

– Quoi ?

–La fille que Matthew a amenée à la fête du bureau ; elle nous a plu, n'est-ce pas ? Comment elle s'appelle déjà ? Deanna ?

–Delores, grogne mon père, prouvant qu'il est au courant de ce qui se passe autour de lui.

Parfois je crois qu'il donne juste l'impression d'être dans la lune et d'être sourd, pour ne pas être obligé de prendre part aux conversations qui ne l'intéressent pas. C'est une bonne tactique.

Je me force à avaler ma bouchée, malgré ma gorge soudainement très serrée.

–Non, maman, Dee et moi… ça n'a pas marché.

Elle émet un bruit montrant sa déception. « Oh, c'est dommage. » Elle sirote son vin.

–Je veux juste te voir casé, mon chéri. Aucun d'entre nous ne rajeunit.

Allez, c'est parti.

Ma mère est géniale. Douce et gentille. Mais c'est quand même une *mère*. Ce qui veut dire que, d'un instant à l'autre, elle va commencer à parler du fait que j'ai besoin de quelqu'un pour prendre soin de moi, du fait qu'elle veut avoir des petits-enfants avant de mourir.

C'est une conversation que nous avons eue maintes fois.

Elle se penche vers moi, et, sur un ton conspirateur, elle murmure :

–Est-ce que c'était… un problème sexuel ?

Mon morceau de poulet se loge dans mon œsophage. Je frappe mon torse pour le déloger, mais ma voix reste un peu rugueuse.

–Pourquoi ?

–Il n’y a aucune gêne à avoir, Matthew, dit-elle en se redressant contre le dossier de sa chaise. Tu sais, c’est moi qui essuyais tes fesses, il n’y a aucune raison qu’on ne puisse pas avoir une discussion entre adultes au sujet de ta vie sexuelle.

« Essuyais tes fesses » et « vie sexuelle » ne devraient jamais, *jamais*, être dans la même phrase. À moins que votre nom soit Woody Allen.

Je me racle de nouveau la gorge, qui est encore brûlante.

–Non, maman. c’était nickel sur ce plan.

–T’es sûr ? Parfois les femmes ne sont pas à l’aise pour exprimer leurs besoins…

Hopla, non, il faut que ça cesse tout de suite.

–… communiquer leurs désirs. Mon club de lecture, ce mois-ci, parle précisément de ce sujet. *Cinquante Nuances de Grey*. Est-ce que tu veux que je te le prête, Matthew ?

Je bois une longue gorgée d’eau.

–Non, je le connais déjà maman, merci.

Par contre, le fait que ma chère, douce et tendre mère le connaisse, je suis certaine que ça va me faire faire des cauchemars.

Elle met gentiment sa main sur la mienne.

–Très bien. Tu me diras si tu changes d’avis. Ce monsieur Grey a vraiment plein d’idées sur ce qu’on peut faire avec une cravate.

Dieu merci, le reste de la conversation concerne des sujets bien moins perturbants.

Après que la table est débarrassée, je me lève et embrasse ma mère sur la joue.

–Bonne nuit, maman. Et… euh… merci… pour tes conseils.

Elle sourit.

–Bonne nuit mon chéri.

Mon père s'essuie la bouche et jette sa serviette sur la table.

–Je t'accompagne, je vais fumer.

Mon père a fumé toute sa vie, mais il ne sait pas que je fume aussi. Que j'aie treize ou trente ans, si jamais il l'apprend, il me brisera les doigts.

On descend et on se tient devant la porte, où il allume sa cigarette. L'odeur du parfum de mon père et de la cigarette fraîchement allumée est familière. Et bizarrement… réconfortante.

–Qu'est-ce qui t'arrive ?, aboie-t-il de sa voix de vieux fumeur. Ces derniers jours, tu te traînes avec la même expression que le jour où on a dû endormir King.

Vous voyez ? Il a beau ne pas faire beaucoup de commentaires, c'est seulement parce qu'il est occupé à observer et écouter, et à faire semblant que ce n'est pas le cas.

Je shoote dans un caillou devant la porte.

–Je vais bien, papa.

Je sens son regard sur moi, me scrutant.

–Non, c'est pas vrai.

Il écrase sa cigarette dans le pot de sable. « Mais ça le sera. »

Et puis il me prend dans ses bras.

Il me serre fort, comme un ours. De la même façon qu'il me serrait quand j'étais petit, avant qu'il parte pour un voyage d'affaires.

– T'es un bon garçon, Matthew. Tu l'as toujours été. Et si elle ne le voit pas ? Alors elle ne te mérite pas.

Je le serre en retour, car… j'en ai juste vraiment besoin.

– Merci papa.

On se sépare. J'essuie mon nez et il me met une tape dans le dos.

– On se voit au bureau.

– Bonne nuit, fiston.

Il ferme la porte derrière lui.

Je ne rentre pas tout de suite chez moi. Je marche un moment en essayant de ne pas penser au visage de Dee – ni de le voir – à chaque pas. Je marche jusqu'à l'immeuble de Drew.

Le portier me salue, et quand j'arrive au penthouse, je m'assois dans le hall, le dos contre la porte de Drew.

Je ne suis pas complètement certain qu'il m'écoute, mais j'en ai l'impression, en tout cas.

Et je ris.

– Mec, j'espère que t'es assis. Tu ne devineras jamais la conversation que j'ai eue avec ma mère ce soir…

***

Vendredi est une journée difficile. Juste… elle me manque. Le manque est vif. Sans répit. Les souvenirs et son visage sont présents dans mon esprit chaque seconde, me narguant. Je n'arrive pas à me concentrer ; je n'ai pas d'appétit. Je me sens lourd et accablé ; ma poitrine est serrée, douloureuse, comme si je sortais d'une bronchite. Tout me manque chez elle. Son rire, ses théories ridicules et, je ne vais pas vous mentir, ses seins exquis aussi. J'ai pris l'habitude de dormir à côté de Dee, ou sur elle ; peau contre peau, mes bras autour d'elle ou ma tête nichée confortablement dans la douceur de ses seins.

Mon putain d'oreiller est un rocher à côté de ça.

Ce dont j'ai vraiment besoin c'est de tirer mon coup.

Ça ne va sûrement pas vous plaire mais tant pis. C'est comme ça.

Lorsque votre voiture vous lâche pour de bon, est-ce que vous restez assis dedans, à vous rappeler toutes les fois où vous l'avez conduite jusqu'au bureau ou jusque chez un ami ou encore lors de votre dernier gros road trip ? Bien sûr que non. C'est stupide. La chose logique à faire, la seule chose à faire, même, c'est d'aller vous en acheter une autre. C'est le seul moyen qui vous fera avancer.

Pour un homme ou une femme, tirer son coup après une rupture, c'est un peu la même chose. Ça vous fait vous sentir mieux, ne serait-ce que quelques instants, et ça vous rappelle que la vie continue. Que le monde ne touche pas à sa fin simplement parce que votre relation, elle, oui. Tirer son coup vous aide à comprendre que demain sera meilleur. Que l'avenir n'est pas nécessairement misérable.

Mais, même si l'idée me traverse l'esprit et que je sais que c'est la chose à faire… je n'en ai pas envie. Je n'ai aucune envie de baiser quelqu'un qui n'est pas Delores Warren. Et pour vous dire la vérité, il y a une petite partie de moi-même qui est soumise, et qui a peur de le faire. Qui a même peur d'essayer.

D'ailleurs c'est la même partie de moi-même qui est déçue à chaque fois que je rentre et qu'elle n'est pas là. La partie qui croit qu'il y a encore une chance qu'elle se rende compte à quel point on est bien ensemble, qu'elle est complètement amoureuse de moi, et qu'elle reviendra vers moi en courant. Et si une de ces choses venait à se réaliser, sinon toutes, je ne veux jamais avoir à lui dire que pendant qu'on était séparés j'ai baisé avec une autre. Que ce soit justifié ou non, la confiance que je me suis battu à instaurer serait détruite. Donc, en fin de compte, c'est un risque que je ne suis pas prêt à prendre ; surtout pas pour une nana sans intérêt que je n'aurai même pas envie de me taper.

***

Samedi n'est pas mieux. Jack me supplie de sortir avec lui, se plaignant qu'il se sent abandonné, que son acolyte lui manque.

Mais je n'en ai pas la force.

Au lieu de cela, j'achète un pack de bières et une pizza et organise un pique-nique pitoyable devant la porte de Drew. C'est moi qui anime la plupart de la conversation : de son côté il ne fait que m'adresser des *Bam* en guise de réponse quand je lui demande s'il est encore vivant. Je crois qu'il regarde désormais *Les Rois du patin*. Oui je sais, c'est quoi cette obsession avec Will Ferrell ? C'est bizarre.

Bref, après avoir fini ma pizza et ma dernière bière, j'appuie ma tête contre la porte, un peu soûl. Et je deviens extrêmement philosophique. Je parle du week-end où, petits, mon oncle nous avait emmenés camper, Drew, Steven et moi, dans son chalet des Adirondacks.

Steven est extrêmement allergique à l'herbe à puce, et il a gonflé comme une tique.

Mais même ça ne l'a pas empêché de venir avec nous à la recherche d'un trésor enfoui. Mon oncle nous avait donné un plan que lui et mon père avaient fait quand ils étaient petits. Le trésor était une boîte remplie de dollars qu'ils avaient trouvé brillant d'enterrer.

Pendant les trois premiers jours, tout ce que nous avons fait c'est chercher le trésor. Et puis… comme ont tendance à le faire les enfants… on a abandonné. On a préféré grimper aux arbres et se taper avec des bâtons, mais aussi regarder les filles de la fac du coin aller se baigner nues dans le lac.

Je repense à ces jours-là, et, bien sûr, à Delores. Toujours elle. Et je demande, tristement : « Tu crois que si on avait tenu un tout petit peu plus longtemps, cherché un peu plus, essayé encore un peu ; tu crois qu'on aurait trouvé le trésor, Drew ? »

Il ne répond pas. Et je suis bien plus soûl que je ne le pensais. Alors avant de m'endormir ici dans le hall, je ramasse mes affaires, prends un taxi et file me coucher.

Et, comme chaque nuit, je rêve de Dee.

CHAPITRE 19

Quand un mec a le cœur brisé, il choisit parmi trois actions : il boit, il baise, ou il se bat. Parfois il choisit de faire les trois dans la même nuit.

Cela fait six jours que je n'ai pas vu Delores, et je n'ai baisé personne. Je n'ai pas beaucoup bu, mais je suis clairement prêt à me battre. Je vais à la salle de sport tous les jours, me dépensant plus que d'habitude pour transformer mon manque en quelque chose de positif.

Dimanche après-midi, quand je passe la porte de la salle de sport, la tronche de Shawnasee est la première chose que je vois. Vous vous souvenez de lui, non ? L'enfoiré dont je vous ai déjà parlé, celui qui a grandement besoin d'être remis à sa place ?

Eh bien je crois qu'aujourd'hui c'est son jour de chance.

Son sourire se fait menaçant.

– Tu veux faire quelques rounds, ou tu veux te défiler encore une fois ?

Quelque chose en moi se brise, comme Hulk lorsqu'il déchire son tee-shirt, et je réponds :

– Allons-y.

Je suis impatient de monter sur le ring. De frapper quelque chose, d'évacuer ma frustration et ma culpabilité ainsi que les sentiments globalement pourris que je traîne avec moi depuis six jours. Je sautille sur la pointe des pieds, je tourne la tête, à gauche et à droite, pour faire craquer mon cou. Puis je passe sous les cordes, frappe mes poings l'un contre l'autre et m'avance au centre du ring.

Shawnasee m'attend déjà, l'air confiant et impatient. Ronny se tient entre nous deux et récite les directives habituelles pour un combat propre et parle de rester gentleman. On frappe nos poings, on retourne dans nos coins respectifs, et on attend.

Puis la cloche sonne.

Je vais vers lui d'un pas rapide et déterminé, mais je ne suis pas concentré. Pour vous dire la vérité, je ne devrais pas combattre aujourd'hui. Parce que je ne suis pas concentré sur l'adversaire. Je suis concentré sur l'injustice de la vie. Sur l'amertume de vouloir quelque chose, quelqu'un, qui ne me veut pas en retour. En ce moment, je ne suis que douleur et cœur brisé, des sentiments qui, je l'espère, seront expurgés par les coups de poing.

Shawnasee et moi nous tournons autour, évitant les coups de l'autre… jusqu'à ce qu'un mouvement provenant de la porte d'entrée me distraie. Et j'oublie tout ce que je sais des mouvements de jambes, des positions défensives, des coups et des uppercuts.

Parce que là, dans l'encadrement de la porte, se tient Delores Warren.

***

Mon cerveau n'a besoin que d'une nanoseconde pour l'enregistrer tout entière : ses cheveux sont relevés en queue-de-cheval, révélant son visage magnifique, sans maquillage. Son tee-shirt blanc est noué à la hanche, et elle porte un slim bleu foncé et des Converses noires. Je n'ai pas le temps de lui dire bonjour ni de me demander pourquoi elle est là.

Parce que la seconde où je l'aperçois, le poing de Shawnasee entre en contact avec mon menton, un uppercut digne du marteau de Thor.

Ma mâchoire craque et ma tête part en arrière. Mes yeux se ferment par réflexe, je tombe en arrière et m'écrase lourdement au sol.

Je ne sais pas pendant combien de temps je suis inconscient, mais ça doit être au moins quelques minutes. Quand je rouvre les yeux, le visage de Ronny et sa barbe de trois jours est à quelques centimètres du mien. Ma vision est floue, les couleurs et les lumières s'étirent et se mélangent. Mes oreilles sont soudainement envahies par le bruit, comme si ma tête était contre une radio dont la station serait brouillée.

La voix de Ronny m'atteint enfin malgré le vacarme.

– Fischer ! Tu m'entends, Fischer ?

Je cligne des yeux en réponse, mais mes mots sont inintelligibles, comme si je parlais sous l'eau.

– Ouais, je… je t'entends.

– Et tu me vois ?

– Bien sûr Ronny. Je te vois au moins cinq fois.

Ronny tourne la tête et parle à quelqu'un à côté de lui. Je ne comprends que quelques mots : « … traumatisme… hôpital ». Puis il se repenche sur moi.

–Il faut que tu te lèves, Fischer.

Mes jambes ne pensent pas que ce soit une bonne idée.

–Si ça te pose pas de problème, je préfère rester là où je suis.

–Tu dois te lever, Matthew.

Non. Mes jambes répondent de nouveau « Va te faire foutre. »

–Je crois que je ne peux pas.

Puis je la vois. Elle. Agenouillée à côté de Ronny, à côté de moi. Sa main chaude sur mon biceps. Et elle murmure.

–Il faut que tu te lèves, bougre de traîne-pantin… y a Mickey qui t'aime.

Je suis tout de suite ému. Pas parce que la réplique du film m'émeut, mais à cause de ce que ces mots pourraient signifier.

Pour nous.

–Tu as regardé *Rocky V*?

Delores hoche la tête.

–Je les ai tous regardés. La mort de Mickey était la chose la plus triste que j'ai vue de toute ma vie, enfoiré.

Puis son visage se déforme et elle fond en larmes.

Elle n'essaie pas de le cacher. Sa main ne couvre pas son visage et elle ne retient pas les sanglots. Parce qu'elle ne prétend pas être quelqu'un qu'elle n'est pas. À prendre ou à laisser, ce que vous voyez est ce que vous aurez.

C'est ce que j'aime chez elle. *Une* des choses que j'aime.

Mon bras est lourd, mais je parviens à le lever. Ma main, encore dans son gant, caresse sa joue marquée par les larmes.

– Ne pleure pas, Dee.

– Je suis désolée. Je suis désolée. J'ai été horrible avec toi.

– Non… c'est moi qui ai été horrible. Je t'ai promis d'être patient, et puis je… je ne l'ai pas été.

– Non, t'avais raison. T'avais raison sur tout.

Je me souviens qu'on a un public lorsque Ronny dit :

– Ok les mecs, allons dans le vestiaire quelques minutes. On va laisser ces deux tourtereaux chialer un peu ensemble.

Alors que les autres mecs s'en vont, Ronny nous regarde en secouant la tête.

– C'est précisément pour ça que je ne veux pas de femmes dans cette salle de sport.

Une fois qu'on est seuls, je me force à m'assoir. Ceci n'est pas une conversation que je veux avoir en étant couché sur le dos. Enfin… à moins que je sois nu.

Dee m'aide à enlever mes gants, puis je m'appuie contre le poteau dans le coin du ring.

– Est-ce que ça va ? me demande-t-elle.

– Ouais. J'ai l'impression qu'un semi-remorque m'a roulé sur la tronche, mais sinon ça va.

Le regard vengeur, Dee tourne la tête vers le vestiaire où est entré Shawnasee.

– Si je crève ses pneus quand on part, est-ce que ça te fera te sentir mieux ?

– Ne change jamais, Dee, dis-je en riant.

Elle redevient sérieuse et regarde ses mains. Puis elle avoue :

– L'idée d'avoir des sentiments pour toi, des sentiments *pour toujours*, me fout vraiment la trouille.

Sa déclaration ne me gêne pas. Elle ne me dit rien que je ne sais pas déjà. Mais le fait qu'elle soit ici… ça veut *tout* dire.

– Je sais.

– Je ne voulais pas m'habituer à être avec toi, parce que je savais qu'une fois que je serais habituée… je serais misérable si tu partais. Mais c'est trop tard. J'étais misérable quand même. Ces derniers jours… je ne me suis jamais sentie aussi triste. Et seule. Comme vide.

– C'était pareil pour moi.

Et ça la fait sourire, même s'il y a encore des larmes dans ses yeux et dans sa voix.

– Mais quand je suis avec toi… quand t'es à côté de moi… c'est juste parfait. Tu me rends plus heureuse que je ne pouvais espérer l'être, Matthew.

– Eh bien ça, c'est simple. Je vais simplement devoir rester avec toi… tout le temps. Ce ne sera pas difficile. Parce que… je suis légèrement… complètement amoureux de toi.

– T'es un homme génial, Matthew. T'es drôle et affectueux, t'es attentif et incroyablement sexy. T'es… t'es la meilleure chose qui me soit arrivée.

Ses yeux sont tendres et doux. Sa main caresse mon visage.

– Je t'aime, Matthew.

Et même si j'ai l'impression que ma mâchoire peut se briser en deux à tout moment, je souris. Car je ne peux pas faire autrement.

Ma main glisse derrière le cou de Delores et je la tire vers moi. Ma bouche effleure la sienne, puis je l'embrasse vraiment, lui racontant ce que je ressens à mon tour. Je l'attire sur moi, dans mes bras. Nos langues se touchent et se goûtent, lentement, sans se presser, se promettant que ce n'est que le début.

Dee soupire et appuie son front contre le mien.

– Je n'avais pas imaginé te dire que je t'aime comme ça, ici.

– Moi non plus. Mais… on s'en souviendra comme ça, non ? Ça nous correspond, non ?

– Ça nous correspond oui, c'est sûr.

Puis Dee se lève d'un bond et me tend la main.

– Qu'est-ce qu'on fait encore là ?

J'arrive à me lever sans son aide. Mais une fois debout, je me souviens des raisons qui ont mené à cet instant.

– Dee, à propos de Drew et de Kate…

– Non. On ne va pas parler d'eux. Jamais, dit-elle en mettant un doigt sur ma bouche. Tu n'es pas ton connard de meilleur ami, je le sais. Je ne veux pas qu'il interfère avec notre histoire.

Elle a raison. Notre histoire ne concerne ni Drew, ni Kate, ni Rosaline, ni un des connards de son passé. Ils ne devraient pas nous atteindre.

Notre histoire ne concerne que Dee et moi.

Alors qu'on sort du ring, je lui demande :

– T'es venue en taxi ?

– Oui, pourquoi ?

– Je suis venu avec la Ducati, dis-je en souriant.

– Sentir cette puissance entre mes jambes m'a manqué, dit-elle en souriant à son tour.

Je passe mon bras autour de son cou.

– Oh, t'en fais pas, tu sentiras la puissance *après* qu'on sera rentrés chez moi…

Delores passe son bras autour de ma taille et secoue la tête.

– T'es tellement ringard !

Puis sa voix devient plus ferme, et plus insistante.

– Mais on va tous les deux devoir attendre de sentir cette puissance entre nos jambes, parce que, avant de rentrer, on va prendre un taxi pour aller aux urgences pour un check-up complet.

– Quoi ? Non, je vais bien, je te jure.

Je râle comme un enfant de six ans qui n'a pas envie d'aller chez le dentiste.

Dee secoue la tête.

– Je ne veux rien entendre, on y va. Les traumatismes sont à prendre au sérieux. Je viens juste de te récupérer, je ne vais pas risquer de te perdre aussitôt.

J'ouvre la bouche pour rétorquer, parce que je me sens vraiment bien, et j'irai encore mieux dès que j'aurai Dee dans mon lit. Ou sur le comptoir de ma cuisine, ou sur la table de la salle à manger, ou contre le mur du salon… Bref, vous avez compris.

Mais avant que j'aie pu répondre, Dee ajoute :

Et de toute façon, étant donné ce que j'ai prévu pour toi : il va me falloir un certificat médical.

Bon, c'est vrai que dit comme ça…

***

Notre visite aux urgences a été plutôt courte, un peu plus de trois heures. Après tout un tas de questions, le docteur a diagnostiqué un léger traumatisme.

Enfoiré de Shawnasee.

Je vous garantis que ma vengeance sera sévère la prochaine fois que j'irai à la salle de sport.

Le médecin m'a dit de faire attention si jamais j'ai des nausées, si je vois flou, bla-bla-bla. Dee et moi avons demandé en même temps si les rapports sexuels étaient permis.

Il a répondu que oui.

***

Et c'est pour cette raison que, dès que la porte de l'appartement se referme sur nous, Dee et moi nous embrassons, arrachons nos vêtements, nous attaquons comme des animaux sauvages : poussés par six jours de manque et de désir. Mes habits sont plus simples à enlever que ceux de Dee, ce qui explique que le temps de passer la porte de ma chambre, je sois déjà complètement nu.

Dur et chaud, j'ai besoin d'être en elle plus que je n'ai besoin de prendre ma prochaine respiration.

Le tee-shirt de Dee ? Disparu.

Son soutif ? Sur la table de billard de la salle à manger.

Je la touche, la tiens contre moi, submergé par la sensation de nos poitrines nues l'une contre l'autre et la texture veloutée de sa peau parfaite.

Mes doigts s'occupent de déboutonner son jean. Mais Dee m'arrête. Sa main couvre la mienne et elle recule de quelques pas. Sa poitrine se soulève et s'abaisse rapidement alors qu'elle essaie de regagner son souffle.

– Matthew… je dois te dire quelque chose. J'ai… j'ai fait quelque chose. Hier soir.

Merde. Putain de merde.

Hier soir on était samedi. Ma première pensée est que Dee s'est tapé un autre mec hier soir, et je suis presque anéanti par la douleur que ça provoque. Et par la rage.

Je sais que techniquement on n'était pas ensemble. On était séparés. Je ne peux pas m'énerver.

Mais putain. Oubliez ce que je viens de dire, je vais péter un câble.

Je vais la pardonner. Je m'en remettrai… *après* avoir brisé quelque chose en mille morceaux et défoncé les murs comme un gorille sous cocaïne.

Je m'assois sur le lit.

– Qu'est-ce que t'as fait, putain ? Quoi que ce soit… dis-moi juste ce que t'as fait.

Et là elle fait un truc super bizarre. Elle sourit. Et elle déboutonne elle-même son jean, le baissant jusqu'aux chevilles, tout en parlant.

– J'ai passé la semaine à penser à ce que t'avais dit. Que j'avais peur, que je voulais pas prendre de risque…

– J'étais en colère quand j'ai dit ça, Delores.

– Sans doute, mais tu avais raison. Alors j'ai voulu faire quelque chose, pour te montrer, pour te *prouver* que je te fais confiance. Que je veux être avec toi ; pour toujours.

Elle enlève son string Implicite, et je suis momentanément hypnotisé par la vue de sa chatte magnifiquement lisse. Jusqu'à ce que je remarque le pansement qui recouvre un petit bout de peau sous l'os de sa hanche.

Elle enlève le pansement, révélant un tatouage à l'encre bleu électrique. Un tatouage avec mon prénom.

MATTHEW

Je suis sans voix. Je ne peux que regarder. Puis je tombe à genoux devant elle et j'embrasse la chair douce et encore tendre autour de mon prénom.

– Je t'aime, putain. Je t'aime.

Je l'effleure de mes doigts, doucement. « Maintenant t'es vraiment coincée avec moi. »

Delores relève ma tête vers elle et passe sa main dans mes cheveux.

– Oui, je le suis vraiment.

Je me lève, la tourne, et la jette sur le lit. Puis je la rejoins.

CHAPITRE 20

Plus tard, alors que le soleil s'est couché et que les draps de mon lit sont fabuleusement froissés, après des « Je t'aime » ardents et des « Tu m'as manqué » ainsi qu'une pluie de « Ne me quitte jamais » murmurés entre deux gémissements désespérés, je me force à me lever.

Ce n'est pas chose facile. Dee est nue dans mon lit, ses lèvres gonflées et fatiguées, ses cheveux joliment emmêlés. Je me lève et reste debout quelques instants, mon jean à la main, et je la regarde.

– Tu es vraiment magnifique.

Cette fois-ci, elle sourit. Et je sais que c'est parce qu'elle me croit.

Elle tend la main.

– Ne pars pas. Reviens te coucher, Matthew.

Je râle, parce que revenir au lit avec elle est la seule chose dont j'aie véritablement envie. Mais je secoue la tête.

– Je ne serai pas long. Je dois juste aller voir Drew vite fait, c'est un truc de mecs. Quel ami je serais si je n'allais même pas m'assurer qu'il ne s'est pas pendu dans son dressing ?

– Le genre qui veut rendre le monde meilleur.

Puis elle remarque mon appareil photo sur la table de nuit. Elle le prend dans ses mains en se mordant la lèvre.

– Je suppose que je vais devoir m'occuper… en prenant des selfies porno avec ton appareil. On pourra les développer ensemble à ton retour.

Je prends une minute pour profiter des images qui jaillissent dans mon esprit et qui, avec un peu de chance, seront aussi sur la pellicule.

Puis je lui donne deux pellicules de plus.

Je prends mon temps pour lui dire au revoir avant d'obliger mes jambes à se déplacer vers la porte. Juste avant que je sorte de la chambre, Dee m'appelle.

– Matthew ?

Je me tourne et la regarde.

– Je t'aime.

Et, comme à chaque fois qu'elle me l'a dit aujourd'hui, un sourire débile et ridiculement heureux naît sur mes lèvres. Je retourne au lit pour l'embrasser encore.

– Il faut que tu le saches, je ne vais jamais me lasser de te l'entendre dire.

– Reviens vite, dit-elle en souriant.

Je me retrouve à aller jusqu'à ma moto en courant, histoire de pouvoir revenir le plus vite possible.

***

Devant la porte de Drew, c'est la même histoire. Je cogne dessus, mais la seule réponse à laquelle j'ai droit est le bruit de la balle de baseball quand je lui demande s'il respire encore.

Je soupire et m'appuie contre la porte.

Il est temps de le secouer un peu. Enfin, à vrai dire, il est même déjà trop tard.

– Mec, faut que tu te réveilles. Quoi qu'il se soit passé entre toi et Kate, même si t'as vraiment merdé, ça ne va pas s'arranger si tu ne sors pas pour t'en occuper.

Pas de réponse.

J'essaie la moquerie.

– J'ai beau te connaître depuis ta naissance, j'aurais jamais pensé que t'étais capable d'être une aussi grosse mauviette. Tu te rends compte que tu détruis complètement l'image que je m'étais faite de toi ?

Toujours rien.

– Allez, mec. Drew, ouvre la porte. Tu te souviens comment j'étais après Rosaline ? T'étais là pour moi… laisse-moi t'aider en retour.

Troisième strike, j'ai perdu.

Je cogne contre la porte, de la même façon que je cognerais Drew en temps normal.

– Ok, mec, comme tu voudras. Je reviens demain, d'accord ?

Bam.

La porte vibre avec l'impact de la balle, et je sais qu'il m'a entendu.

Je secoue la tête en retournant à l'ascenseur. Parce que demain, quand je reviendrai, je ne serai pas seul. Je ne voulais pas en arriver là, mais ça fait *une* putain de semaine. Il ne m'aura pas laissé le choix.

Il est temps de sortir les grands moyens.

Je sors du hall de l'immeuble, je prends mon portable et compose le numéro.

Elle décroche le téléphone après deux sonneries.

– Salut, Alexandra. Écoute, j'ai besoin de ton aide… c'est au sujet de Drew.

Pour ce qui est de la suite, vous la connaissez déjà.

***

Vous avez désormais toute l'histoire. Maintenant vous connaissez les chapitres que vous n'aviez pas avant, les réponses à certaines des questions qui vous titillaient peut-être.

Pour ce qui est de donner des conseils, je suis un peu à court pour l'instant. Je n'ai pas grand-chose à dire. Mais je peux vous dire ceci :

La vie est une course folle et brève. N'essayez pas de la freiner, n'essayez pas de la suranalyser ou de la contrôler. Si vous êtes chanceux, comme moi, vous trouverez la personne parfaite qui restera à vos côtés et vous tiendra la main lors de chaque virage, chaque ascension et chaque chute.

Et ça ? Ça ne fait que rendre la vie encore meilleure.

ÉPILOGUE

Six mois plus tard…

Las Vegas, Nevada. La Chapelle d'Elvis. Techniquement, elle s'appelle La Petite Chapelle Blanche, mais comme l'office est fait par un sosie d'Elvis, je l'ai toujours appelée la Chapelle d'Elvis. On attend notre tour dans une salle d'attente, entourés de photos de célébrités qui se sont dit « oui » ici, au fil des ans.

Ça fait six mois qu'on s'est embrassés pour la première fois sur la piste de danse. Vous pensez peut-être qu'on va trop vite. Vous pensez peut-être qu'on est fous. Mais pour Dee et moi ?

La folie est plutôt habituelle. Prenez ma demande en mariage par exemple :

« M. Fisher, je vous ai dit de vous allonger ! », crie l'infirmière sur un ton autoritaire, mais je l'ignore.

Putain mais quel désastre.

Au lieu d'une soirée intime et romantique dans le resto préféré de Dee, j'ai réussi à finir en blouse d'hôpital, sur un brancard, dans une salle à l'arrière des putains d'urgences. La seule chose qui pourrait rendre toute l'histoire encore pire, c'est que la bague de fiançailles soit volée par une infirmière aux doigts collants ou par un SDF.

J'ai dessiné la bague moi-même, et elle est parfaite. Un diamant de deux carats parfait, entouré d'émeraudes, de rubis et de saphirs. Elle est colorée et unique, comme Dee. Maintenant il faut juste que j'arrive à la lui donner.

Je sors mon pantalon du sac en plastique d'hôpital et en extirpe la boîte de la poche. Puis, avant que les infirmières ne puissent m'arrêter, je cours dans le couloir jusqu'à la salle d'attente où Delores patiente. Elle se lève dès qu'elle me voit.

Je m'avance vers elle et m'agenouille. «Je veux que tu m'appartiennes. Je veux passer le reste de ma vie à écouter tes théories et à t'apprendre la différence entre un bon film et un navet. Je veux qu'à quatre-vingts ans on aille faire du patin en se tenant la main ; et je te promets de t'aimer chaque instant d'ici là. Veux-tu m'épouser, Delores ?»

Eh oui, ça c'était ma demande en mariage super romantique.

Dee ne voulait pas qu'on reste fiancés longtemps, et j'étais ravi que ce soit le cas. Notre histoire a commencé avec un «pourquoi attendre ?», et cette philosophie ne nous a pas encore trahis. Donc nous voici, Drew, Kate, Dee et moi, à Las Vegas, pour un mariage rapide et une célébration de folie.

Je regarde dans le miroir et essaie de réajuster ma cravate, mais elle refuse de coopérer.

– Tu es sûr de toi ? me demande Drew, debout derrière moi, vêtu de son costume sur mesure.

– J'ai jamais été plus sûr de moi, mec.

J'abandonne la cravate. *Et merde.*

– Est-ce que tu en es vraiment certain ? insiste Drew. C'est pas trop tard pour faire marche arrière.

– C'est beaucoup trop tard, dis-je en souriant.

Son regard fixe ma cravate toute froissée, et il s'avance pour m'aider ; comme un père aidant son fils adolescent le soir du bal de promo. Une fois la cravate au goût de Drew, il met ses mains sur mes épaules, me regarde dans les yeux et me dit :

– T'es sûr à cent pour cent ?

La voix mécontente de Kate nous parvient de l'autre côté de la pièce.

– Drew ?

– Oui chérie ?

– Il est sûr. Ne lui demande plus sinon je ne vais pas être contente. Et si ne je suis pas contente, tu ne le seras pas non plus.

Je crois que récemment ils ont regardé des rediffusions de l'*Incroyable Hulk*.

Drew hoche la tête. Mais dès que Kate a le dos tourné, il articule en silence :

– T'es sûr ? Vraiment sûr ?

Et je ris. Parce que j'en suis sûr.

Et parce que je n'ai jamais pensé que je verrais le jour où Drew suivrait les ordres d'une nana. Mais il semblerait que ce jour soit arrivé.

N'est-ce pas le cas pour nous tous ?

J'ajuste mes boutons de manchette et Dee arrive à mes côtés, une expression chaleureuse et satisfaite dans les yeux. Sa robe courte est blanche, en dentelles, à manches longues, et elle porte des talons hauts bleu pâle. Ses cheveux blond vénitien son relevés sur les côtés, et un voile recouvre sa tête jusqu'aux épaules, comme une auréole, maintenue en place par un diadème en diamants.

– Tu penses à quoi ?

Je passe ma main autour de sa taille et l'attire contre moi.

– Je pensais à la première fois que je t'ai appelée. Je ne voulais pas l'admettre sur le moment, mais je crois que j'étais un peu nerveux.

Je l'embrasse sur la tempe.

– Mais je ne suis pas nerveux aujourd'hui.

– Moi non plus, dit-elle en reposant sa tête sur mon torse.

Juste à ce moment-là, les portes de la chapelle s'ouvrent, et un Elvis vêtu de strass fait son entrée.

– Est-ce qu'on est prêts pour le voyage, les enfants ?

Drew et moi prenons nos postes près de l'autel et les portes se referment. Une musique avec de la guitare acoustique retentit, les portes s'ouvrent, et Kate apparaît dans l'entrée. Du coin de l'œil, je vois le sourire de Drew s'élargir à chaque pas de Kate. Lorsqu'elle arrive devant l'autel, il lui fait un clin d'œil, et Kate lui répond en lui rendant un sourire admiratif.

Une fois Kate à sa place, les portes s'ouvrent de nouveau, révélant Delores au bras d'Elvis. Alors qu'il l'escorte jusqu'à l'autel, il chante notre chanson de mariage : « Can't help falling in love[22] ».

Delores et moi nous tenons côte à côte, main dans la main, pendant qu'Elvis prononce nos vœux.

---

22 « Impossible de ne pas tomber amoureux » : chanson d'Elvis.

– Matthew Franklin Fisher, acceptez-vous de prendre pour épouse Delores Warren, ici présente ?

– Oui.

– Promettez-vous de ne jamais la traiter comme un « Hound Dog[23] et de ne jamais la laisser « Lonesome Tonight »[24] ?

– Je le promets.

– Promettez-vous de lui apporter un « Big Hunk O' Love »[25] et de l'aimer tendrement et véritablement jusqu'à ce que la mort vous sépare ?

Je prends la main de Dee dans mes deux mains.

– Toujours.

Dee sourit et elle a les larmes aux yeux quand je glisse l'anneau à son doigt, à côté de sa bague de fiançailles.

Puis Elvis s'adresse à Delores :

– Delores Sunshine Warren, acceptez-vous de prendre pour époux Matthew Fisher, ici présent ?

– Je le veux, dit-elle d'un ton clair et déterminé.

– Promettez-vous de ne jamais marcher sur ses « Blue Suede Shoes[26], de ne jamais l'emmener à avoir un « Suspicious Mind »[27] et de ne jamais le laisser « All Shook Up »[28] ? »

– Je le jure.

– Promettez-vous qu'il sera toujours présent dans votre esprit et de toujours maintenir ce « Burning Love »[29] pour lui jusqu'à ce que la mort vous sépare ?

---

23 « Chien de chasse » : chanson d'Elvis.
24 « Seule ce soir » : chanson d'Elvis.
25 « Un gros morceau d'amour » : chanson d'Elvis.
26 « Chaussures en daim bleu » : chanson d'Elvis.
27 « Esprit méfiant » : chanson d'Elvis.
28 « Tout chamboulé » : chanson d'Elvis.
29 « Amour torride » : chanson d'Elvis.

– Oui.

Et sur ces paroles, Dee passe l'anneau à mon doigt. Et, d'une voix traînante, Elvis proclame :

– Par les pouvoirs qui me sont conférés par l'État du Nevada, je vous déclare mari et femme.

Il me met une claque sur l'épaule.

– Vous pouvez embrasser la mariée.

Il n'a pas besoin de me le dire deux fois. Je la prends dans mes bras et l'embrasse avec tout mon amour, mon enthousiasme et toute ma reconnaissance.

Je ne sais pas si on est censé s'embrasser avec la langue lors d'un mariage, mais tant pis.

Avant que je puisse soulever Delores elle a déjà sauté dans mes bras et je la serre fort tout en l'embrassant. Kate applaudit et Drew siffle. Après qu'on a pris des centaines de photos, on remercie Elvis et on quitte la chapelle. On passe le reste de la nuit à danser et à rire jusqu'à ce qu'on ne tienne plus debout.

C'est vraiment le plus beau jour de ma vie. Et ça ne fait que commencer.

À SUIVRE...

Retrouvez toute l'actualité de la série Love Game,
de l'auteur Emma Chase et des autres titres de la
collection New Romance, sur notre page Facebook :

Hugo New Romance
www.hugoetcie.fr

À PROPOS DE LA SÉRIE *LOVE GAME*

« Une lecture captivante et drôle qui vous fera éclater de rire. Si vous avez aimé Drew, vous allez adorer Matthew. Une fois de plus, Emma Chase ne nous déçoit pas. »

K. Bromberg, auteur des best-sellers *Driven*, *Fueled* et *Crashed*.

Le *New York Times* et *USA Today* ont élu la série d'Emma Chase comme best-seller ; les fans en parlent !

« Emma Chase vous enchantera et vous captivera de la première à la dernière page. Une lecture 5 étoiles géniale !!!! » (Neda, *The Subclub Books*) • « Cinq étoiles pour cette lecture géniale et tordante ! Les personnages inoubliables d'Emma Chase sont uniques. Un des meilleurs livres de l'année 2013. » (Tessa, *Books Wine Food*) • « C'était absolument génial ! Drew Evans est haut la main mon personnage masculin préféré. » (Liz, *Romance Addiction*) • « Cinq cœurs pour ce roman. C'est la perfection incarnée dans un livre. Outrageusement excitant et incroyablement hilarant, et une romance tellement belle que vous ne voulez jamais qu'elle se termine.

(Tamie et Elena, *Bookish Temptations*) • « *Tangled* est outrageusement chaud, scandaleusement drôle, et adorablement génial. Je l'ai lu en une fois parce qu'il fallait que j'en sache plus sur Drew et Kate. » (Angie, *Smut Book Club*) • « Un aperçu plein d'esprit et hilarant de ce que pense un homme. Je suis tombée amoureuse de Drew Evans et de son côté joueur et présomptueux, et je ne l'oublierai jamais… Un héros sexy. » (Lucia, *Reading is My Breathing*) • « Les personnages sont follement hilarants ! Drew m'a fait tellement rire avec sa personnalité compétitive et pleine d'esprit que j'étais pliée en deux ! C'est l'histoire racontée d'un point de vue masculin la plus drôle et le plus inventive. Vous ne pourrez plus reposer ce livre ! » (Stephanie, *Romance Addict Blog*)

REMERCIEMENTS

Au moment où *Tamed [Love Game 3]* sera publié, cela fera un an que *Tangled*, le premier livre de la série Love Game est sorti. Quelle année extraordinaire et magnifique ça a été ! Je suis incroyablement reconnaissante d'avoir pu travailler avec autant de personnes talentueuses et investies, qui croient en moi, en mon écriture et dans ces histoires amusantes et sincères.

Merci à mon super agent, Amy Tannenbaum, et à tout le monde de la Jane Rotrosen Agency pour vos conseils et vos encouragements magnifiques ainsi que pour votre soutien. Merci à mon éditrice, Micki Nuding, à Juliana et Kristen, mes publicitaires, et à toute la famille Gallery Books pour tout ce qu'elle a fait pour que ces livres soient bien plus qu'ils ne l'auraient été sans elle. Je suis éternellement reconnaissante envers Nina Bocci de Bocci PR pour son enthousiasme et ses conseils superbes. Merci aux bloggeuses sans relâche pour avoir aidé tant de lectrices à découvrir et à tomber amoureuses de ces personnages ; n'arrêtez jamais ce que vous faites, je vous en supplie !

Je suis tellement reconnaissante envers mes lectrices : les meilleures du monde. Merci pour chaque ligne que vous écrivez sur Internet, chaque email, chaque message ; je lis tout ! Votre enthousiasme me rend humble et m'inspire. Merci d'aimer ces personnages autant que je les aime.

Enfin, à mon mari, mes enfants, et à toute ma famille : je vous aime. Merci pour votre patience et vos encouragements sans fin. Et merci de m'avoir donné assez d'anecdotes hilarantes pour durer toute une vie.

Emma Chase

DÉCOUVREZ LES SÉRIES NEW ROMANCE

PARUES ET À PARAÎTRE CHEZ HUGO ROMAN

LA SAGA
Beautiful
Beautiful
BASTARD
CHRISTINA LAUREN
Hugo Roman
Beautiful
STRANGER
CHRISTINA LAUREN
Hugo Roman
CHRISTINA LAUREN
Beautiful
PLAYER
Hugo Roman
Beautiful
SEX BOMB
CHRISTINA LAUREN
Hugo Roman
Beautiful
BITCH
CHRISTINA LAUREN
Hugo Roman
CHRISTINA LAUREN
Beautiful
BEGINNING
Hugo Roman
N'A PAS FINI DE VOUS FAIRE CRAQUER !
www.beautifulbastard.fr
www.facebook.com/ HugoNewRomance
Hugo Roman

LA SÉRIE *UNBREAK ME*
de LEXI RYAN

PASSION • SECRET • SENSUALITÉ

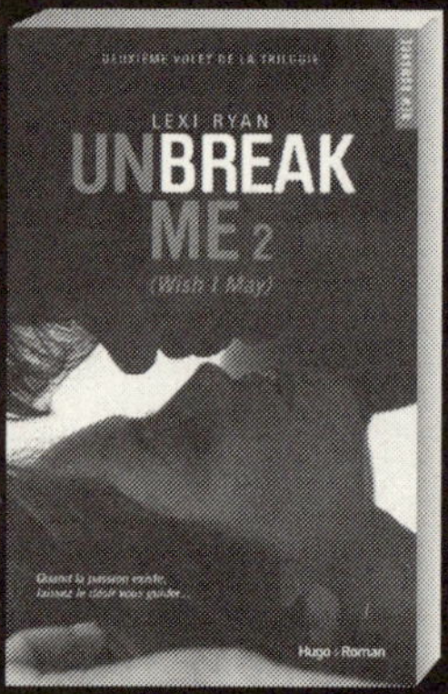

UNBREAK ME 3, Rêves volés

LA SÉRIE PHÉNOMÈNE
DE KATY EVANS
FIGHT FOR LOVE

DÉJÀ DISPONIBLE

FIGHT FOR LOVE - REAL

À PARAÎTRE

Fight For Love - Mine (Janvier 2015)
Fight For Love - Remy (Mars 2015)
Fight For Love - Rogue (Mai 2015)
Fight For Love - Ripped (Juillet 2015)

À PARAÎTRE EN 2015
CHEZ HUGO ROMAN